mden

Stout

 stouter

  stoutst

Stout

stouter

stoutst

Gottmer · Haarlem

Lauren Myracle ✳ Sarah Mlynowski ✳ E. Lockhart

Kijk voor meer informatie over de kinder- en jeugdboeken van de
Gottmer Uitgevers Groep op **www.gottmer.nl**

© 2008 E. Lockhart, Sarah Mlynowski, Lauren Myracle
De oorspronkelijke uitgave van dit boek verscheen onder de titel *How To Be Bad* bij
HarperTeen, onderdeel van HarperCollins Publishers, New York

Voor het Nederlandse taalgebied:
© 2008 Uitgeverij J.H. Gottmer / H.J.W. Becht BV, Postbus 317,
2000 AH Haarlem (e-mail: post@gottmer.nl)
Uitgeverij J.H. Gottmer / H.J.W. Becht BV is onderdeel
van de Gottmer Uitgevers Groep BV
Vertaling: Marike Metz
Vormgeving omslag: Saskia van der Linden
Zetwerk: Rian Visser Grafisch Ontwerp
Druk en afwerking: Drukkerij Hooiberg, Epe

ISBN 978 90 257 4314 7 / NUR 284

Een raad voor goede vrienden:
wees aardig,
wees moedig,
en eet heel veel mango's.

Vrijdag 20 augustus

1   Jesse

Eind juli, toen je nog met me kon lachen, kocht ik voor Vicks twee plukken nep-okselhaar bij de feestartikelenwinkel. Het waren net grote pleisters met bont erop. Vicks lag in een deuk en noemde zichzelf Florida's Vrouwelijkste Freak. Ze liet ze de hele dag onder haar armen zitten, ook toen ze 's avonds met haar vriend Brady uitging en ze een topje droeg.

De volgende ochtend vertelde ze me dat Brady bijna op tilt was geslagen toen hij haar had gezien. Maar ik denk dat ze alleen maar een sappig verhaal wilde vertellen, want Brady aanbidt haar en zou het nog niet erg vinden als ze met nep-neusharen rondliep. Sterker nog, ook als ze niet nep zouden zijn, zou hij nog gek op haar zijn.

Daar zit ik aan te denken wanneer ik het parkeerterrein van het Waffle House op draai, waar Vicks en ik werken. Aan dat okselhaar, bedoel ik, niet aan hoe gek Brady op Vicks is. Omdat ik me het grappige meisje herinner dat ik was en ik me herinner hoe goed het allemaal ging tussen Vicks en mij. Dat we elkaar aan het lachen maakten en de beste maatjes waren. Nu zit er iets niet goed tussen ons, en dat kan ik niet uitstaan.

Voor een deel ligt dat aan mij, dat geef ik direct toe. Vanaf het moment waarop mam een knobbel heeft ontdekt, ben ik mezelf niet meer. Dat was zeventien dagen geleden. Dat is lang om zo opgefokt te zijn en met allerlei geheimen rond te lopen.

Maar Vicks is ook een beetje depri de laatste tijd, wat volgens mij komt doordat Brady bijna twee weken weg is uit de stad. En toch... Kan ze niet even haar eigen problemen opzijzetten en snappen dat ik het ook moeilijk heb? Trouwens, zó ver weg is hij nou ook weer niet. Hij zit in Miami, niet in Timboektoe.

Ik wil Vicks terug, want ik heb haar nodig, vooral nu.

Ik zet de motor van mams pistachegroene Opel uit en maak aanstalten om het restaurant in te gaan. Het is vrijdag, mijn vrije dag. Eigenlijk had ik moeten liggen luieren op de bank om naar een van die bevallingen op Lifetime te kijken, waar de baby bijna doodgaat maar op het allerlaatste nippertje wordt gered en waar iedereen tranen met tuiten huilt en gelukkig is en weer vertrouwen heeft in de toekomst. Het leven is goed, en kijk toch eens naar die snoezige teentjes en vingertjes. Zo perfect. Wat een zegen. De Heer zij geprezen.

Ja, alleen valt er tegenwoordig niet veel prijzenswaardigs in mijn leven te ontdekken.

'O, lieverd, ik moet God echt goed kwaad hebben gemaakt,' zei mam vorige week tegen me, nadat ze de officiële uitslag van de oncoloog had gekregen. Ze lachte erbij, maar haar ogen stonden diepbezorgd en ze had grote zwarte kringen.

En ik ben duidelijk verrot vanbinnen, want ik reageerde met: 'Ja, dat moet haast wel.'

Maar dit gebeurde dus wel een dag na de natte-T-shirtwedstrijd, hè. Mijn moeder! Mijn *moeder* die meedoet aan een natte-T-shirtwedstrijd! Die haar borsten door truckers nat laat gooien met ijskoud water! En R.D., die, dat weet ik wel zeker, daar zo trots als een pauw bij staat en zijn maten grijnzend aanstoot en zegt: 'Dat is mijn vriendin. Lekker wijf, hè?' En ondertussen schenkt hij ongetwijfeld gekoelde drankjes uit zijn koelvitrine, die hij heeft aangeschaft omdat hij denkt dat het chauffeurscafé daardoor iets chics krijgt.

Nou, laat ik je wel vertellen dat er helemaal niets chics is aan de dingen die daar in die tent gebeuren.

Mam beweert dat ze wist wat ze van die dure dokter te horen zou krijgen en dat de wedstrijd in R.D.'s café haar de kans gaf 'de meiden' nog één keer rond te laten dansen.

Bovendien had ze er honderd dollar mee gewonnen. Wilde dat niet zeggen dat ze er in ieder geval nog een leuke draai aan had weten te geven?

Nou, *nee*. Wat het wil zeggen, is dat R.D. een viezerik is, mam een zondares, en dat die geile truckers zowel viezeriken als zondaren zijn omdat ze eraan meedoen.

Ik wou dat ik de hele afgelopen week kon uitwissen: mam, de uitslagen van het lab, en zeker R.D. Biggs, die me gisteren een fooi van twintig dollar gaf alleen maar omdat ik mams dochter ben en hij blijkbaar zijn liefde wil delen.

Vroeger mocht ik R.D. wel, althans, meer dan sommige andere vriendjes van mam. Ik vond die zware lach leuk en ik vond het leuk dat hij op onze wekelijkse spelletjesavond Pictionary met mam en mij speelde. Maar ik wil hem hier niet meer hebben, met die bezorgde ogen die me volgen terwijl ik eieren, toast en gebakken aardappels serveer. En wafels natuurlijk. Vicks en ik noemen het hier 'De Walgelijke Wafel'. Hoewel de wafels eerlijk gezegd heerlijk zijn.

Wat niet heerlijk is, is de appeltaart, en dat is wat R.D. bestelde toen hij bij me neerplofte aan de counter. Met zijn vinger prikte hij op de foto van de appeltaart op de plastic menukaart, en toen ik mompelde 'Ja, meneer' deed hij of hij diep gekwetst was.

'Luister, Jesse,' zei hij, nadat hij zijn bord zo goed als

schoon had gelikt. Hij leunde naar voren, me vaderlijk aankijkend, en meteen was het me duidelijk dat ik *niet* wilde horen wat er ging komen. 'Je moeder heeft het moeilijk op dit moment.'

'Goh.' Ik bracht mijn gezicht heel dicht bij het zijne, omdat ik absoluut niet wilde dat anderen konden horen waar we het over hadden, en siste: 'Kom bij mij niet aan met dat ze het moeilijk heeft, niet na... na wat je haar hebt laten doen.'

'Jesse, waar heb je het in vredes...?' Hij drukte zich op op zijn handen, zijn vette vingers plat op de counter, en vervolgde: 'Heb je het over die ene avond? Ik heb haar niet gedwongen. Ze is een volwassen vrouw. Mag ze zelf niet weten wat ze doet?'

Ik liep weg, omdat hij mijn tijd sowieso niet waard is, maar thuis liet ik mam weten dat ik niet wilde dat die idioot nog in mijn restaurant kwam.

'*Jouw* restaurant?' zei ze.

'Waarom heb je het hem eigenlijk verteld?' vroeg ik.

'Wat verteld?'

Aan mijn kwade blik zag ze wat ik bedoelde. Stomme R.D., een beetje langskomen en dan gaan zitten kletsen over haar ziekte.

Ze zuchtte. 'Lieverd... als je het moeilijk hebt, zoek je nu eenmaal steun bij je vrienden.'

'Noem je hem een vriend? Terwijl hij je zoiets smerigs laat doen en zijn chauffeursmaten laat toekijken?'

'Hij heeft niet...' Ze maakte haar zin niet af. 'Luister, Jesse, misschien is hij niet de vriend die jij voor me uitgekozen zou hebben, maar hij is wel een vriend. Meer dan dat zelfs. En zal ik je nog eens wat vertellen? Ik neem al mijn vrienden zoals ze zijn. Hoe dan ook.'

'Jij neemt alle *mannen* hoe dan ook,' mompelde ik.

'Pardon?' Ze legde de theedoek weg. Ik liep de superkleine keuken van de woonwagen uit en het al even kleine woonge-deelte in, dat naar honden rook. Ze volgde me en greep mijn arm vast.

'Denk je dat het mij in mijn situatie helpt om te weten dat jij zo over me denkt?' vroeg ze. 'Dat mijn dochter denkt dat ik een...'

'...hoer ben?'

Ze zoog haar adem in.

Het was ongelooflijk dat ik dat gezegd had, maar mijn woorden terugnemen deed ik niet.

'Mijn god, Jesse,' zei ze uiteindelijk. 'R.D. was *erbij*. Die zorgt er echt wel voor dat ik met respect word behandeld. Als hij me steunt, waarom kun jij dat dan niet?'

'Je moet de naam van de Heer niet ijdel gebruiken.'

Ze keek me aan alsof ze me niet kende, deze dochter die zo hatelijk deed.

'Ik kan dit niet oplossen,' zei ze na een korte stilte. 'En *jij* ook niet. We moeten er maar het beste van hopen, meer kun-nen we niet doen.'

'Behalve dan bidden,' zei ik.

Ze begon te lachen. Te lachen!

'Goed,' zei ze, 'bid jij maar voor mij. Dat zou fijn zijn. Weet je wat nog fijner zou zijn?'

Ik stond te trillen op mijn benen.

'Als je je eigen verdomde leven zou leiden in plaats van het mijne te veroordelen. Ik bedoel, ik *zweer* je, Jesse, je bent er zo op gebrand volgens Gods geboden te leven dat je een walgelijk heilig boontje bent geworden.'

'Mam...'

'Nee. Je gedraagt je alsof je zo bijzonder bent, alsof je met je goede gedrag en door op anderen neer te kijken punten aan het scoren bent in de hemel, maar ondertussen vergeet je dat je gewoon hier op aarde rondloopt.'

Ik keek van haar weg. Ze pakte mijn hoofd vast en draaide het terug.

'Ik meen het, Jesse.' Het lukte haar nog maar net haar stem onder controle te houden. 'Je kunt beter gaan leven nu het nog kan – *echt* leven, het soort leven waarbij je heiligenkrans een beetje smerig wordt – want, meisje, niemand van ons weet hoe lang we hebben.'

Best, mam, zei ik bij mezelf. Niet op dat moment, maar later, toen de woede plaats had gemaakt voor een hevige, schrijnende pijn. *Als jij dat wilt, vind ik het best.*

De al behoorlijk warme ochtendzon roostert mijn huid door de voorruit. Ik kan Vicks in het restaurant zien en durf te wedden dat ze zich kapot zweet. *Vier eieren, dubbelgebakken. Een wafel voor tafel twee. Drie porties gebakken aardappelen, twee gewoon, één in dobbelsteentjes gesneden, van een halve centimeter.*

Ze is de enige vrouwelijke kok, de enige kok ook onder de twintig. Ze is zeventien, net als ik, maar ik bedien alleen maar. Iedereen kan bedienen.

Vanaf mijn eersterangs parkeerplek kan ik ook Mel zien, het nieuwe meisje. Hoewel Mel er pas twee maanden werkt, wat betekent dat ze lager in rang is dan alle anderen, gedraagt ze zich daar niet naar. Niet dat ze nou zo onbeleefd is, het is meer dat ze iedereen observeert met haar grote blauwe ogen en ik aan haar zie dat ze ons maar een stelletje boeren vindt. Dat ze *mij* maar een boerentrien vindt, omdat mijn spijkerbroek geen vierhonderd dollar kost.

Echt waar, hoor, vierhonderd dollar! Ik zag meteen dat ze

een nieuwe broek aanhad. Want weet je, onze uniformen bestaan uit een zwarte broek met een grijs-wit gestreepte blouse. De blouses krijgen we van het Waffle House, samen met de afzichtelijke stropdassen, maar de broeken zijn van onszelf. De meeste mensen kopen ze bij de Kmart of bij Mervyns en denken er verder niet over na, omdat ze aan het eind van de dag toch vies zijn.

Mijn broeken zijn vreselijk. Ik geef het toe. Ze zitten veel te hoog en hebben van die uitpuilende zakken die me dik maken, terwijl ik dat niet ben. Pas als ik een heupbroek en een topje aanheb, zie je hoe ik echt ben.

MeeMaw – dat is mijn grootmoeder – ziet me liever in kerkkleren, maar ik ga geen rokken en nette schoenen dragen in mijn vrije tijd. Ik neem aan dat God me ook wel ziet staan als ik een broek aanheb in plaats van een rok.

Hoe dan ook, vorige week, toen Mel een nieuwe zwarte spijkerbroek aanhad, zei ik tegen haar dat ik het een leuke broek vond. Ik probeerde aardig te zijn, omdat Vicks me op m'n kop had gegeven omdat ik steeds zo snauwerig deed.

'Dank je,' zei Mel, duidelijk verrast dat ik wat tegen haar zei.

'Waar heb je die gekocht? Ik kan hier in de stad geen leuke spijkerbroeken vinden.'

'Eh...' zei ze. Ze pakte een pluk haar en trok hem voor haar mond. Het was net alsof ze haar spijkerbroekgeheimen niet met me wilde delen.

'Wat voor merk is het?'

Ze kronkelde zich in een bocht om op het label te kijken. 'Eh... Chloé, geloof ik.'

Chloé? Was dat een spijkerbroekenmerk?

Die middag heb ik de bus naar de bibliotheek genomen en

op internet naar Chloé-spijkerbroeken gezocht. Geen enkele winkel in Niceville had ze, wel kon ik er een bestellen bij een of ander bedrijf dat Bergdorf Goodman heette voor de ongelooflijk lage prijs van driehonderdnegentig dollar, plus verzendkosten. Wat voelde ik me stom, nu ik wist waarom Mel het me niet had verteld.

De volgende dag vroeg ik haar waarom ze hier eigenlijk werkte. Ik flapte het er zo uit, en Vicks keek me aan met een blik van: *Jemig, Jesse, kan het nóg kattiger?*

Ja kom op, hé, we hadden Mel allemaal uit haar vaders zilverkleurige Mercedes zien stappen, en de diamanten oorknopjes die ze draagt glimmen zoals mijn kubusvormige zirkonen nooit zullen glimmen. Bovendien hoorde ik dat Abe, de manager, het met haar had over de safari die ze voor ze hier kwam werken in Afrika heeft gemaakt. Mel had zenuwachtig gedaan, maar had toegegeven dat ze inderdaad leeuwen en zebra's en giraffen hun ding in het wild had zien doen.

En ik? Waarom zou ik naar Afrika gaan? Mam heeft iedere dag een paar miljoen honden te logeren in onze woonwagen. Dat is wild genoeg voor mij.

Nou ja, hoe dan ook, toen heb ik Mel eindelijk gevraagd wat ik al wilde weten vanaf het moment dat ze hier begon: waarom iemand als zij in De Walgelijke Wafel is gaan werken.

'Eh... omdat niemand die ik ken hier ooit zou gaan eten,' antwoordde ze.

Vicks denkt dat ze het niet zo rot bedoelde als het eruit kwam, maar zo zei ze het wel.

Ik stap uit. De deur van mams Opel piept als ik hem dichtdoe. Mam zal woest zijn dat ik hem zonder het te vragen heb meegenomen. Nou, jammer dan.

Ik trek mijn broek op, strijk mijn topje glad en kam met mijn vingers door mijn haar om de klitten eruit te halen. Eén ding heb ik voor op Mel – niet dat ik aan het tellen ben – en dat is mijn steile, ultrablonde haar.

Mels tamelijk lange bruine haar is best leuk, maar ze loopt 7 dagen per week, 24 uur per dag met een paardenstaart, dus dat schiet niet op. Hetzelfde geldt voor haar gezicht. Ook best wel leuk – misschien zelfs wel knap – maar met een beetje eyeliner en lipgloss zou ze een stuk verder komen. Wat haar figuur betreft... Ja, nou ja, niks mis mee. Ziet er geweldig uit. Het is wel zo dat ze haar schouders intrekt, alsof ze nooit heeft geleerd dat ze rechtop moet staan, maar ze heeft maatje vierendertig en zo'n soort figuur dat waarschijnlijk het resultaat is van jarenlange privétennislessen. Leuk voor haar.

Vicks ziet er veel cooler uit. Het kan zijn dat ze er zelf anders over denkt, maar het is wel zo. Haar haar zit lekker woest, dat heeft ze zelf zo geknipt, en ze heeft het pikzwart geverfd met een paar plukken wit. Eerst had ze het helemaal zwart, en toen ze er genoeg van had was het van 'Ik denk dat ik het maar bleek'. De gebleekte plukken hangen langs haar gezicht en doen haar donkere ogen goed uitkomen. Verder is ze, anders dan Mel, niet bang voor een beetje eyeliner.

De deurbel begint te rinkelen wanneer ik het restaurant binnen stap. De geur van wafels en bacon slaat me tegemoet, en plotseling zijn die stomme tranen terug.

'Hé kijk nou, Jesse!' roept Abe, opkijkend van de kassa. 'Niet weg te slaan hier, hè?'

'Klopt,' zeg ik. Ik knipper de tranen weg en plak een glimlach op mijn gezicht. 'Ik kan nu eenmaal niet zonder die zwartgeblakerde toast van jou.'

'Hm-m,' bromt hij. Hij stapt vanachter de counter vandaan

en doet net alsof hij me een mep wil verkopen. Ik ontwijk de klap.

Ik roep 'hé' naar Dotty, die met twee volle borden in haar handen door de zaak loopt te balanceren, en zeg 'hola, amigo' tegen T-Bone.

'Zoek je Vicks?' vraagt T-Bone, die aan de bakplaat staat.

'Ja, ze was hier net nog. Waar is ze naartoe?'

'Ze heeft pauze genomen, maar ze blijft te lang weg,' klaagt Abe. 'Zeg dat ze moet ophouden met haar longen te verpesten en terug moet komen, wil je?'

Ik loop naar de achteruitgang. Daar stop ik en draai me om. 'Hé, Abe, kan ik morgen vrij krijgen? En zondag ook?'

'Je maakt zeker een grapje?' zegt hij. 'Zeg dat je een grapje maakt.'

'Het is gewoon dat ik... er even tussenuit moet, dat is alles.' Mijn hart begint te bonken. Stel dat hij nee zegt.

'Jeetje, Abe, neem een chillpil,' roept Dotty. 'Ik neem het wel van haar over. Ik zou de kinderen dit weekend krijgen, maar Carl Junior neemt ze mee naar Disney World. Heeft hij *gevraagd* of hij ze mee kon nemen naar Disney World? Nee, dat heeft hij niet. Heeft hij er ook maar even over nagedacht dat *ik* ze misschien mee zou nemen naar Disney World? Nee, dat heeft hij niet.'

Disney World! Ik begin na te denken – kun je nagaan hoe erg dat hoofd van mij van slag is. Ik heb altijd al naar Disney World willen gaan, vooral naar dat ene futuristische park, Epcot. Ik heb folders gezien, en het is helemaal opgezet als een miniatuurwereld waar allemaal hele kleine landjes knus naast elkaar liggen: Frankrijk, Duitsland, China en al die andere wonderbaarlijke plekken. Er is zelfs een huizenhoge Eiffeltoren.

Miami, prent ik mezelf in, *je moet je concentreren op Miami, niet op Epcot en de Eiffeltoren. Jee, meid, haal je hoofd uit de wolken!*

Hardop zeg ik: 'Dank je, Dotty.'

'Graag gedaan.' Ze zet een bord met spek neer voor een vrouw in een roze T-shirt. 'Ik heb Abe al een paar keer gezegd – toch, Abe? – dat je de afgelopen weken te hard hebt gewerkt. Ik heb me zorgen over je gemaakt, schat.'

Ze veegt haar handen aan haar schort af en komt mijn kant op, en ik vermoed dat ik op het punt sta een knuffel te krijgen. Als ze dat doet, kun je me opvegen.

'Niet doen,' snauw ik. Meteen voel ik me rot, want ze weet van mams probleem, en ze weet dat *ik* het weet. Mam en zij spelen samen bingo, en dan hebben ze het er natuurlijk over met elkaar. Maar het punt is dat niemand anders bij De Walgelijke Wafel het weet: Abe niet, T-Bone niet, zelfs Vicks niet.

Mam begrijpt niet waarom ik het niet tegen Vicks heb gezegd. Ikzelf ook niet. Althans, ik kan het niet uitleggen.

'Er is niets met me aan de hand,' zeg ik tegen Dotty. Aangezien de manier waarop ze naar me kijkt me niet bevalt, wend ik mijn blik af. 'Echt. Dus, eh... ik ga even naar achteren, oké?'

Vicks is op het parkeerterrein achter. Ze staat tegen de muur een sigaret te roken. Naast haar staat Mel. Ik trek mijn buik in, want bij Mel heb ik altijd het gevoel dat dat moet.

'Jesse!' roept Vicks uit. Ze duwt zich van de muur af en geeft me een high five. 'Wat er is aan de hand, meisie? Ik dacht dat je vandaag niet werkte.' Ze glimlacht breeduit, alsof ze echt blij is me te zien, en ik vraag me af of ik het me soms verbeeld heb dat het de laatste tijd niet goed zit tussen ons.

'Hé, Jesse,' zegt Mel. Ze praat met een of ander accent, ik ben er nog niet achter wat voor accent. Iets bekakts in ieder geval.

'Hé,' groet ik terug. Ik draai me zo dat ik Mel buitensluit, maar ook weer niet zo dat iemand me erop zou kunnen aanspreken. 'Luister, Vicks, ik heb een idee.'

'O ja?'

'Een *geweldig* idee,' zeg ik, denkend aan Vicks en Brady, en dat ze een gat in de lucht zal springen als ze de kans krijgt hem te zien. Brady is een tijdje terug naar de Universiteit van Miami vertrokken voor een footballtrainingskamp, hoewel hij inmiddels waarschijnlijk ook wel met colleges en zo begonnen zal zijn. Hij is eerstejaars en komt uit voor de Miami Hurricanes. Best wel cool. Miami lijkt me trouwens sowieso wel cool.

Maar ach, in Niceville hebben we ook iets aparts. Het zogenaamd wereldberoemde Boggy Bayou Mullet Festival. Dat is pas lachen. Alles draait er om vis. Je kunt er gebakken vis eten en er zijn Miss Visverkiezingen voor baby's, kleuters en tieners. Ik heb er een keer aan meegedaan toen ik veertien was, maar om Miss Vis te worden moest je iets kunnen. Zingen of tapdansen of een gedicht opzeggen of zo, en dat kan ik allemaal niet, dus dat werd niks.

Vicks stoot me aan. 'Gaan we dat geweldige idee nog te horen krijgen?'

'O. Ja. Eh... hoe is het met Brady?'

Ze kijkt me raar aan, alsof ik over iets anders begonnen ben. Maar dat is niet zo. Ik ben haar gewoon aan het opwarmen. 'Hij heeft het druk,' antwoordt ze. 'Hij moet iedere ochtend om zes uur trainen, en 's middags moet hij weer aan de bak.'

'Ik vind het maar raar,' zegt Mel, een en al medeleven, alsof ze er alles vanaf weet. 'Het is ongelooflijk dat hij haar maar één miezerig berichtje heeft gestuurd sinds hij weg is.'

Wat? Dit is nieuw voor me, en het bevalt me niet. Het bevalt me vooral niet dat ik het van Mel moet horen.

'Is dat zo?' vraag ik aan Vicks.

'De universiteit is te gek, wou dat je hier was. Liefs!' citeert Vicks. Ze ziet er ongemakkelijk uit, alsof ze weet dat ze iets verkeerds heeft gedaan. Als je iemands beste vriendin bent – zelfs als het niet helemaal goed gaat tussen jou en haar – dan vertel je je hartsgeheimen aan *haar*. En niet aan een of andere nieuwe serveerster.

'Hij heeft hem om twee uur 's nachts verstuurd,' gaat Mel verder. 'Toen hij wist dat Vicks sliep.'

'Maakt niet uit,' zegt Vicks. 'Ik ga niet het jankerige vriendinnetje uithangen dat helemaal over haar toeren is omdat hij niet iedere ochtend en avond iets van zich laat horen.' Het klinkt stoer – typisch Vicks – maar er verschijnt een frons op haar voorhoofd als ze een trekje van haar sigaret neemt, en met haar voet, die tegen de betonnen muur steunt, tikt ze onophoudelijk tegen de muur.

'Maar... hoe kan het nou dat hij je niet belt?' vraag ik. 'Jullie gaan al bijna een jaar met elkaar.'

Ze zucht. 'Vraag jij het hem maar.'

Ik ben verbijsterd. Altijd als Vicks, Brady en ik er deze zomer op uit trokken, of als we met z'n drieën naar de film gingen, hield Brady Vicks' hand vast en gaf hij haar kleine kusjes, zonder zich er wat van aan te trekken dat ik zat te kijken. 'Je bent stapelgek op haar, hè?' zei ik een keer tegen hem. Hij glimlachte alleen maar.

'Nee, vraag *jij* het hem maar,' zeg ik tegen Vicks. Want dit is het geweldige idee dat ik had: naar Miami rijden zodat Vicks Brady kan zien. 'Miami is hier maar zes uur vandaan. Laten we ernaartoe gaan om die rotzak persoonlijk op te zoeken. De universiteit is hier maar zes uur vandaan.'

Vicks snuift. 'Zes? Zeg maar gerust negen.'

'Je *weet* dat hij van je houdt, Vicks. We gaan hem een schop onder zijn achterste geven omdat hij je zo behandelt!'

'Hoe moeten we daar komen?' vraagt Vicks. 'Met de bus? Lekker chic. Ik zie me al vies en stinkend uit de Greyhound stappen en zeggen: *Hoi, schat, hier ben ik dan. Wil je me meenemen naar het introductiefeest voor de eerstejaars?*'

'Ik heb de auto van mijn moeder,' vertel ik haar. 'Dit hele weekend.'

Ze snuift weer. Ze kent de Opel.

'Doe niet zo bot,' zeg ik. Ik doe zo hard mijn best dat het zweet over mijn rug loopt. 'Denk je eens in: jij en ik samen onderweg. We kunnen alles doen wat we maar willen en wanneer we maar willen. En de radio doet het weer, dus we hebben muziek.'

'Ik zou hier wel eens een goede radiozender willen vinden,' brengt Mel naar voren, alsof we met z'n drieën staan te praten. 'Het enige wat ik kan vinden is country, dus ik luister eigenlijk alleen naar mijn iPod. Hé, heeft je moeders auto een ingebouwde iPod?'

Ik kijk haar kwaad aan.

'Er zit geen iPod in de Opel,' zegt Vicks. 'Jammer genoeg.'

'Wel een cd-speler?' vraagt Mel, en ik kijk nog kwader. Bovendien beginnen mijn wangen te gloeien.

'Nee, troel, de Opel heeft een *minimalistische uitrusting*,' laat Vicks haar weten. 'Geen elektrische ramen, geen airconditioning, geen bekerhouders, geen cd-speler, en al helemaal geen ingebouwde iPod.'

Nu kijk ik kwaad naar Vicks.

'En de ruitenwissers zijn naar de filistijnen,' voegt ze eraan toe.

'Die zijn niet naar de filistijnen!' protesteer ik. 'Ze worden soms een beetje plakkerig doordat het rubber is vergaan, dat is alles. Trouwens, wie heeft er nou ruitenwissers nodig in Florida? De zonnestaat!'

'Ja, dat zal best.'

'De zonnestaat,' zegt Mel. 'Klinkt goed.' Ze knippert met haar ogen en glimlacht, net alsof ze iets probeert goed te maken of zo. En dat is echt niet aan haar om dat te doen, het is zelfs niet grappig.

Ze kijkt me aan met haar te blauwe ogen en vervolgt: 'Het is zo cool dat je van je mams het hele weekend de auto krijgt.'

'*Máms*?' herhaal ik. Wie zegt er nou *mams*? Ik wend me tot Vicks. 'Dus... lijkt het je wat?'

Vicks staart voor zich uit.

Mel staat onrustig te draaien. Plotseling zegt ze: 'Eh... mij wel.'

Ik ben sprakeloos. Heeft iemand haar gevraagd om met ons mee te gaan naar Miami? Heeft iemand haar gevraagd om haar neus in zaken te steken die haar niet aangaan en waar ze totaal niet gewenst is? Ik bedoel maar, waar bemoeit die griet zich mee?

Ik draai me nu zo dat ik haar helemaal buitensluit.

'Kom op, Vicks. Kunnen we niet een beetje lol maken voor we weer naar school moeten? We kunnen eerst langs...' Bijna had ik *Disney World* gezegd, maar dat doe ik niet, want ik wil niet dat Mel weet, of zelfs maar vermoedt, dat ik daar nog nooit ben geweest. Mel die naar Afrika is geweest en ik die nog nooit hier in Florida in Disney World is geweest? Dat is triester dan een zwerfhond die haar jonkies kwijt is.

'We kunnen langs dat museum gaan waar je me over hebt verteld,' verzin ik ter plekke. 'Om de reuzenhagedis te bekijken.'

Vicks knijpt haar sigaret uit en schiet de peuk op de grond. 'Het is geen hagedis. Het is een alligator. Old Joe.'

'Goed, dan gaan we Old Joe bekijken,' zeg ik. 'We maken er een echte roadtrip van, langs alle toeristische attracties die we maar willen!' Vicks is dol op dat soort flauwekul. Ze heeft een heel boek over rare toeristische attracties, van zeemeerminnen tot albino eekhoorns en apen die Beatlespruiken dragen.

Vicks kijkt op haar horloge. 'Ik moet weer naar binnen.'

'Maar... mijn idee dan?'

Ze zucht. 'Wie zou mijn dienst moeten overnemen?'

'T-Bone. Je weet dat hij het extra geld goed kan gebruiken.'

'Ja, en nu we het daar toch over hebben... Hoe wil je dat avontuur betalen? Ik durf te wedden dat je niet meer dan, wat zal het zijn, vijftien dollar hebt.'

'Dertig!' reageer ik verontwaardigd.

'En ik heb misschien hooguit tien dollar, want ik heb mijn hele salaris aan drank en Lucky Strikes uitgegeven.'

'Dat is helemaal niet waar.'

'Maar ik heb wel een wasmand voor Brady's studentenkamer gekocht. En nog wat op mijn spaarrekening gezet.' Ze haalt haar schouders op. 'Sorry, Jesse. Met veertig dollar komen we nergens.'

'Als we willen wel,' zeg ik. Ik krijg een trillerig gevoel in mijn borst en boor mijn vingernagels in mijn handpalmen.

Mel schraapt haar keel. 'Eh... ik heb geld. Ik kan het betalen.'

Ik draai me om. Gaap haar aan.

'Benzine, eten... wat dan ook.' Verlegen haalt ze haar schouders op. 'Ik kan ook voor een hotelkamer voor ons zorgen.'

Ik gooi mijn handen in de lucht. Ze is niet goed bij haar hoofd. *'Waarom zou je dat doen?!'*

'Ik wil Old Joe zien,' verklaart ze. Als Vicks en ik haar aanstaren, steekt ze haar kin naar voren. *'Wat nou?* Het is echt waar.'

Het was niet de bedoeling dat het zo zou lopen. Mel verpest alles. Alleen... Vicks werkt eerlijk gezegd ook niet erg mee. En als ik daaraan denk, voel ik een knoop vanbinnen. Zij is tenslotte degene die altijd zegt dat ik een spelbreker ben, dus waarom doet ze dan zo? Snapt ze dan verdorie niet hoeveel lol we zouden hebben?

Dan besef ik plotseling hoe ik haar kan overhalen. Het is een godsgeschenk, deze ingeving, en het is inderdaad zo, denk ik, dat Zijn wegen ondoorgrondelijk zijn. Weliswaar zijn het irritante, in Chloé-spijkerbroeken geklede wegen, maar wie ben ik om me tegen zijn wil te verzetten?

'Goed,' zeg ik tegen Mel, in de wetenschap dat er niets is wat Vicks meer haat dan niet Stoere Meid Numero Uno te zijn. 'We gaan naar Miami. Het wordt geweldig.'

Mel ziet er een beetje geschrokken uit; blijkbaar had ze niet verwacht dat ik het aanbod zou aannemen.

Ik draai me naar Vicks toe en probeer me groot te houden. 'Dus wat dacht je ervan? Ga je mee?'

2   Vicks

Jesse kent me veel te goed. Ik wil die alligator inderdaad zien. Ik heb er alles over gelezen in een reisgids die *Bizar Florida* heet. Vroeger, toen mijn broer Penn en ik nog samen op één kamer sliepen, lazen we elkaar eruit voor. Niet hardop, natuurlijk, want we moesten eigenlijk slapen. Er staan allerlei aparte dingen in dat boek. Een gebouw in de vorm van een sinaasappel. Een vleermuistoren die gebouwd is door een vent die Perky heet en waar nog nooit een vleermuis in heeft gezeten. Het kleinste politiebureau ter wereld. Een zeven meter hoog beeld van Jezus Christus dat helemaal onder water is gebouwd. Het huis van de toekomst, dat Xanadu heet en eruitziet alsof het van marshmallows is gemaakt.

Penn en ik probeerden mijn vader vroeger altijd zo gek te krijgen dat hij ons daar mee naartoe nam voor de vakantie, maar in plaats daarvan moesten we altijd op bezoek bij oma Shelly in Aventura. Onderweg werd niet gestopt, behalve om te tanken. Er werd niet afgeweken van de route.

In *Bizar Florida* staat dat Old Joe de alligator driehonderd jaar oud is. Hij lag vaak in de zon op het stadsplein en zwom zelfs met kinderen in de fontein. Nog nooit een vlieg kwaad gedaan. Tot een of andere achterlijke stroper hem neerschoot. En nu is hij dus opgezet en wordt hij tentoongesteld in een historisch museum in Florida, niet zo heel ver van Niceville vandaan.

Misschien kunnen we onderweg ook gaan kijken naar het Koraalkasteel, dat gebouwd is door Ed Leedskalnin, een slappeling uit Letland die één dag voor zijn huwelijk gedumpt werd door zijn zestien jaar oude aanstaande, Agnes Scuffs. Vervolgens is hij twintig jaar lang bezig geweest om een gedenkteken voor haar uit rotskoraal te hakken. Hij werkte alleen midden in de nacht en verplaatste blokken koraal die honderden en honderden kilo's wogen. Geen mens weet hoe hij dat voor elkaar kreeg.

Nu is het een monument van de onbeantwoorde liefde.

Ed Leedskalnin; wat een ongelofelijke sukkel.

Als Brady me niet belt, als hij me nooit meer belt en met die cheerleaders op de universiteit ligt te flikflooien alsof we nooit elkaars eerste zijn geweest en alle dingen die we tegen elkaar hebben gezegd helemaal niets voorstelden – zoals dat we het met elkaar deden omdat we altijd bij elkaar zouden blijven – en als hij net doet alsof we niet hele nachten zijn opgebleven om te praten en we elkaar niet iedere dag zagen en we elkaar niet het ene na het andere bericht stuurden als we niet samen waren... Als Brady me gewoon dumpt, net zoals dat Letse meisje met die Ed deed, dan ga ik toch echt geen koraalkasteel voor hem bouwen.

Ik ben niet het soort meisje dat die shit pikt van een jongen. Als je opgroeit met vijf oudere broers weet je echt wel hoe je voor jezelf moet opkomen bij het andere geslacht.

Het kan niet anders, of mensen die koraalkastelen bouwen zijn enig kind.

Ikzelf... Ik ga gewoon... Ik pak het anders aan, zeker weten.

Ik ga zorgen dat ik hem terugkrijg.

Zorgen dat hij zich alles herinnert. Zorgen dat hij zich herinnert dat ik hem opviel omdat ik azijn over mijn schoolpizza sprenkelde omdat die niet lekker genoeg was. Dat ik hem weer opviel toen ik mijn haar zwart had geverfd. Dat hij niet had geweten dat hij mij ook was opgevallen, tot ik een keer zijn schoolkluisje dichtgooide en hij zijn hand er nog maar net op tijd uit kon trekken en ik daarna de gang door vluchtte. Dat ik plotseling niet gewoon maar het zusje van Penn Simonoff was, maar iets anders. Dat hij me vroeg of ik kwam kijken naar een footballwedstrijd van de Travers Manatees, waar hij vleugelverdediger was.

'Nee, liever niet,' zei ik tegen hem.

'Hou je niet van football?' vroeg hij, zijn voorhoofd fronsend.

'Ik ben gek op football,' antwoordde ik, blij dat ik hem daarmee kon verrassen. 'Maar ik hou van belangrijke wedstrijden, van de nationale competitie. De Super Bowl op zondag? Dan heb je me helemaal.'

'Echt?' vroeg hij flirterig.

Ik ging verder. 'Het probleem is dat ik de afgelopen jaren veel en veel te vaak naar schoolwedstrijden van mijn broer Tully heb gekeken, en dat de Manatees toen achter elkaar verloren. Dat was voor coach Martinez de ploeg ging trainen. Kunnen we in plaats daarvan naar de film gaan?'

Brady begon te lachen. Het was de eerste keer dat ik die brede lach voor mij op zijn gezicht zag doorbreken en de eerste keer dat die daverende lach in de ruimte echode vanwege iets wat ik had gezegd.

Op dat moment besloot ik dat ik hem aan het lachen wilde maken, steeds maar weer, iedere dag.

'Ja, we kunnen naar de film gaan,' zei hij, en nog voor we een datum hadden afgesproken of besloten hadden naar welke film we zouden gaan, boog hij zich naar me toe en kuste me op mijn nek. Het was alsof hij me op mijn wang had willen kussen, maar onderweg verdwaald was geraakt. Hij grinnikte toen hij het deed, maar het voelde goed, en ik wist dat hij mij net zo leuk vond als ik hem.

Dit was iets echts. Niet zomaar een date, een flirt, een vluchtige liefde.

Dus ja, ik neem het aanbod van Jesse aan. Ik wil naar Miami, en als ik daar ben, ga ik ervoor zorgen dat Brady zich herinnert wat hij blijkbaar vergeten is na tien dagen trainen en een halve week college.

Omdat ik weet dat hij het helemaal niet vergeten is.

Wat ik *niet* wil doen, is vragen waarom hij niet heeft gebeld. Dat is namelijk dodelijk. Dat weet ik van mijn broers Steve, Joe junior, Tully, Jay en Penn. Die hadden zoveel vriendinnen dat je er koppijn van kreeg als ze bij ons thuis op weg naar binnen of buiten de hordeur lieten knallen. Maar als er één ding was waar mijn broers van afknapten, was het wel van die trutjes, die bloemenmeisjes die jammerden: 'Waarom heb je me niet *gebeld*?'

Op zo'n vraag kun je namelijk geen antwoord geven. 'Hij heeft je niet gebeld omdat hij je niet wilde bellen,' zou ik hebben gezegd als ik de telefoon had opgenomen en ze het me hadden gevraagd. 'Dat lijkt me nogal duidelijk.'

'Nou, zeg hem dat ik gebeld heb,' zou het Roosje dan hebben gezegd, 'en vraag hem waarom hij niet heeft gebeld terwijl hij heeft gezegd dat hij dat wel zou doen.'

'Doe ik,' zou ik hebben gezegd. Daarna zou ik een briefje op de ijskast hebben geplakt met de boodschap: 'Je vriendin zit weer over je te klagen. Bel dat zielige bloempje op en zorg dat ze mij niet meer lastigvalt.'

En Steve, Joe junior, Tully, Jay of Penn – wie het ook was –

zou dat meisje nooit meer mee naar binnen nemen door onze hordeur. Niet om wat ik geschreven had, want het interesseerde ze geen bal wat ik van hun vriendinnetjes vond, maar omdat jongens er een hekel aan hebben om op hun foute gedrag gewezen te worden. Ze willen dat je het door de vingers ziet, of ze een beetje opvrijt, zodat ze het voortaan uit zichzelf anders doen, maar niet dat je ze er rechtstreeks op aanspreekt. Dat is de doodsteek voor je relatie.

En het vriendinnetje, het arme bloemenmeisje, zou waarschijnlijk haar eigen koraalkasteel gaan bouwen, in haar dagboek gaan schrijven of snikkend aan de telefoon hangen met andere Roosjes, of ons van die aanstellerige fotootjes met hartvormige briefjes sturen die mijn broers zodra ze ze gelezen hadden zouden vergeten.

Jongens hebben niets met dat moeizame gedoe. Jongens hebben iets met meiden die naast ze op een doorgezakte bank zitten terwijl ze zitten te zappen. Met meiden die iets begrijpen van football, die hun mond houden tijdens de wedstrijd en niet zitten te kakelen over iets wat ze die middag hebben gekocht en doen alsof dat zo belangrijk is. Met meiden die ook inderdaad eten als ze mee uit eten worden genomen.

Jesse wacht tot ik 'ja' of 'nee' zeg tegen dat maffe plan van haar. Ze ziet er nu zo ongerust uit dat ik me schuldig voel.

Ik weet dat het haar dwarszit dat ik haar niet meteen heb verteld wat er met Brady is sinds hij naar Miami is gegaan. In plaats daarvan heb ik dagen- en dagenlang mijn mond gehouden – en het wel aan Melletje verteld.

Waarom dat zo is, weet ik eigenlijk ook niet.

Mijn vriendinnen op school, op Travers, vinden dat Brady en ik perfect bij elkaar passen. Brady en ik die door de gang lopen met onze handen in elkaars zakken. Die als Superman en Lois Lane naar het Halloween-dansfeest gaan. Die elkaar kussen tijdens de dagopening. Ik die aan de tafel van de eind-examenklassers zit, midden tussen Brady's vrienden, ik die Brady's oude T-shirts draag. Brady en ik, altijd samen.

Ik wil niet weten hoe ze reageren, wil geen medelijden van ze. Het is veel makkelijker om tegen een meisje te zeggen dat je vriend je niet heeft gebeld als ze je niet alleen maar beschouwt als het vriendinnetje van een speler van het kampioensteam.

Ik had het natuurlijk tegen Jesse kunnen zeggen. Ik had het zelfs tegen haar moeten zeggen. Sinds we vorig jaar bij de Waffle zijn begonnen, zijn we dikke vriendinnen. Zij gaat naar een andere school, wat het een stuk makkelijker maakt om echte vriendinnen te zijn. Want Jesse denkt niet net als de meiden op Travers aan me als 'VicksenBrady'. Voor Jesse ben ik degene die geduldig wacht terwijl zij in de giganti-sche bakken goedkope make-up bij Eckerds rondsnuffelt. Ik zit die saaie christelijke tv-programma's van haar uit en laat haar alle cashewnoten uit de notenmix pikken. Ik ben dege-ne die haar helpt vragen te bedenken voor de grappige onder-zoekjes die ze op de muur van de wc van de directie van de Waffle plakt en waarin ze hun vraagt hun favoriete woord op te 'schrijven, of hun minst favoriete geluid, of hun lievelings-plaat. Ik koop amandelijs voor haar als ik tijdens mijn pauze naar de 7-Eleven fiets, omdat ik weet dat ze dat het lekkerst vindt, en ik ga zelfs wel eens koffiedrinken met haar ietwat aanstellerige moeder en zeg dingen als: 'O, Ms. Fix, wat is er gebeurd met die ongelukkige pitbull waar u ons vorige keer over hebt verteld?' En dan luister ik ook nog naar haar, want haar moeder kan echt anderhalf uur lang aan één stuk door over honden kletsen.

Voor Jesse ben ik niet de ene helft van 'VicksenBrady'. Voor haar ben ik gewoon ik. Haar beste vriendin.

Mel en ik zijn niet echt vriendinnen, maar op de een of andere manier kwam alles over Brady er in één keer uit toen ze naar buiten kwam om... Ja, waarom eigenlijk? Om te kijken hoe ik een sigaret rook?

Ik heb spijt dat ik het niet eerst aan Jesse heb verteld. Er is geen betere vriendin dan Jesse als ik gek word van mijn ouders, als ik bloednerveus ben vanwege een proefwerk, of als ik gewoon even mijn hart moet luchten. Maar ik ben niet eerlijk geweest over Brady en mij.

Ze is ook zo gelovig, Jesse. Vijf maanden geleden, toen ik liet doorschemeren dat Brady en ik misschien met elkaar naar bed zouden gaan, vroeg ik haar of ze meeging om de pil te halen. Toen werd ze pisnijdig omdat seks voor het huwelijk een zonde is en de pil het alleen maar makkelijker maakt om te zondigen. En toen was het ineens alsof ze vond dat ze te veel had gezegd, want plotseling hield ze haar mond.

Alsof het te erg was om erover te praten.

Ik vraag me af of het iets te maken heeft met het feit dat haar moeder niet getrouwd is. En dat ze hét duidelijk wel heeft gedaan, want anders had ze Jesse niet gekregen. Of misschien heeft het meer te maken met Jesses vader – ik weet niet eens hoe hij heet – en dat hij ervandoor ging toen Jesse nog in de luiers zat.

Brady zou me nooit zo'n streek leveren, maar ja... ik zorg er ook wel voor dat hij daar geen reden voor heeft. Hallo hé, we hebben tegenwoordig de pil, hoor.

Jesse weet inmiddels waarschijnlijk wel dat ik geen maagd meer ben, maar aangezien ze me duidelijk heeft gemaakt dat ze er niets over wil horen, begin ik er ook niet over tegen haar.

Laatst, om precies te zijn vlak voor Brady vertrok, maakte ze een paar opmerkingen. Onder andere dat ze zo vol is van God dat ze die gelovige dingen er gewoon uitflapt. En dat ze me wil helpen gered te worden.

Het is echt, echt niet leuk met haar.

Maar dat neemt niet weg dat ze hier nu op het parkeerterrein achter de Waffle staat te wachten tot ik iets zeg. Bovendien moet het haar behoorlijk gekwetst hebben dat ik Mel wel heb verteld over dat Brady niet gebeld had. Ze laat echter niets blijken. Hoewel, misschien verraden haar ogen haar wel. Zoals ze daar zenuwachtig staat te rinkelen met haar sleutels straalt ze een waanzinnig sterk verlangen uit. Stel je voor, op haar vrije dag komt ze hier naar deze walmende tent toe alleen om *mij* over te halen een lift van *haar* aan te nemen. En dan doet ze ook nog net of ze wil dat Mel meekomt – wat ze natuurlijk *helemaal* niet wil, ze probeert mij gewoon over de streep te trekken.

Ik hou van die meid en moet haar niet langer in spanning laten. 'Ach, wat zou het ook,' zeg ik. 'Laten we het gewoon doen.'

Jesse wil ons bij de Waffle ophalen zodra we klaar zijn, maar ik wil niet bij Brady's studentenflat komen aanzetten als ik onder de vetspetters zit en naar spek en gebakken eieren ruik. Dus spreken we af dat Jesse om half vier bij mij langskomt en we daarna naar Mel gaan. Mel schrijft haar adres op een servet op en noteert mijn mobiele nummer. Volgens mij wil ze contact met me kunnen opnemen voor het geval Jesse onder de afspraak uit probeert te komen.

Ik bak nog tig eieren en fiets dan naar huis, waar een brief-je van mijn ouders ligt. Ze zijn naar Babies 'R' Us om spullen te kopen voor het nog ongeboren kind van Steve. Ik weet dat ze het niet erg vinden dat ik naar Miami ga, zolang ik ze maar vertel waar ik ben en mijn mobiel meeneem. Zelfs als ze het geen goed idee vinden om helemaal in Miami met Brady uit te gaan, en dat vinden ze, dan nog hebben ze geen tijd of energie om zich er druk over te maken. Tegen de tijd dat je bij kind nummer 6 bent, ben je stukken soepeler met de regels.

Pa en ma zijn allebei elektricien en hebben een eigen zaak: Simonoff Electrics. Mijn oudste broer, Steve, is de appel die niet ver van de boom valt en werkt als leerling-elektricien in Broward. Joe junior zit bij de marine. Tully studeert volgend jaar af aan de Universiteit van Florida in Tallahassee. Jay, die samenwoont met zijn vriendin, studeert ook, maar heeft nu zomervakantie en sjouwt een paar maanden lang dozen bij de Wal-Mart. En Penn, mijn lievelingsbroer, heeft samen met Brady eindexamen gedaan en woont deze zomer bij een paar vrienden in een vervallen appartement tegenover het winkelcentrum. Hij werkt in de keuken van P.F. Chang's, wat qua restaurant stukken beter is dan de Waffle. Aanstaande september gaat hij naar de koksschool in een stad die hier een eindje vandaan ligt.

In juni is hij uit huis gegaan. Dus nu wonen alleen ik en de ouwelui er nog.

Het is lullig om alleen over te blijven. Weliswaar doe ik volgend jaar juni examen, maar toch.

Terwijl ik mijn spullen inpak, bel ik Penn. 'Hai, ik ben het.'

'Vicks.'

'Het is hier zo stil. Het is net een lijkenhuis. Ik ga naar Miami om mijn vriend te zien, want die is al een tijdje weg.'

'Een tijdje? Brady is toch net pas vertrokken?'

'Nee, twee weken geleden al.'

'Zoals ik al zei: net pas vertrokken. Kun je niet zonder hem?'

'Hou je kop,' zeg ik, en ik meen het.

Penn weet dat, dus begint hij over iets anders. 'Hoe ga je daarnaar toe?'

'Jesse geeft me een lift.'

'Is Jesse dat meisje dat je meenam naar het feest op Onafhankelijkheidsdag?' vraagt hij, een en al onschuld.

'Hm-m. Dat meisje van wie je altijd een gratis Coke krijgt in de Waffle.'

Hij grinnikt. 'O ja, die Jesse.'

'Wat ben je op dit moment aan het doen?' vraag ik hem.

'Ik ben in de supermarkt, in de Publix. Ik heb net een lunchdienst gedraaid.'

'Ik ook. Ik ben helemaal nat van het zweet en het vet.'

'Ik ook,' zegt hij. 'Wil je weten hoe mijn T-shirt eruitziet?'

'Liever niet.'

'Hij ziet er walgelijk uit. Ik ben nu bij de wasmiddelenafdeling, kijken of ik een doos... O, daar staat het. Welke denk je dat beter is: Tide of All?'

'Welke van de twee heeft een mooiere doos?'

'Een mooiere doos?' herhaalt hij. 'Wat doet dat er nou toe? Tjonge jonge, aan jou heb ik ook niets. Ik neem die Tide wel.'

'Wanneer kom je naar huis?' vraag ik.

'Niet voor volgend weekend.'

'Kom eerder. Kom maandag eten.'

'Ben je dan niet nog steeds in Miami, achter Brady aan het aanlopen?'

'Hou erover op! En nee, ik moet maandagochtend werken.

Dus kom je?'

'Neuh, ik moet nog een paar klusjes doen.'

'Kom op, Penn. Het is hier ontiegelijk saai. Als jij niet komt, is er niemand.'

'Ik moet hangen, Vicks, ik ben bij de kassa.'

'Goed,' zeg ik. 'Maar laat me hier niet te lang alleen zitten, anders ga ik dood van verveling. En dan heb jij geen zusje meer om de baas over te spelen, nietwaar?'

'Praat me later maar een schuldgevoel aan,' zegt hij, 'nu moet ik opschieten.' Daarna hangt hij op. Denkt Penn echt dat twee weken 'pas net vertrokken' is? Denkt Brady dat ook? Twee weken is in Vicks beleving echt heel erg lang hoor.

Ik loop naar de voorraadkast, die aan alle kanten uitpuilt. Er liggen hier maar liefst acht zakken aardappelen. Mijn ouders vinden dat bij iedere maaltijd aardappelen horen en kopen nog steeds bij de Wal-Mart in alsof ze zes jongens moeten voeden in plaats van één meisje dat de hele zomer in een restaurant werkt. Ik graai een paar repen weg en een pak koek.

Vervolgens open ik de ijskast en kijk ik tussen een aardappelsalade, een restje gebakken aardappelen en een Tupperware-doos met daarin roomaardappelen, een walgelijke uitvinding van mijn moeder, of ik wat lekkers kan vinden. Hé, mango's. Mijn lievelingsfruit. Ik pak ze.

Buiten drukt Jesse op de claxon van de Opel. Ik schrijf een briefje voor de directie van Simonoff Electrics en ben weg.

3   Mel

'Hé, Nik,' vraag ik boven het lawaai van de föhn uit, 'ben je bijna klaar?'

Geen antwoord.

Ik klop op de deur van de badkamer die we samen delen. Alweer. 'Hallo?'

'Ik ben mijn haar aan het doen!'

'Nikki, ik *moet* echt onder de douche! Kun je je haar niet in je eigen kamer doen? Alsjeblieft.'

'Ik heb de spiegel nodig. Gebruik Blakes douche maar.'

'Die is Rosita aan het schoonmaken.'

'En die van mams?'

'Mams zit in het bad.' Ik sluit mijn ogen en haal diep adem. 'Kom op, Nikki, alsjeblieft.'

'Ik ben bijna klaar. Hou op met dat irritante gezeur.'

Ik laat me op de grond zakken. Ze zit al vijfenveertig minuten in de badkamer.

Er vliegt iets zachts tegen mijn neus. Ik kijk op en zie dat Blake de trap op komt in zijn klimuitrusting: sportbroek, T-shirt, vreemde schoenen en een klimtuigje. Nog zo'n tuigje ligt naast me op het tapijt, waar hij terecht is gekomen nadat hij van mijn neus terug is gestuit.

'Wil je me zekeren?' vraagt hij. Hij en mijn vader hebben aan de achterkant van ons huis een klimmuur gebouwd.

Ik schud van nee. 'Sorry, Blakie, ik heb andere plannen.'

'Wat ga je dan doen?'

'Ik ga naar Miami.'

Hij strekt zijn arm naar achteren tot hij knakt. 'Met wie?'

Ik probeer nonchalant te klinken. 'Vriendinnen van het werk.'

'Echt?'

'Schokkend, ik weet het,' zeg ik, terwijl ik mezelf dwing te glimlachen. Mijn telefoon heeft niet bepaald roodgloeiend gestaan sinds we hier in januari naartoe zijn verhuisd. Zelfs Corey Perkins heeft nooit gebeld. Wat ik trouwens ook niet van hem had verwacht.

Tara van biologie heeft een paar keer gebeld, maar dat was om iets te vragen over het huiswerk, niet om samen iets te gaan doen. Uiteraard heb ik tegen haar gezegd dat ik het hartstikke druk had met familiedingen, zodat ze niet zou denken dat ik zielig ben. Toch moet ze me door hebben gehad, want ze heeft haar vriendin overgehaald om me uit te nodigen voor een feestje bij haar thuis. Ik voelde me daar zo opgelaten dat ik net zolang door bleef drinken tot ik me niet meer opgelaten voelde en Corey zijn tong in mijn mond stak. Ik weet niet wat me bezielde. Ik bedoel, hij is op een bepaalde manier best wel leuk, maar ik ken hem amper, en nu sta ik dus bekend als het nieuwe meisje dat op feestjes dronken wordt en zich door iedereen laat versieren.

Gênant gewoon.

Niet dat er iets is gebeurd. Ik heb *het* nog nooit gedaan, hoewel ik niet per se maagd hoef te blijven tot ik getrouwd ben of zo. Als het anders was gelopen, had ik het, terug in Montreal, misschien met Alex Bonderman gedaan. Na vijf jaar samen naar school te zijn gegaan en al die tijd stiekem verliefd op hem te zijn geweest, heeft hij me op een woensdagavond om half twaalf, toen we Halloween-snoepjes zaten te eten en een wiskundeproefwerk zaten te leren, eindelijk gekust. Hij smaakte zoet. In de weken daarna vrijden we zodra we maar even alleen waren. In het trappenhuis op school. Bij het naar huis lopen van school. Bij mij thuis in de kelder.

Tot hij opeens niet meer kwam.

Toen ik bij hem langs ging om te kijken wat er aan de hand was, trof ik mijn zogenaamde beste vriendin Laurie Gerlach aan in zijn kamer. Haar beige cup C-beha lag tussen de wielen van zijn bureaustoel. Ze vonden het echt vreselijk voor me, zeiden ze, maar ze *mochten* elkaar nu eenmaal.

Dat gebeurde één week voor Lauries zestiende verjaardag. Hoewel ik het eigenlijk niet had moeten doen, ben ik toch naar haar feestje gegaan. Met een paar mensen uit mijn klas heb ik wijn gedronken in de toiletten van de club. Dat maakte het een beetje draaglijker om Laurie en Alex te zien slijpen op muziek van John Mayer.

Ik had kunnen weten dat Alex niet echt iets voor me voelde. Ik bedoel, kom nou toch, hij hoort gewoon bij iemand als Laurie. Met dat mooie haar en zo.

En ik had moeten weten dat een vriendschap die ontstaan was doordat we alle twee dezelfde schaapsleren winterjas droegen niet veel kon voorstellen. In groep zeven was Laurie naar me toe komen rennen. 'O jeetje, kijk nou toch!' had ze geroepen. 'We zijn tweelingen!' En zo kwam het dat we meteen elkaars beste vriendinnen waren.

Ik durf te wedden dat Laurie en Alex *het* al hebben gedaan.

Met allebei praat ik niet meer. Ik spreek nog maar zelden iemand uit Montreal. Op MySpace zijn we nog wel bevriend, maar het lijkt wel of iedereen het altijd hartstikke druk heeft.

Ik durf te wedden dat Vicks *het* ook heeft gedaan. Meisjes als Vicks doen het gewoon als ze een jaar verkering hebben. Of Jesse het heeft gedaan betwijfel ik. Te oordelen aan het gouden kruis dat om haar nek hangt is ze zo'n meisje dat om Gods straf te ontlopen per se maagd wil blijven tot ze getrouwd is. Een beetje relaxen zou geen kwaad kunnen bij haar. Vicks is het tegenovergestelde. Superrelaxed, en ze maakt nooit ergens een probleem van. Niets kan haar van haar stuk brengen. Als mijn vriend me twee weken lang niet zou bellen, zou ik jankend in mijn bed liggen.

Vicks is nergens bang voor. Niet voor jongens en niet voor wat andere mensen denken.

'O, kom op, vijf minuten kun je me toch wel zekeren,' zegt Blake.

'Nee, dat kan niet. Over vijf minuten ga ik weg.' Met mijn vriendinnen. *Vriendinnen.* Bijna dan. Onwillekeurig begin ik te glimlachen. Vicks was vandaag opeens heel erg open over Brady en zo. En Jesse mag me dan misschien niet, maar ze heeft me dan toch maar uitgenodigd, nietwaar?

Nou goed dan, ik heb mezelf uitgenodigd. In feite komt het erop neer dat ik heb aangeboden de reis te betalen als ze me zouden meenemen.

O Jezus, niet te geloven dat ik dat gedaan heb. Vriendinnen kopen.

'Hé, Nikki!' schreeuwt Blake, op de deur bonkend. 'Kom me zekeren.'

'Geen schijn van kans, lamzak!' blèrt ze terug.

Nikki haat de klimmuur achter ons huis. Net als onze moeder. Mams maakt zich iedere dag zorgen dat Blake een gat in zijn hoofd valt, maar Blake is net zoals paps verslaafd aan avontuur. Twee jaar geleden hebben ze allebei een diploma diepzeeduiken op Aruba behaald. Mams en Nikki wilden de muur niet, maar het was drie tegen twee, dus kon ze niet veel uithalen. Ik heb voor de muur gestemd, ook al ben ik te onhandig om hem te gebruiken. Maar goed, Blake is er gelukkig mee, dus wat zou het.

Met de meeste dingen hier is het zo dat de meeste stemmen gelden. Voor het avondeten gebraden zalm of pizza met een knapperige bodem, voor de wintervakantie Honolulu of Mexico, en als nieuwe auto voor de kinderen de BMW X3 of een cabriolet. Blake wilde de BMW, Nikki was helemaal weg van de cabriolet, en mij maakte het niet echt uit. Maar net zoals bij de klimmuur was mijn stem doorslaggevend. Ik zag mezelf al op de snelweg zitten in de cabriolet, dak naar beneden, haren wapperend in de wind en... de auto die over de kop sloeg en mijn hoofd dat uit elkaar knalde. Ik koos de X3.

Ik ben vaak de zwevende kiezer. Zo noemde ik mezelf bij dr. Kaplan, de psycholoog naar wie mijn ouders ons alle drie in januari stuurden om ons te helpen aanpassen aan een nieuwe middelbare school. Blake als vierdeklasser, ik als vijfdeklasser en Nikki als eindexamenkandidaat. Dr. Kaplan lachte toen ik mezelf zo noemde. Toch begreep ze het niet helemaal, want ze zei dat die laatste stem juist veel macht had. Ik probeerde haar uit te leggen dat juist omdát ik altijd moet kiezen tussen wat Nikki kiest, *A*, en wat Blake kiest, *B*, ik macht*eloos* ben, omdat ik dan geen *C* kan kiezen. Ze vroeg me of het me onzeker maakte om de middelste te zijn, of ik het gevoel had dat ik er niet bij hoorde, en ik dacht: *ja*, eigenlijk wel. Nikki is de knappe en de populaire, Blake de opstandige Benjamin en ik ben gewoon... die andere. Degene die de knoop doorhakt. Maar toen begon Nikki te praten over hoe *zij* over haar nieuwe school dacht en was alle aandacht op haar gericht. Nikki trekt altijd alle aandacht naar zich toe.

Toen Blake met zijn ogen naar me rolde, schoten we allebei bijna in de lach. Ik zond hem een laat-dat-blik, want Nikki zou door het lint gaan als we zouden gaan lachen. Ze haat het als wij tegen haar samenspannen. Blake begreep de boodschap en hield zijn gezicht in de plooi.

Blake is de enige die begrijpt waarom ik bij het Waffle House wilde werken. Nikki en mams snapten er helemaal niets van. Waarom wilde ik niet net als Nikki bij paps op kantoor werken? Waar ik zelf mijn uren kon indelen. Of – als je moet afgaan op het feit dat Nikki 's middags haar haar staat te doen – het gebrek aan uren. Maar bij paps zou iedereen weten dat ik Mr. Fines dochter was. In mijn bijzijn zouden mensen aardig tegen me doen omdat ik de dochter van hun baas ben, maar achter mijn rug zouden ze fluisteren dat ik een verwend rijk nest was. Nee merci. Dan werk ik liever als serveerster in het Waffle House. Zeker, het is niet goed voor je gemanicuurde nagels om tafels schoon te maken, maar ik vind het wel prettig om niet op te vallen. De klanten merken amper dat ik er ben. Dat probeerde ik Jesse uit te leggen toen ze me vroeg waarom ik er was, maar ik geloof niet dat het helemaal duidelijk was.

Ik hoop dat Abe mijn briefje vindt. Ik heb hem geschreven dat ik er morgen niet ben en hem mijn excuses aangeboden dat ik het pas zo laat heb gemeld.

Ik kan nog niet geloven dat ik mezelf heb uitgenodigd. Maar toen Jesse het over de reis had, kon ik maar aan één ding denken: dat ik met ze mee wilde. Vicks is zo sterk en zo cool en Jesse is altijd zo zeker van zichzelf. Bovendien zijn ze allebei heel anders dan de mensen die ik thuis kende. Het zal Vicks nooit overkomen dat ze Jesses beha tussen de wielen van Brady's bureaustoel vindt. En niet alleen omdat Jesse zwaar christelijk is, maar omdat ze eerlijk zijn en elkaar vertrouwen.

Dat wil ik ook. Met hun tweeën.

Dat ik die alligator wil zien, heb ik gelogen.

Tijdens de safari die we in juni hebben gemaakt moesten we in een open jeep zitten kijken naar vier cheeta's die een gazelle in stukken scheurden. Paps en Blake vonden dat het hoogtepunt van de reis. In feite hebben we er vier uur lang rondgereden om ze te vinden.

Ik zei dat een keer tegen Vicks, toen ik iets interessants probeerde te bedenken om over te praten. Ze trok een wenkbrauw op. 'Wat een gore troep,' zei ze.

Vertel mij wat.

Overal bloed en ingewanden. Ik heb mijn handen voor mijn ogen gedaan. Vorige week droomde ik over die tocht. Alleen was ik de gazelle.

Eindelijk doet Nikki de deur open.

'Hoe ziet het eruit?' vraagt ze. Ze gaat zo staan dat ze de ingang verspert en strijkt over haar haren.

'Perfect, maar ik moet erin.'

'Kijk hoe steil ik het heb gekregen. Ongelofelijk, hè? In deze hitte. Moet je ook proberen, die antikroesgel van mij. Onvoorstelbaar. Ik ben er helemaal idolaat van.'

'Doe ik. Mag ik er nu in? Alsjeblieft?'

Ze stuift langs me. 'Niet te lang, hè. Ik moet mijn ogen nog doen.'

Na de douche ruk ik de glazen schuifpanelen open, klim uit de jacuzzi en sla een dikke, warme, naar citroen geurende handdoek om me heen. Rosita heeft waarschijnlijk net de was gedaan. Dan ga ik snel naar mijn kamer, waar Nikki bezig is mijn kast te doorzoeken.

'Ik leen je Alice + Olivia zomerjurk, oké?'

'Natuurlijk. Maar heeft mams er ook niet een voor jou gekocht?'

'Ja, maar die van jou is leuker. Op de mijne zitten strepen, en die maken me dik.'

'Welnee, dat is helemaal niet waar.' Nikki doet belachelijk, omdat ze twee en een halve kilo boven haar ideale gewicht zit – hooguit. Ze heeft enorme borsten, prachtig glanzend blond haar, en ze is altijd het knapste meisje van haar klas geweest. Jongens zijn gek op haar. Echt, ze vechten om haar. Ook al was ze nieuw op school, toch kreeg ze vijf uitnodigingen voor het eindexamenfeest.

Maar Nikki is constant aan het diëten. Mams ook. Sinds die twee helemaal geobsedeerd zijn door het South Beach-dieet krijgen we steeds rare dingen te eten, zoals bloemkoolpuree die moet doorgaan voor aardappelpuree.

Nikki haalt mijn jurk van het hangertje en bestudeert het label. 'Gedver, het is maat vierendertig. Wat een anorexia ben je toch.'

Ik trek de handdoek dichter om me heen. Ik vind het vreselijk als ze me zo noemt. Als ik die bloemkool of wat voor andere South Beach-dingen dan ook eet, ben ik een anorexia, als ik er met paps en Blake tussenuit glip om bij McDonald's te gaan eten, ben ik een verrader. 'Nikki, ik moet me aankleden. Ik ga op stap met vriendinnen.'

'Heb jij vriendinnen dan?' Haar telefoon gaat, en ze snelt ernaartoe om op te nemen. Nikki heeft het druk met haar vrienden en vriendinnen uit Florida, haar vrienden en vriendinnen uit Montreal en haar toekomstige universiteitsvrienden en -vriendinnen.

Ik open mijn la om me aan te kleden. Mijn witkatoenen

ondergoed is allemaal zo opgevouwen dat het envelopjes lijken. Met de complimenten van Rosita. Ik trek een korte zwarte broek aan en een zijdezacht wit T-shirt dat mams net moet hebben gekocht, want ik heb het nog nooit eerder gezien. Daarna trek ik een rode reistas uit de kast en stop er allerlei dingen in. Spijkerbroeken, korte broeken, een paar shirtjes.

En hardloopschoenen. Voor het geval ik er plotseling vandoor moet. Ha ha. Ik weet zeker dat het allemaal goed gaat. Dat het leuk wordt.

Ik hoor buiten toeteren en doe mijn gordijnen open. Op onze ronde oprit staat de oudste tweedeursstationcar van de wereld. Terwijl de motor blijft lopen, zit Jesse vanaf de bestuurdersplaats naar ons huis te staren en zit Vicks de X3 te bekijken. Ik doe het raam open en schreeuw naar beneden: 'Sorry, over een paar seconden ben ik er!' Ik trek twee handdoeken uit de linnenkast, een om te douchen en een voor het geval we naar het strand gaan, en ren dan naar de kast met toiletartikelen en pak een reistandenborstel en een paar miniflesjes conditioner, shampoo en bodylotion. Ik stop ze in mijn tas en klop op mams badkamerdeur. 'Ik ga!'

'Waar ga je naartoe?' vraagt ze door de deur, boven het geluid uit van de muzak die ze daar heeft opstaan.

'Naar Miami. Met vriendinnen van het werk.'

'Van de Waffle Shop?'

'Het Waffle House, mams, Waffle House. Dat heb ik al zo vaak gezegd.' Het is alsof er niets tot haar geest doordringt.

'Wanneer ben je terug?'

'Zondagavond.'

'Wie rijdt er?'

'Jesse.'

'Rijdt ze goed?'

'Ja. Mams, ik moet gaan.'

'Heb je genoeg geld?'

'Honderd dollar ongeveer. Honderdvijftig misschien.'

'Pak mijn creditcard maar van het dressoir. Gewoon met mijn naam ondertekenen,' zegt ze. 'Veel plezier! En gedraag je!'

Ze zou Blake of Nikki nooit haar creditcard geven. Ze zou bang zijn dat hij een jetski zou kopen en zij een diamanten tennisracket of zoiets. Maar mij vertrouwt ze.

'Dank je!' Misschien moet ik een jetski kopen. Of een diamanten tennisracket. Nou nee. Misschien moet ik mijn iPod meenemen. En mijn kussen. Ja, dat moet ik wel doen. Ik ren terug naar mijn kamer, gooi mijn iPod bij mijn andere spullen en probeer dan tevergeefs mijn kussen in mijn tas te proppen. Ik geef het op en besluit hem onder mijn arm te dragen. 'Dag, Blake! Rosita! Nikki!'

Ik hoor dat Blake en Rosita me gedag zeggen.

Ik klop op de deur van mijn zus. 'Nikki? Ik ga...'

'Ik zit aan de telefoon!'

'Oké, ik –'

'Mel, ik zit aan de telefoon!'

Het maakt niet uit. 'Fijn weekend. Ik ga.'

'Wacht. Je neemt de auto toch niet mee, hè? Want die heb ik nodig.'

O, nu is ze er opeens wel bij met haar aandacht.

Ik neem de auto nooit mee. Nikki weet zeker dat hij gestolen wordt op het parkeerterrein van het Waffle House, dus als ik 's ochtends moet werken zet paps me af. Na het werk word ik opgehaald door wie er op dat moment beschikbaar is. Vandaag had ik een taxi gebeld. Echt, ik hou niet eens van autorijden. Ik heb mijn rijbewijs pas een paar maanden geleden gehaald en vind het veel te eng om te rijden. 'Ik neem de auto niet mee,' laat ik haar weten, en dan haast ik me de trap af. Als ik twee keer hoor toeteren, schiet ik mijn teenslippers aan, slinger mijn tas over mijn schouder en doe de voordeur goed dicht, mijn familie en het overairconditioned huis achter me latend.

Zwaaiend naar de meiden loop ik de betonnen trap af. In plaats van terug te zwaaien staren ze allebei naar me alsof ik een alien ben. Jesses linkerhand hangt uit het raam, en met haar lange zachtroze nagels, die beplakt zijn met kleine zilverkleurige engeltjes, tikt ze tegen de zijkant van de auto. Nikki zou me nooit de deur uit laten gaan met plakplaatjes, maar ik vind ze eigenlijk best wel leuk.

'Eindelijk,' zegt Jesse door het openstaande raampje.

'Sorry dat jullie moesten wachten,' zeg ik. De vochtige hitte sluit zich als badwater om me heen terwijl ik om de auto heen naar de kofferbak loop. 'Kun je hem opendoen?'

'Heb ik net gedaan,' zegt Jesse. Ze klinkt geïrriteerd.

'Ik probeer hem omhoog te krijgen, maar het lukt niet.'

'Wat is er mis met die meid?' Ik hoor Jesse grommen en verstijf.

'Doe niet zo lullig, je weet zelf ook wel dat hij vast blijft zitten,' zegt Vicks, en dan voegt ze eraan toe: 'Ik doe het wel.'

Vicks loopt om de auto heen om te helpen. Zelfs als ze zich bukt, torent ze boven me uit. Ze is iemand die de aandacht trekt. Iemand die niet genegeerd wordt.

'Keigaaf karretje,' zegt ze, terwijl ze met de achterklep knoeit en ondertussen nog steeds naar de X3 kijkt. 'Is die van je pa?'

'Van mijn zus,' zeg ik. 'En van mij. En straks ook van mijn broer, maar die is pas vijftien en mag nog niet rijden.'

'Wat een mazzel.' Met een ruk opent ze de klep, gooit mijn tas in de kofferbak en slaat de klep met een klap dicht.

'Dank je,' zeg ik. Ik probeer uit te vissen hoe ik haar stoel naar voren kan klappen, maar dan doet Vicks het voor me en ga ik achterin zitten.

Jesse zet de auto in z'n één.

'Mel, iemand zoekt je,' zegt Vicks, wijzend naar het bordes.

Nikki staat niet-begrijpend naar de auto te staren. Blijkbaar dacht ze dat er voor haar getoeterd werd. Ze gebaart dat ik binnen moet komen.

Wil ze nu met me praten? Nu ik weg moet?

'Ga maar,' zeg ik terwijl ik naar beneden kijk en doe of ik haar niet zie. En dan zijn we ineens op weg.

4 Jesse

'Eindelijk!' Ik trap het gaspedaal helemaal in, en met de snelheid stijgt ook mijn humeur. De ramen staan open en de late middaglucht stroomt naar binnen. Ik schreeuw '*Woooo!*', en het kan me niet schelen of Mel me een boerentrien vindt. Mel met haar mooie huis en mooie auto's – die meid heeft meer geld dan alle mensen die ik ken bij elkaar. Niet dat ik met haar wil ruilen. In de bijbel staat: 'Het is makkelijker voor een kameel om door het oog van de naald te gaan dan voor een rijke om in het koninkrijk Gods te komen.' Haar zus zag er zelfs uit als een kameel, zoals ze daar zo nuffig bij de deur stond. Alsof ze wilde spugen of bijten, of wat het dan ook is dat kamelen doen als ze chagrijnig zijn.

Ik begin hardop te lachen, en Vicks vraagt: 'Wat is er?'

Ik schud mijn hoofd. Ik heb nog steeds geen flauw benul waarom Mel met ons mee wil naar Miami. Even had ik nog gehoopt dat ze zich op het allerlaatste moment zou bedenken, maar die hoop is zojuist de bodem in geslagen. Wel siert het haar dat ze meteen achterin is gaan zitten, ze kent haar plaats dus. Aangezien Vicks samen met mij voorin zit, waar ze hoort, heb ik besloten Mel als een soort mug te beschouwen. Als ze te irritant wordt: *pets.*

'Dit is geweldig, hè?' zeg ik. 'Vind je niet, Vicks? Ben je niet blij dat ik je heb overgehaald?'

Vicks reageert niet. Ze zit te knoeien met de radio, die, dat geef ik meteen toe, misschien niet helemaal zo goed werkt als ik had gezegd. In haar voorhoofd komt die frons die haar op een beer doet lijken.

'Bah,' zegt ze. De enige zender die ze aan de praat krijgt, is een zender waar gouwe ouwen worden gedraaid. 'These Boots Are Made for Walkin'' van Nancy Sinatra weergalmt uit de speakers, en omdat ze over laarzen zingt, zwaai ik met mijn laars mee op het ritme.

'These boots are made for walkin',' zing ik. 'And that's just what they'll do!'

'O, kots,' zegt Vicks.

'One of these days these boots are gonna walk all over –'

Vicks draait aan de knop.

'Hé,' protesteer ik. Ik probeer de zender weer te vinden, maar het enige wat ik krijg is geruis, geruis, en nog eens geruis.

'*Neeee*,' jammert Vicks. 'Ik dacht dat je had gezegd dat we muziek zouden hebben! Een roadtrip zonder muziek *kan* niet!'

Dan kruipt Mels hand naar de sigarettenaansteker en rotzooit iets met een snoertje, en als door een wonder horen we ineens 'Drive' van Incubus. De muziek komt uit de speaker van de Opel, en toch is het niet de radio, want Nicevilles alternatieve rockzender ligt inmiddels ver buiten het ontvangstbereik.

'Niet doen,' waarschuwt Mel als mijn hand naar de knop gaat. 'Hij moet op dezelfde zender blijven staan, anders werkt het niet.'

'Huh?' zeg ik. Dat van die ontvangst begrijp ik, ik begrijp alleen niet wat dat voor een toverzender is die we op de een of andere manier te pakken hebben gekregen. Ik draai aan de knop, en weg is Incubus. Vicks duwt mijn hand weg en stelt de zender weer af. Incubus komt terug en Vicks voorhoofd wordt weer glad.

'Het is iTrip,' legt Mel uit. Ze houdt haar iPod omhoog tussen de voorstoelen. Hij ziet eruit als een normale iPod, hij is alleen verbonden met het zwarte snoer dat ze in de sigarettenaansteker heeft gestopt.

'Zie je?' zegt ze. 'Nu kunnen we overal naar luisteren waar we naar willen.'

Die griet is veel te ingenomen met zichzelf, en Vicks is veel te dankbaar.

'Regel jij het maar, Mel,' zegt ze.

Het irriteert me dat Mel 'Drive' heeft gekozen, want Vicks is dol op indie-rock. Dat komt door haar broer Penn.

'Ik had je eerder als een popster-meisje ingeschat,' zeg ik.

'O, daar hou ik ook van,' zegt Mel. 'Maar dit is toch een perfect nummer voor als je onderweg bent? Volgens mij heb ik het in een film gehoord, of misschien bij *Idols*.'

Ik werp een blik op Vicks om me ervan te overtuigen dat ze dit wel registreert. Vicks is geen fan van *Idols*. Normaal gesproken zou ik daar graag met haar over bekvechten, want *Idols* is hét voorbeeld van de Amerikaanse droom, maar in dit speciale geval laat ik dat graag aan Mel over.

Alleen, Vicks hapt niet. Ze speelt de bal meteen terug naar mij en zegt: '*These boots are made for walkin*'?!'

'Hou toch op,' zeg ik. 'Dat meezingen was ironisch bedoeld.'

'Hm-m.' Ze houdt haar handen met de palmen omhoog en doet net of het een weegschaal is. '*Idols*... gouwe ouwen.' Ze beweegt haar handen op en neer om te laten zien dat die twee wat dufheid betreft akelig dicht bij elkaar liggen.

Ik geef haar een klap op haar schouder. 'Het was ironisch bedoeld!'

'Ik begrijp het niet,' zegt Mel. 'Waar hebben jullie het over?'

Vicks en ik lachen.

'Hè?' zegt Mel.

'Laat maar,' zeg ik, het volume omhoogdraaiend.

Bij de volgende kruising voeg ik in in de baan voor linksaf. Vicks speurt de borden af en zegt: 'Nee, meisie, je moet naar rechts.'

Ik schud mijn hoofd. 'De I-10 is richting het noorden.'

'Ja, maar we willen niet naar de I-10.'

'Ben je van de pot gerukt? Om in Miami te komen moeten we...' Ik hou mijn mond en kijk naar haar terwijl ze zich vooroverbuigt, iets uit haar rugzak vist en weer omhoogkomt met een stukgelezen exemplaar van *Bizar Florida*.

Aha. Haar gids.

Ze bladert tot ze bij een bladzijde met ezelsoren komt en laat haar blik over de tekst dwalen. 'Ha,' zegt ze triomfantelijk. 'Nog geen driehonderd kilometer hiervandaan.'

'Old Joe?' vraag ik.

Mel leunt naar voren. 'Eh... toen je zei reuzenalligator... wat bedoelde je toen eigenlijk precies?'

Vicks hoort iets in Mels stem – ik ook – en draait zich naar haar toe. 'Je krabbelt toch niet terug, hè? Niet nu al.'

'Wat? Nee!'

'Ik dacht dat je Old Joe wilde zien.'

'Dat doe ik ook!'

Vicks trekt haar wenkbrauwen op.

'*Echt!*' zegt Mel.

Hm-m, denk ik, ineens een stuk vrolijker. *Dat zal wel.*

'Echt, serieus, ik krabbel niet terug,' zegt ze. 'Ik wil eigenlijk alleen weten of hij in een kooi zit, dat is alles.' Ze slikt. 'Hij zit toch in een kooi, hè? Met tralies. Niet in zo'n natuurlijke leefomgeving met alleen een sloot of zo?'

'Kom op hé, wie wil er nou opgesloten zitten in een kooi?' zeg ik. 'Trouwens, ik dacht dat je op safari was geweest,' zeg ik pesterig. 'Wat stelt één in het wild loslopende alligator nou helemaal voor vergeleken met een hele groep in het wild loslopende leeuwen?'

In de achteruitkijkspiegel zie ik Mel bleek wegtrekken. Old Joe is opgezet – die heeft al een hele tijd niet meer gelopen – maar Vicks maakt haar ook niet wijzer. Leuk om samen die kleine angsthaas te pesten.

Het licht springt op groen. Ik zet de richtingaanwijzer aan en ga van de linkerrijbaan af.

'En nu?' vraag ik aan Vicks.

'De volgende afslag is bij White Point Road,' antwoordt ze. Ze draait zich om. 'Maar maak je geen zorgen, Mel, we gaan niet naar Old Joe kijken.'

'Niet?' zeg ik. 'Waar hadden we het net dan over?'

'Misschien gaan we later,' laat Vicks me weten. Ze steekt haar vinger op alsof ze voor een klas ijverige leerlingen staat. 'Eerst het kleinste politiebureau ter wereld.'

'O nee!' roep ik uit. 'Dat kun je me niet aandoen.'

Ze grijnst. 'O nee, waarom niet?'

'Kom nou toch. Het kleinste politiebureau ter wereld?!'

'Dat lijkt me geweldig. Minibureautjes, piepkleine patrouillewagentjes... misschien zelfs wel mini-agentjes! Wat is daar nou niet leuk aan?'

'Hm-m,' zeg ik. 'Ik weet wat je in je schild voert. Je bent tijd aan het rekken.'

'Waar heb je het over? Je zei dat we die dingen konden gaan zien! "Alles wat je maar wilt", zei je.'

'Ja, nou, dat doe ik ook wel. Wat ik maar wil zeggen is: Mel is bang voor Old Joe, en jij bent bang voor die goeie ouwe Brady. Vandaar al die uitstapjes.' Het was bedoeld om haar te pesten, want dat doen Vicks en ik, we pesten elkaar vaak.

Maar ze zegt: '*God*, Jesse,' en kijkt uit het raam.

Ik ben stomverbaasd. En ik vind het niet eerlijk van haar om zo chagrijnig tegen me te doen, want ik zit hier toch zeker op dit waardeloze hobbelige zijweggetje in plaats van de I-10? Ik ben toch zeker 'een beetje aan het leven', verdorie. Is het niet fantastisch van me dat ik die stomme heiligenkrans van me aan het bevuilen ben?

Bovendien moet ze de naam van de Heer niet ijdel gebruiken. Ik mag dan misschien een heilig boontje zijn, op dat punt geef ik geen strobreed toe, anders zou ik wel eens kunnen eindigen in de hel.

Dat zegt MeeMaw. Ze bidt altijd voor mam, omdat ze bang is dat mam naar de hel gaat als ze zich niet beter gaat gedragen. Mam gaat zelfs niet mee met ons naar de kerk. MeeMaw en Pops halen me iedere zondag en woensdag op en dan gaan we.

'Ik ben niet bang voor Old Joe,' zegt Mel met een heel klein stemmetje.

Ik neem niet de moeite te reageren.

De klanken van Incubus sterven langzaam weg en Britney Spears met 'Oops!... I Did It Again' neemt het over. Hoewel ik daar samen met Vicks heel goed een grapje over had kunnen maken, vertik ik het. Dat recht heeft ze verspeeld door zo lullig te doen.

Maar Vicks merkt het niet eens, geloof ik, en dat vind ik pas echt erg.

Tegen zeven uur begint mijn maag te knorren, maar ik zeg niets, omdat ik niet als eerste over dat soort behoeftes wil beginnen. 'Wheat Kings' wordt gedraaid, een of ander Canadees nummer. Mel wil dat we ernaar luisteren. Het klinkt soft en nogal eenzaam, en Mel begint ons over Canada te vertellen, waar ze vandaan komt. Net zoals ik nog nooit een rijk iemand heb ontmoet, heb ik ook nog nooit een Canuck ontmoet. Zo worden Canadezen volgens Mel genoemd. Canucks... het klinkt beledigend.

Ze vertelt dat ze in Canada één-dollarmunten hebben in plaats van één-dollarbiljetten, en dat die loonies worden genoemd. Ze hebben ook twee-dollarbiljetten, die worden twoonies genoemd. En ze spreken in Canada dan wel dezelfde taal als wij, sommige woorden schrijven ze anders. Color, bijvoorbeeld, het woord voor 'kleur', schrijven ze daar als colour, en gray, 'grijs', schrijven zij als grey. Verder vertelt ze dat de gezondheidszorg in Canada voor iedereen gratis is, dat je daar geen toelatingsexamen hoeft te doen voor de universiteit, dat ze in Canada provincies hebben in plaats van staten, en dat in Canada de minimumleeftijd waarop je mag drinken achttien of negentien is – dat hangt van de provincie af.

Ze doet een beetje te goed haar best, alsof ze denkt dat we haar meer gaan mogen omdat ze zoveel weet. Of misschien heeft ze gewoon heimwee. Maar tot mijn verrassing vind ik het niet erg dat ze zo zit te kakelen. Het is interessant om iets te horen over een heel ander land, waar mensen de woorden anders schrijven en andere wensen en dromen hebben, en ik vraag me af of Epcot ook iets Canadees heeft.

Als Mel over het Canadese eten begint, is Vicks een en al oor. In gedachten zie ik Vicks wel eens voor me met zo'n hoge witte koksmuts op terwijl ze een ei breekt op het randje van de pan en de minuten wegtikken en het panel dat haar gerechten moet keuren toekijkt. Hoe heet dat programma ook alweer? *Iron Chef*? Het is op de kookzender, die we kunnen ontvangen omdat mam dolgraag kabeltelevisie wilde. Kabeltelevisie is duur. Pure geldverspilling, ik weet het, maar mij hoor je niet klagen. Tenslotte kunnen we door die kabel nu ook de godsdienstzender ontvangen. Mam kijkt niet naar de programma's op die zender, zelfs niet naar *Word!*, met die vlotte Faith Waters. Ze kijkt liever naar de programma's van *Animal Planet*, vooral naar die waar een of andere hondentrainer honden die bijten en de vloer onder plassen er met de zweep van langs geeft. Mam keurt zijn methoden niet goed, maar ze moet toegeven dat het wel resultaat heeft. Op een dag wil ze hondentrainer worden in plaats van hondentrimmer.

Als die dag er ooit nog gaat komen, denk ik, en dan zet ik de gedachteknop om en schakel weer over naar Canada.

'*Poutine?*' vraagt Vicks.

'*Poutine*,' antwoordt Mel.

'Wat is dat? Het klinkt vies.'

'Friet met vleessaus en kaasstremsel,' zegt Mel achteloos, alsof niet iedereen van die combinatie over zijn nek zou gaan.

'Wat goor,' zegt Vicks.

'Nee, het is geweldig. Echt. De grootste dikmaker ter wereld, maar het is iedere calorie ervan waard. Zelfs mijn zus is er dol op, en die is *altijd* op dieet.'

'Ik bedoel niet de friet en de vleessaus,' zegt Vicks. 'Ik bedoel het woord. *Poutine*... Dat klinkt als mijn broer Tully die mijn broer Penn vraagt wat hij gisteravond heeft gedaan.' Vicks gaat met een zware stem praten. 'Joh, het was een latertje gisteravond met Liza. Heb je *poutine* gedaan op de achterbank van de auto?'

'Brrr,' huivert Mel.

Ik lach, wat ik altijd doe als Vicks het over Penn heeft, hoewel het idee dat hij *poutine* op de achterbank heeft gedaan me niet aanstaat. Dat klinkt schunnig. 'Hij gaat toch niet weer uit met Liza, hè?' vraag ik.

'Nee. Hij is single,' antwoordt Vicks. 'Hoezo, ben je geïnteresseerd?'

Ik bloos.

'Ooo, er is iemand aan het blozen!' brult ze.

'O, alsjeblieft!' Alsof het ooit wat zou kunnen worden tussen Penn en mij. Vergeet het maar. Penn is geen trouwlustig type, en volgens de bijbel mag ik niet eens uitgaan met iemand, tenzij ik zeker weet dat we gaan trouwen. Dat beperkt mijn kansen op een afspraakje behoorlijk, hoor – tot nul komma nul. Ik heb Matthew Pearson afgelopen zomer gekust tijdens de Zomerzondagsschool, en dat was het wat mijn wilde en opwindende liefdesleven betreft. Bovendien was Matthew zo *helemaal* niet Penn Simonoff.

Ik ga nog erger blozen en hoop vurig dat Vicks geen gedachten kan lezen. Maar ik ben veilig, want ze is weer terug bij haar favoriete onderwerp: voedsel, voedsel en nog eens voedsel.

'Nou, die frieten en die vleessaus klinken oké,' zegt ze. 'Maar wat is kaasstremsel? Zoiets als hüttenkäse?'

'Meer als stukjes zachte cheddar,' antwoordt Mel. 'Hé, van al dat praten over eten krijg ik trek. Kunnen we misschien stoppen voor het avondeten?'

'Hier,' zegt Vicks, een zak zoutjes naar haar toe gooiend.

'Hebben we, eh... iets gezonders?'

'Wil je iets gezonds? Geen probleem.' Vicks gooit een mango naar achteren.

'Au!'

Vicks lacht. Even later, kijkend over haar schouder, zegt ze: 'Ik hoor geen smakgeluiden. Waarom hoor ik geen smakgeluiden?'

'Mango's maken te veel troep,' zegt Mel met een klein stemmetje.

'Neeee, dat heb ik je niet horen zeggen. Maken mango's te veel troep?!'

'Nou... eh... ik wil niet op de stoel morsen, mango's druipen zo.'

'Meisje, jij hebt het verkeerde fruit beledigd,' zeg ik. 'Vicks heeft *alles* met mango's. Vraag haar hoe je er een schoon moet maken – er blijkt een volwaardige techniek voor te bestaan.'

'Ja, die is er inderdaad!' beaamt Vicks.

'Ze heeft me bijna een keer gewurgd omdat ik er een schoonmaakte zoals je een perzik schoonmaakt.' Ik leun opzij om haar klap te ontwijken. 'Hé! Geen chauffeurs slaan.'

'Ik heb het van Rachael Ray geleerd,' zegt Vicks. Rachael Ray heeft haar eigen tv-programma.

'Ooo, Rachael Ray!' zeg ik.

'Je moet ze schoonmaken zoals ze in Cuba doen. Daar snijden ze hem in partjes, zodat je het vruchtvlees van de pit kan trekken. Het was in een van haar *Cooking around the World*-afleveringen.'

'Valt schillen van een mango ook onder koken?' vraagt Mel.

Ik begin te giechelen, en dit keer lukt het me niet om Vicks klap te ontwijken.

'Ik ben nu eenmaal een fijnproever,' zegt Vicks. 'Heeft iemand daar problemen mee?'

'Ze is een *fijnproever*,' zeg ik tegen Mel.

'Een fijnproever,' herhaalt Mel serieus.

Vicks snuift verontwaardigd. 'Het is maar een uur naar Carrabelle. Daar kunnen we eten.'

'Wat?' jammert Mel. 'Nee toch!'

'We kunnen ook nu stoppen,' stel ik voor. 'Geen punt.' Ik voel me ruimhartig, en dat bevalt me goed. Het bevalt me ook om 'geen punt' te zeggen tegen Vicks, omdat ze altijd tegen me zegt dat ik moet relaxen en niet zo'n stijve hark moet zijn. Alleen zegt zij niet 'hark' maar gebruikt ze een platter woord.

Ik neem de volgende afslag, eentje met zo'n bord waarop een mes en een vork staan afgebeeld, maar er blijkt helemaal geen restaurant te zijn, alleen een tot eettentje uitgebouwde caravan, die pal naast een Texaco-station staat. Op een handbeschreven bord staat: HOTDOGS VAN ECHT RUNDVLEES! MET WARME KADETTEN!

Ik rij naar een pomp, omdat we, nu we hier toch zijn, net zo goed de tank vol kunnen gooien. Vicks en ik stappen uit de auto en rekken ons uit – wat geweldig voelt. Mel is minder blij.

'Eh... dit is niet echt wat ik in gedachten had,' zegt ze als ze uitstapt.

'Hm-*m*,' zegt Vicks, 'wie is hier nu eigenlijk de fijnproever?'

Mel draait een pluk haar rond haar vinger. De vent van de hotdogs draagt een overhemd met een knakworstje erop dat lachend in een broodje ligt, en hij heeft een vaag geworden tatoeage van een worstje op zijn kuit.

'Leuke tattoo,' roept Vicks naar hem.

'Fraai, hè,' zegt hij. Hij staat op van zijn plastic stoeltje. 'Ik ben dol op worsten.'

'Dat neem ik graag aan,' zeg ik, terwijl ik de dop van de

tank schroef en de slang er insteek. MeeMaw zou die tattoo drie keer niks vinden – *omdat je lichaam heilig is* en zo – maar ik voel me wel op mijn gemak bij zulke types. Zolang ze niet naar mijn moeder staan te knipogen als ze aan een natte-T-shirtwedstrijd meedoet, vind ik dat soort kerels wel oké.

De hotdog-man krabt aan zijn buik. De tank zuipt zich helemaal vol en de pomp slaat af.

'Veertien dollar!' roep ik verschrikt uit. 'Een rib uit mijn lijf!'

Mel staat er zwijgend bij.

'Nou, dan ga ik maar naar binnen om te betalen,' zeg ik, haar nog een kans gevend.

Mel geeft geen kik. Ik zucht, loop het Texaco-station in, geef de dame achter de kassa meer dan de helft van mijn totale vermogen en tel dan nog eens één dollar vijftig neer voor een routekaart van Florida. Aangezien we niet meer op de snelweg zitten, zouden we die wel eens nodig kunnen hebben. Bij terugkomst staat Mel nog steeds op dezelfde plek, terwijl Vicks met haar mobiel bezig is, waarschijnlijk om te kijken of er berichten op staan.

'Hebben jullie al besteld?' vraag ik. En dan zeg ik tegen de hotdog-man: 'Ik graag een hotdog speciaal met cola.'

'Voor mij ook,' zegt Vicks. Met een nijdig gebaar klapt ze haar telefoon dicht en steekt hem in haar zak. Dat is veelzeggend. 'Zit u al lang in het restaurantwezen?' vraagt ze aan de hotdog-man.

Het restaurantwezen? Ik probeer niet te lachen. De hotdog-man gaat er eens goed voor zitten en begint zijn levensverhaal te vertellen. Ik stoot Mel aan met mijn heup. 'Bestel jij niets?'

Ze verschiet van kleur wanneer de hotdog-man twee van

het vet druipende worstjes uit de pan vist. Ze zien er wel heel erg... nou ja, vet uit.

De hotdog-man mompelt iets tegen Vicks over dat vet er nu eenmaal bij hoort, en Vicks zegt: 'Ik werk bij de Waffle, dus ik weet alles over vet.'

'Ik wil alleen...' Mel slikt. 'Alleen een warme kadet, alstublieft. En een Diet Sprite.'

'Een kadet?' zeg ik. 'Wie bestelt er nou alleen een kadet?'

'Ik,' antwoordt ze. Ze tilt haar kin op en kijkt me recht aan, en dat dwingt, moet ik met tegenzin bekennen, wel respect af. Dus ze bestelt alleen een kadet. Niks mis mee.

Ik betaal voor mijn hotdog – ook nu trekt Mel haar portemonnee niet en zegt: 'O nee, niet doen, laat mij dat betalen.' – en ga op de stoep zitten. Mel volgt mijn voorbeeld, maar Vicks staat nog steeds over het vak te praten met Mr. Hot Dog. Ze vraagt hem iets over de garnering, en ik denk: *De garnering? Wat is er in vredesnaam zo interessant aan de garnering? We hebben het hier over ketchup en mosterd, hoor, niet over truffel en kaviaar.*

Dan begint Mr. Hot Dog te vertellen dat hij in *The Today Show* is geweest en dat hij beroemd is en trek ik mijn neus op. Mag ik deze kerel? Zeker. Waarom niet? Denk ik dat hij in een bekende talkshow is geweest? Nee, vergeet het maar.

Maar als Mel zegt dat ze aan zijn woorden twijfelt, speel ik de advocaat van de duivel.

'Hij? In *The Today Show*?' zegt ze tegen me.

'Waarom niet?' zeg ik. 'Hij mag dan een boer zijn, hij kan toch wel in *The Today Show* hebben gezeten?'

'Ik heb niet gezegd dat ik hem een boer vind.'

'Maar dat dacht je wel.' Ik ook, maar dat ga ik haar niet aan haar neus hangen.

'Het lijkt me alleen niet zo waarschijnlijk, dat is alles.' Met haar duim en wijsvinger plukt ze een stukje van haar broodje en steekt het netjes in haar mond. Ik neem een megagrote hap van mijn hotdog.

'Als hij een poepchic vijfsterrenrestaurant had gehad, zou je hem dan wel geloven?' vraag ik met volle mond. 'Want geld maakt geen beter mens van je, weet je.' Ik denk aan dokter Aberdeen, de oncoloog van mam, die haar twee uur heeft laten wachten voor hij met de resultaten van de tests kwam. Ik denk niet dat hij Mels moeder zo lang had laten wachten.

'Wie zei er iets over geld?' vraagt Mel.

'Huh?'

'Heb je het over *mij*?'

'Wat? Nee!' Mijn hart begint te bonzen, want zo bedoelde ik het niet. 'Ik denk alleen dat het verkeerd is om mensen een etiket op te plakken, meer niet.'

'Jij bent degene die min of meer suggereerde dat alle rijken eikels zijn, Jesse.'

Ik ook met mijn grote mond. 'Eh... Nou...'

'Meiden, kijk eens!' roept Vicks. Mr. Hot Dog houdt een foto omhoog, en we lopen ernaar toe.

Het is een foto van Mr. Hot Dog samen met Al Roker, de weerman van *The Today Show*. Van Al Roker is bekend dat hij ontzettend afgevallen is. Op de foto ziet hij eruit of hij gekrompen is en een raar groot hoofd heeft. Hij houdt een hotdog in zijn hand.

'Allemachtig,' zeg ik. Ik kijk Mr. Hot Dog eens goed aan. Onvoorstelbaar dat ik hier sta te praten met iemand die op een paar millimeter afstand van een tv-beroemdheid heeft gestaan.

'De mooiste dag van mijn leven,' pocht Mr. Hot Dog. Daarna klapt hij zijn portefeuille weer dicht.

'We moeten weer eens gaan,' zegt Vicks. Ze steekt haar hand uit naar Mr. Hot Dog. 'Het was me een genoegen.'

'Vergeet niet wat ik over die mosterd heb gezegd,' waarschuwt hij terwijl hij haar de hand schudt. 'Er is een enorme variatie aan mosterd.'

'Een enorme variatie aan mosterd,' herhaalt Vicks. 'Ik zal het onthouden.'

De Opel is zo heet als de pest als we instappen. 'Verdorie,' zegt Vicks, 'ik wou dat iemand hem in de schaduw had gezet.'

'Ik wou dat iemand haar mening voor haarzelf hield,' kaats ik terug. Toch heeft ze gelijk, ik had de auto na het tanken in de schaduw moeten zetten. Ik zit hier mijn billen te branden.

'Warme kadetten,' zegt Mel giechelend.

'Wat?' zegt Vicks.

'Ik heb echte *warme kadetten*,' herhaalt ze.

'O, warme kadetten, dat stond op het bord,' zeg ik.

Vicks begint te lachen, en meteen voel ik me stukken beter. Ik had Mel er eigenlijk wel voor willen bedanken of zo.

In plaats daarvan start ik de auto.

5   Mel

Ik haal het niet.

Het is nog een halfuur rijden naar Carabelle, waar het kleinste politiebureau ter wereld staat, en ik kan amper ademhalen.

Vicks heeft last van... winderigheid.

En dat is niet best.

Maar die twee vinden het wel grappig.

'Wist je dat het in Florida verboden is om op dinsdag, donderdag en vrijdag winden te laten na vijf uur?' vraagt Jesse.

Vicks, die met haar voeten tegen het dashboard steunt, begint te lachen. 'Maar op zaterdag mag het wel, toch?'

Meteen komt er weer een stinkende golf op me af. Ik geloof dat ik ga overgeven.

'Je hebt er weer een gelaten!' gilt Jesse, met haar handen de lucht wegwapperend.

'Een stille maar niet minder effectieve,' zegt Vicks zonder een greintje gêne.

Ik probeer door mijn mond te ademen en begin te hoesten.

'Arme Mel zit midden in de stank,' zegt Vicks hoofdschuddend.

'Geen probleem,' zeg ik, hoewel ik bijna stik.

Ze haalt haar schouders op. 'Het is niet mijn schuld. Het komt door de hotdog. Al Roker had er ook last van.'

'Wat? Lijken Al Roker en jij qua darmen op elkaar?' vraagt Jesse.

'Ja, wie had ooit gedacht dat Al en ik zoveel gemeen zouden hebben, hè? Verbonden door winderigheid.'

Winderigheid. Ik zit hier in een auto over winderigheid te praten. Mijn familie gaat nog liever dood dan het te hebben over winderigheid. *Ik* ga nog liever dood dan het te hebben over winderigheid.

Vicks draait zich om. 'Hoe is het met jou? Je ziet helemaal groen.'

'Dan had ze maar worst op haar broodje moeten nemen,' zegt Jesse. Ik had liever gehad dat ze daar haar mond over had gehouden, maar blijkbaar is ze kwaad op me omdat ik het eten niet heb betaald. Dat had ik wel moeten doen. De enige reden waarom ik het niet heb aangeboden, was omdat, nou ja, ik dacht dat ze me misschien ook om een andere reden dan mijn portemonnee mee wilden hebben. Ik hoopte dat mijn geld een excuus was om me mee te nemen, terwijl ze eigenlijk gewoon wílden dat ik meekwam.

'Wat?' roept Vicks uit. 'Had ze geen worstje op haar brood?'

'Nee, heb je dat niet gehoord dan? Tja, je had het natuurlijk te druk met over mosterd praten.'

'Wat is er mis met jou, Mel?' roept Vicks dan uit. 'Ik dacht dat je zo'n trek had.'

Mijn wangen worden warm. 'Ik hou niet van hotdog-worstjes.'

'En waarom dan wel niet?'

'Omdat ik heb gehoord dat ze gemaakt zijn van restanten van koeien en varkens,' mompel ik.

'Wie zegt dat?' vraagt Vicks.

'Mijn zus.'

'Heeft die ervoor gestudeerd?' De vraag komt van Jesse.

'Nee, maar ze is altijd op dieet, dat zei ik al.' Het was stom van me om te zeggen dat ik dat van die worstjes van mijn zuster weet. Of die er zoveel verstand van heeft. Het enige wat ze van eten weet, is dat je er dik van kunt worden. Ik maak me zo klein mogelijk. Zal ik er ooit achter komen wat ik wel en niet kan zeggen tegen deze meiden? Zullen ze me ooit aardig gaan vinden?

'Wat doe je dan wel met worstjes als je ze niet eet?' vraagt Vicks.

Ik sta op het punt om te vragen wat ze bedoelt, maar ineens begint het me te dagen. Mijn wangen worden vuurrood.

Eerst al dat gepraat over winderigheid en nu... dit.

Jesse zit afkeurend te kijken.

'Niets,' antwoord ik.

'O, kom op, je ziet er wel zo onschuldig uit, maar stiekem ben je wel een beetje ondeugend, toch?'

'Nee, helemaal niet,' zeg ik.

Er waait weer een stevige *wind* door de auto. Als ik niet uitkijk, ga ik zo echt kotsen.

'Allejekels hé!' roept Jesse uit. 'Hou op met dat geruft!'

Hoewel alle ramen openstaan, stikken we bijna.

'Al Roker! Jij en ik horen bij elkaar!' schreeuwt Vicks eroverheen.

'Voeten van het dashboard,' commandeert Jesse, haar benen een duw gevend. 'Richt maar ergens anders op.'

Vicks laat nog een wind. Jesse gaat harder rijden om een beetje frisse lucht te krijgen, en tot mijn opluchting slaan we af naar een weggetje dat A Avenue heet. Jesse volgt de weg een stuk en stopt dan eindelijk voor een lege telefooncel. Zonder nog een seconde te wachten vliegen we de auto uit.

Godzijdank, ik kan weer ademhalen.

'Is dit alles?' vraagt Jesse, duidelijk teleurgesteld. 'Is dit het kleinste politiebureau ter wereld?'

Vicks gebaart naar de letters die op het glas geplakt zijn. Daar staat inderdaad 'Politie' op. Maar verder is het gewoon een ordinaire telefooncel.

'Waar zijn de agenten?' vraag ik.

'Agent. Enkelvoud,' zegt Jesse. 'Er kan er maar één in.'

'Misschien werkt hij vandaag niet,' oppert Vicks.

'Misschien werkt de hele stad vandaag niet,' zegt Jesse.

En inderdaad, in de hele omgeving is geen teken van leven te bespeuren, met uitzondering dan van het oorverdovende getjirp van de krekels. Aan de overkant van de straat is een levensmiddelenzaak. Het verbleekte houten uithangbord dat boven de deur hangt zit aan één spijker vast. Er is niemand binnen.

We staren naar de lege telefooncel.

Vicks staat schaapachtig te kijken. Ze verplaatst haar gewicht en laat weer een grote hoeveelheid lucht ontsnappen. Jesse doet een stap opzij.

Ik kan er niets aan doen, maar ik vind het gênant voor Vicks.

'Genoeg gezien?' vraagt Jesse uiteindelijk.

Miss Indigestie stompt met haar vuist in haar handpalm. 'En dan gaan we *nu* Old Joe de alligator bekijken. Hij is hier niet ver vandaan, in Wakulla Springs, ongeveer een halfuur rijden.'

Jesse stapt weer in, en Vicks klapt haar stoel naar voren om mij te laten instappen.

'Kom op, opschieten,' dringt ze aan.

'Dus Old Joe...' begin ik. Eigenlijk had ik gehoopt dat ze die alligator waren vergeten.

'Vorige week is er een trimmer opgegeten door een alligator,' vertelt Jesse. Ze draait het sleuteltje om en zet de auto in z'n één terwijl Vicks op de kaart kijkt. 'In Pensacola. Er wordt beweerd dat die beesten steeds brutaler worden.'

'Zijn er afgelopen maand niet drie doden gevallen door toedoen van alligators?' vraagt Vicks zich hardop af.

'Meiden, alsjeblieft...' smeek ik.

'De vriendin van de trimmer was erbij toen het gebeurde, maar ze kon niets doen,' zegt Jesse. We rijden de grote weg weer op. '*Hap*, en weg was hij.'

'In Orlando is een alligator ervandoor gegaan met een kind van drie jaar,' weet Vicks te melden. 'Dat is zo triest.'

'Stel je voor dat je je enige kind weggevoerd ziet worden in de bek van een alligator,' zegt Jesse. 'Dan heb je niet eens een lichaam om in de kist te stoppen.'

'Meiden,' smeek ik weer.

Ze lachen, en Vicks zet de muziek harder.

Old Joe, here we come.

In Wakulla Springs gekomen blijkt Vicks naar een museum te willen. Dus geen natuurlijke leefomgeving met nachtelijke excursies, zoals ik dacht. Er staat hier alleen een klein gebouw met een bordje 'GESLOTEN' op de voordeur. Verderop in de straat is een Stop-N-Go en een Piggly Wiggly kruidenier. Ook die zijn dicht. Dit stadje is zelfs nog doodser dan Niceville. Nee, nog doodser dan Carrabelle, als dat tenminste mogelijk is. Het enige licht dat in de straat schijnt komt van onze koplampen.

Godzijdank.

'Niets aan te doen,' zeg ik, en ik probeer niet al te opgelucht te klinken. 'We kunnen trouwens toch beter gaan. Het is al minstens negen uur, en het is nog een heel eind naar Miami, toch? Bovendien is het in Florida volgens mij verboden om na één uur 's nachts te rijden als je onder de achttien bent, en ik wil niet dat jullie in moeilijkheden komen.'

'Verdomme,' zegt Vicks, zich niets van me aantrekkend, 'ik wil Old Joe echt heel graag zien.'

'Je kunt niet altijd je zin krijgen,' merkt Jesse op.

Vicks stapt de Opel uit en beent naar het museum. Ze probeert de deur. Gesloten. Ze verdwijnt om de hoek en komt een paar tellen later met grote passen teruglopen. 'Hé, jullie daar,' fluistert ze. 'Kom hier.'

O nee.

Jesse doet de lichten uit, en dan wordt het donker om ons heen. Ze stapt uit de auto. Ik wil niet, maar hier in mijn uppie blijven zitten wil ik ook niet, dus haast ik me achter ze aan.

'Wat is het grote nieuws?' vraagt Jesse aan Vicks.

Vicks leidt ons naar de achterkant van het gebouw en wijst naar een raampje dat op een kier van misschien anderhalve centimeter staat. De hor die ervoor zit is kapot. Het raampje zit pal boven de achteringang.

'Iemand met kleine handen kan zijn arm erdoor wurmen en het slot van de achterdeur openmaken,' zegt Vicks.

Ik doe snel mijn handen achter mijn rug.

'Als die persoon met die kleine handen dat wil,' brengt Jesse naar voren.

'Ik geloof niet dat het zo'n goed idee is,' zeg ik met bonkend hart.

'Ik geloof van wel,' zegt Vicks.

Ik kijk de straat in. Er is hier niemand, helemaal niemand, dus... Maar stel dat we worden gesnapt? Dat we gearresteerd worden? Wat zouden de mensen dan wel niet denken?

Dat ik een misdadiger ben? Een zielig geval?

Ik zou mijn creditcard niet meer mogen gebruiken.

Maar als ik het niet doe, wat zullen Vicks en Jesse dan denken? Dat ik een angsthaas ben? Dat ik saai ben?

Ik wou dat het me niets kon schelen wat anderen denken.

'We gaan geen rotzooi uithalen,' probeert Jesse me gerust te stellen. 'We willen alleen Old Joe zien.'

'Old Joe heeft ons nodig,' zegt Vicks in volle ernst. Met haar hand op haar hart vervolgt ze: 'Dat voel ik.'

'Kom nou,' dringt Jesse aan. 'Doe het. Alsjeblieft?'

Vicks maakt een kommetje van haar handen. 'Je hoeft er alleen maar op te stappen. Makkelijker kan niet.'

Ik sluit mijn ogen. Ik wil geen lafaard zijn, bovendien wil ik ook niet alleen maar een meerijdende portemonnee zijn.

Ik wil die verdomde deur openmaken. Ik zet mijn voet in Vicks handen, en ze tilt me omhoog. Ik begin te wankelen. O nee, ik ga vallen. Ik ga vallen. Ik knal met mijn hoofd tegen de grond en sterf.

Jesse pakt me stevig bij mijn middel vast. 'Wow, zacht T-shirt, zeg. Echt superzacht.'

'Eh...' zeg ik. 'Dank je.'

'Willen jullie je een beetje concentreren?' vraagt Vicks. 'Gaat het lukken, denk je?'

Ik wurm mijn arm door het raampje, maar kan de deurknop niet vinden. 'Nee,' zeg ik met trillende stem. Ik voel iets draderigs. Een spinnenweb? O, gedver.

'En?' vraagt Vicks weer.

Neeeee. Ik zou willen schreeuwen, maar dat doe ik niet.

Ik kan het niet. Ik kan het gewoon niet.

'Je kunt het, Mel,' zegt Jesse, die blijkbaar mijn gedachten kan lezen.

Ik draai me naar haar om en zie dat ze knikt, en dan denk ik: misschien kan ik het toch wel. Ik strek mijn vingers zo ver mogelijk en voel iets hards.

Dat is hem! *Dat is hem!* Ik draai de knop om, en alle drie horen we een klik. 'Gelukt!'

Als een kind zo blij trek ik mijn arm terug, waarna de meiden me laten zakken.

Vicks maakt de deur van het museum open.

Jesse knijpt me in mijn schouder.

En ik vraag me af of ik eindelijk mijn plek in de auto heb verdiend.

6   Vicks

De ruimte die we binnenstappen is donker. Alleen een paar kleine raampjes laten licht binnen van één enkele lantaarnpaal. Op een houten balie staan een paar rekken met ansichtkaarten, een ouderwetse kassa en een al even ouderwetse schemerlamp. De muren hangen vol met landkaarten en oude toeristische posters. Midden in de ruimte staat een maquette van het kanalenstelsel van Florida.

Niet veel soeps. Meer een saaie verzameling van iemands vader dan een echt museum.

Op onze tenen lopen we naar een zaaltje aan de voorkant. Nog steeds kunnen we wat zien door het zwakke licht dat door de raampjes valt. Wat hier uitgestald staat, is voornamelijk toeristische troep die je overal in Florida kunt kopen – lichtblauwe T-shirts met vissen en sinaasappels, mokken waarop staat 'Opa en oma zijn naar Florida geweest, en het enige wat ik heb gekregen is deze waardeloze beker', speelgoednummerborden met kindernamen erop (altijd alleen maar 'Victoria', nooit 'Vicks'), teddyberen met sjerpen om waarop staat 'De Zonnestaat'.

Geen alligator.

'Waar is hij?' fluistert Jesse.

'Hij moet hier ergens zijn. Dat staat in de gids.'

'Hoe oud is dat ding?' vraagt ze dan.

'De gids?' Ik kijk in het colofon. Die is vijftien jaar oud.

Verdomme.

'Hij moet hier zijn,' hou ik vol. Ik wil ze absoluut niet teleurstellen. Niet nu ik eindelijk weer eens kan lachen met Jesse, en Melletje de deur heeft opengemaakt, terwijl ze duidelijk doodsbang is.

Ik loop terug naar de ruimte met de maquette en snuffel wat achter de balie. Bingo! Op de onderste plank ligt een zaklamp. Ik doe hem aan en schijn op de muren. Vlak naast de plek waar we naar binnen zijn gekomen is een smalle gang die naar de toiletten leidt. Op de muur tussen het dames- en herentoilet zie ik een zwart bordje met rode letters: Alligator beneden aan de trap.

De kelder van het museum heeft alleen van die kleine hoge raampjes op straatniveau en is bijna pikkedonker. Onder aan de trap gekomen, schijn ik de zaklamp recht voor me uit. Midden in de ruimte, in een glazen kooi, staat de bijna vijf meter lange Joe zijn enorme tanden bloot te grijnzen, alsof hij zeggen wil: 'Ik hou van je, schatje, maar ik lust je rauw.'

Mel slaakt een gil als ik de zaklamp in de bek van het beest schijn, maar Jesse loopt onmiddellijk naar de glazen kooi. Daar gaat ze op haar knieën heel aandachtig naar hem zitten kijken.

Ik loop naar haar toe, zak ook door mijn knieën en zeg: 'Hé die Joe, hoe gaat-ie? Wow, wat een grote jongen ben jij, zeg!'

Jesse volgt mijn voorbeeld. 'O o o, wie is dat grote reptiel dan, hè,' kirt ze. 'Dat ben jij! Dat ben jij!'

'Kom dan eens bij mammie,' zeg ik. 'Wat heb je een grote tandjes! En geen enkel gaatje. Brave jongen!'

Ik ben zo blij, want zo waren Jesse en ik de hele zomer bij de Waffle. Als de één een grapje maakte, ging de ander er meteen op door. Zo deden we dat tot, ik weet niet, een maand geleden, toen ze ongenietbaar werd.

Maar goed, nu zitten we allebei op de grond met onze gezichten dicht bij die gigantische vleesetende bek. Mel blijft op een afstandje, ze ziet er ellendig uit. Plotseling heb ik spijt dat ik zo heb aangedrongen, terwijl iedere sukkel kan zien dat ze het zelfs van een dode alligator in haar broek doet. 'Kom op,' zeg ik. 'Je hoeft hem niet te aaien. Ik zorg dat hij je niets doet. Zit, Joe. Blijf. Brave jongen. Zit...'

Ik pak Mels hand en stop op ongeveer anderhalve meter van de kooi. We gaan in kleermakerszit op de grond zitten en kijken gewoon naar hem. Met de zaklamp beschijn ik zijn bultige groene lichaam.

Jesse komt ook bij ons zitten.

In stilte bewonderen we Old Joe. Mels ademhaling gaat heel snel, maar verder gaat het goed.

'Hij mag dan dood zijn,' zeg ik na een tijdje, 'maar hij is wel gaaf. Hij is cool, sexy, hij is zelfverzekerd, stoer, eigenzinnig. Kortom, hij is een echte *badass*.'

'Dat is-ie inderdaad,' beaamt Mel.

'Hij is een soort god,' zeg ik. 'De god van de badasses. Kijk maar naar hem.'

'Kijk uit met wat je zegt.' Jesse geeft me een speels tikje op mijn arm.

'Hoezo?'

'Hij kan je horen!'

'Wie?' vraag ik. Dan begint het me te dagen. 'God?' vraag ik. 'Ben je bang dat God me kan horen?' Ze is ook zo christelijk.

'Het is zondig om valse goden te aanbidden,' zegt Jesse.

'Ik ben een atheïst,' zeg ik tegen Mel. 'Mijn familie aanbidt bijna niets, behalve dan de geneugten van de aardappel.'

'De alligator is geen godheid en de aardappel ook niet,' wijst Jesse me terecht. 'Je mag ze niet aanbidden.'

'Ik maak een grapje,' zeg ik. 'Hallo! En trouwens, God – als er een god daarboven is – is veel pissiger vanwege het feit dat we in het Wakulla Springs museum hebben ingebroken dan dat ik Old Joe "de god van de badasses" noem. Een echte god wordt niet kwaad om zulke onbenulligheden wanneer de wet wordt overtreden.'

'Ik denk dat God het wel goed vindt dat we hier zijn,' brengt Mel naar voren.

Jesse wendt zich tot haar. 'Hoezo?'

'Weliswaar hebben we strikt genomen de wet overtreden, maar we doen niemand kwaad. Het enige wat we... nou ja, *jullie* doen, is de alligator bewonderen. En daarom staat hij hier, nietwaar? Om bewonderd te worden.'

'Leg dat de kleinste agent ter wereld maar eens uit.'

'Huh?'

'Die agent die op het kleinste politiebureau ter wereld werkt. Want een politieman met normale afmetingen kan niet in die telefooncel werken.'

Jesse glimlacht.

'God mag het dan niet erg vinden dat we inbreken en Old Joe bewonderen,' vervolg ik, 'maar dat piepkleine agentje gaat een beroertetje krijgen.'

'Hoe groot denk je dat hij is?' vraagt Mel. 'Eén meter? Of kleiner?'

'O, veel, veel kleiner. De kleinste ter wereld,' zeg ik.

'Ik denk tien centimeter,' zegt Jesse.

'Wat?' roept Mel uit. 'Dan is het geen mens meer, dan is het een kabouter.'

Op de een of andere manier vinden we dit alle drie erg grappig.

'Natuurlijk is het wel een mens!' roep ik. 'Een beetje respect, hoor!'

'Een man van de wet,' zegt Jesse giechelend. 'Tien centimeter groot, vooral geschikt om vechtende muizen uit elkaar te halen. En hij slaat ze met een lollystokje als ze niet naar hem luisteren.'

'O, en hij eet geen donuts tijdens zijn lunchpauze,' brengt Mel naar voren. 'Anders valt hij tussen het gaatje door.'

Bloedserieus steek ik mijn vinger op. 'Hij kan hier ieder moment binnen komen vallen met zijn minipistooltje, en dan piept hij: "Handen op jullie hoofden en maak dat jullie uit de buurt van de alligator komen!"'

Mel giert van de lach.

'Maar als hij dat doet,' ga ik verder, 'pakken we hem op en knuffelen we hem dood.' Nog meer gelach. 'Ik druk hem plat tussen mijn borsten, dan is het nog een prettige dood ook.'

We stikken van het lachen.

'Nee, niet doen,' zegt Mel, naar adem happend. 'Als je hem dooddrukt, krijgen we levenslang.'

'O, maar hij is bijna twintig keer zo klein als een normale agent,' zeg ik, 'dus dan zijn ze veel soepeler met hun straffen.'

'Denk je dat?' vraagt Jesse, haar wenkbrauwen fronsend.

'O, zeker,' antwoord ik. 'Je hebt dat politiebureau toch gezien? Gewoon een stomme telefooncel. De mensen hebben geen greintje respect voor hem. Eigenlijk beschouwen ze hem niet eens als een agent. Geen schijn van kans dat we levenslang krijgen. En trouwens, we kunnen zeggen dat we niet van plan waren hem de knuffeldood te geven, dat het een ongeluk was.'

'Oké dan,' zegt Mel. 'Dan doen we dat.' Ze zegt het met een uitgestreken gezicht, en even denken Jesse en ik dat ze er de grap niet van heeft ingezien. Dan beseffen we echter dat dat godsonmogelijk is en barsten we weer in lachen uit.

Als ik weer op adem ben gekomen, besluit ik het goed te maken met Jesse. 'Ik bedoel niet dat hij een god is,' leg ik uit, 'wat ik wil zeggen, is dat hij een rolmodel is.'

'Old Joe?'

'Of de kleinste politieman?'

Mel maakt me weer aan het lachen, want ik zou mijn rolmodel natuurlijk nooit dooddrukken tussen mijn borsten. 'Nee, de alligator. Kijk dan toch eens naar hem. Nergens bang voor.'

'Dat komt doordat hij dood is,' zegt Mel.

'Nee. Toen hij nog leefde, was hij ook niet bang. Hij is een soort symbool. Hij is nog nooit van zijn leven bang geweest. Hij was zo lelijk als de neten, en het enige wat hij deed was genieten van de zon en het tropische briesje, want hij wist dat hij iedereen die hem lastig zou proberen te vallen kon vermorzelen met zijn kaken.'

'Het kon hem niet schelen wat anderen dachten.' Mel legt haar handen op haar wangen.

'Precies. Daarom bewonder ik hem ook zo. Jullie niet?'

'Ja,' zegt Jesse na een korte stilte. 'Ik wel. We moeten voor hem zingen.'

'Wat?' Ik was helemaal niet van plan te gaan zingen. 'We zitten hier niet bij een kampvuur. We zitten die badass te bewonderen.'

'Nou,' zegt ze, 'ik bedoel het meer als een soort ritueel. Ik vind dat we Old Joe moeten laten merken dat we van hem houden. Doe je mee, Mel?'

Mel plukt aan haar vingers. 'Ik ken het liedje dat je wilt zingen waarschijnlijk toch niet.'

Jesse maakt een wegwerpgebaar. 'Je hebt een iPod waar tweeduizend nummers op kunnen, dus ik denk dat je er wel een van kent.'

'Ik bedoel dat ik geen kerkliederen ken. Ik ben joods.'

Jesse kijkt even verbaasd, maar zegt dan: 'Sst. Ik denk na.'

Dus zijn we stil, en dan begint Jesse een volksliedje te zingen over een meisje dat treurt omdat de jongen op wie ze verliefd is de vallei waar ze wonen gaat verlaten en ze hem zal missen.

From this valley you say you are leavin',
I will miss your bright eyes and sweet smile
For they say you are takin' the sunshine
That has brightened our pathways awhile—

Mel haalt diep adem en valt in:

Come and sit by my side, if you love me
Do not hasten to bid me adieu
But remember the Red River Valley
And the cowgirl who loved you so true.

Mel kan echt zingen. Glashelder. Jesse stopt om naar Mel te luisteren.

'*Won't you think of the valley you're leaving—*' gaat Mel verder, maar zodra ze doorheeft dat ze in haar eentje zingt, stopt ze. 'Zing je niet meer mee, Jesse?'

'Nee,' zegt die hoofdschuddend. 'Doe jij het maar.'

'Ik wil niet in mijn eentje zingen.'

'O, kom op,' probeer ik haar over te halen. 'Old Joe wil dat je het doet. En Al Roker ook.'

Afwerend kruist ze haar armen voor haar borst.

'Alsjeblieft,' zegt Jesse. 'Je zingt zo mooi.'

En dan zingt Mel:

Oh, how lonely, how sad it will be—
Oh, remember the heart you are breaking,
And be true to your promise to me.

Ik krijg een brok in mijn keel. Want dat laatste couplet gaat erover dat die jongen zijn belofte aan het meisje misschien wel vergeet. Misschien, denk ik, vergeet hij zelfs wel helemaal waar hij vandaan komt als hij eenmaal weg is.

They say you are taking the sunshine zegt het meisje in het eerste couplet tegen de jongen. En dat is precies wat ik voel sinds Brady naar Miami is: dat de zon niet meer voor me schijnt.

Waarom heeft hij me niet gebeld? Hoe komt het dat zijn gevoelens zo snel veranderd zijn? Waarom denk ik iedere keer weer aan hem, terwijl ik toch mijn stinkende best doe om hem uit mijn gedachten te bannen?

En waarom kan ik er zelf niet voor zorgen dat de zon weer gaat schijnen?

Ik wil niet gaan huilen terwijl we midden in een ritueel voor Old Joe zitten, dus slik ik een paar keer en pak een mango uit mijn tas. 'We zullen dit voor hem achterlaten, als blijk van onze bewondering.' Ik geef de zaklamp aan Mel. Daarna kruip ik op mijn knieën naar voren, buig, en leg de mango aan de voet van Joe's kooi. 'Old Joe de alligator, grote badass van Wakulla Springs, onverschrokken symbool van onze roadtrip, wij bedanken u. Voor uw inspiratie. U was oer- en oerlelijk, maar daar trok u zich geen bal van aan. U was sterk. En u had akelig grote tanden. Toch was u een vriendelijk dier en maakte u mensen gelukkig. Dat u lang een voorbeeld moge blijven.'

'Dat u lang een voorbeeld moge blijven.'

'Dat u lang een voorbeeld moge blijven.'

'O, en we hopen dat u van mango's houdt. Hij is vast heel sappig.'

Tegen de tijd dat we naar buiten lopen is het nacht. Op straat is het donker. Uit de schaduwen weerklinkt een stem. 'Nog gave dingen gezien?'

Er zit een man op de motorkap van de Opel.

In eerste instantie denk ik dat het een agent is en gaat er een schok door me heen. Zodra mijn ogen aan het donker gewend zijn, zie ik echter dat hij een glad gezicht heeft met nauwelijks baardgroei. Zijn marineblauwe T-shirt hangt los over zijn spijkerbroek, die aan de onderkant gerafeld is, alsof hij er steeds op trapt.

Hij is misschien zeventien. Gewoon een puber met een vette friet in zijn hand, met brede schouders en smalle heupen. Verder heeft hij donker haar en een beetje een donkere huid. Misschien is het een Cubaan, of een Puerto Ricaan. Zijn neus is plat en hij heeft mooie bruine ogen.

Dit is een lot uit de loterij, zeg! Want als we badass willen zijn en jongens willen verleiden, is zo'n onwijs lekker ding als hij een prima begin.

Ik weet het, ik ben bezet, en ik hou van Brady, maar dat betekent niet dat ik geen ogen in mijn hoofd heb.

'Kun je van de auto af gaan?' hoor ik Jesse vragen. Mel staat naar haar tenen te staren.

'Sorry,' verontschuldigt hij zich, hoewel hij gewoon blijft zitten. 'Maar ik ben benieuwd waarom jullie hebben ingebroken.' Grijnzend voegt hij eraan toe: 'Jullie hebben toch niets meegenomen, hè?'

'Natuurlijk niet,' haast Jesse zich te zeggen.

'Weten jullie het zeker?' vraagt hij, nog steeds glimlachend. 'Ze hebben prachtige ansichtkaarten.'

'Bemoei je met je eigen,' mompelt ze.

'Trek je maar niets van haar aan,' zeg ik tegen hem terwijl ik naar hem toe loop om hem van dichtbij te bekijken. Ik laat me tegen de Opel aan zakken en vraag: 'Mag ik ook een frietje?'

'Vicks!' snauwt Jesse. 'Je moet niet met vreemden praten!'

Waarom doet ze zo opgefokt? Net zaten we beneden in de kelder nog volksliedjes te zingen, en nu is die opgefokte christelijke trut weer terug. Ik zweer je, een maand geleden zou ze haar hoogblonde haar over haar schouder hebben gegooid en iets aan haar korte broek hebben verschikt om meer buik te laten zien. Misschien dacht Jesse dat seks voor het huwelijk een gegarandeerd enkeltje naar de hel oplevert, maar ze denkt niet dat de Heer tegen flirten was.

'Hij is geen vreemde,' zeg ik. 'Hij is...'

'Marco.' Hij wipt van de Opel af om iets uit zijn rugzak te pakken en geeft me de zak frieten.

'Zie je wel,' zeg ik tegen Jesse en ik stop een frietje in m'n mond, 'hij is Marco. Hallo, Marco. Bedankt, Marco.'

Met kwade passen komt Jesse aanlopen, Mel stomverbaasd op de stoep achterlatend. 'En, *Marco*, wat doe je hier midden in de nacht op mijn auto?'

Waarom doet ze zo vijandig? We zitten verdomme minstens twee keer per week op die stomme Opel op het parkeerterrein van de 7-Eleven amandelijks te eten.

Marco haalt zijn schouders op. 'Ik woon hier.'

'In het museum?' vraagt Jesse.

Hij glimlacht, alsof ze opzettelijk een grapje heeft gemaakt. 'In Wakulla Springs.'

Jesse slaat haar armen over elkaar. 'En je bent op mijn auto gaan zitten omdat...?'

Hij verkreukelt het lege zakje en knikt in de richting van een vervallen gebouw aan het eind van de straat. 'Ik was op weg naar het busstation toen ik iets hoorde. Ik dacht dat die kroeg daar dichtging, maar het bleek dat jullie drieën iets aan het uithalen waren.'

'We zijn alleen maar bij de alligator gaan kijken,' vertel ik hem, waarna ik hem het exemplaar van *Bizar Florida* laat zien. 'Daar heb ik over gelezen in deze gids.'

'Ahhhh.'

'We hebben niets aangeraakt en niets meegenomen,' voeg ik eraan toe. 'Als je wilt, kun je me fouilleren.'

Hij werpt me een blik toe die me aan Brady doet denken, alsof hij weet dat ik een doorgewinterde flirt ben. Maar ik merk dat hij zich wel vermaakt.

'Kom op, je vertrouwt me toch wel, Marco?' zeg ik.

'Ik ken je naam niet eens,' zegt hij, maar hij bluft. Ik heb van mijn broers geleerd dat als een jongen je leuk vindt hij je naam niet vergeet, ook al heeft hij die alleen maar in het voorbijgaan gehoord.

'O ja, dat weet je wel,' zeg ik. 'Mijn vriendin hier heeft hem een halve minuut geleden nog genoemd.'

'Oké,' zegt hij grinnikend. '*Vicks*.'

Ha! Zie je wel, Brady? Je bent niet de enige die me leuk vindt.

'We moeten gaan,' onderbreekt Jesse ons. Ze steekt haar wijsvinger naar me uit. 'We gaan naar Miami, naar *haar vriend*.'

Ze denkt dat ik me daardoor schuldig voel, maar ik was niet van plan iets te *doen*. Ik was alleen maar badass, dat is alles.

Ik ga haar terugpakken. 'Waar ga je heen?' vraag ik aan Marco.

'Fenholloway.'

'Ligt dat niet naast de snelweg?'

'Yo.'

'Dan heb je geluk,' zeg ik tegen hem. 'Wil je een lift?'

'Geen sprake van,' snauwt Jesse.

'Waarom niet?'

'Omdat ik het zeg.'

'Wat is er gebeurd met de christelijke naastenliefde?' vraag ik, haar strak aankijkend. En dan vervolg ik tegen Marco: 'Maak je geen zorgen, je kunt mee.'

'Weet je het zeker?' vraagt hij.

'Geen probleem.'

Ik kijk naar Mel om te zien of zij er ook op tegen is. Mel staat met een verdwaasde blik naar Marco te kijken, alsof ze met hem in de buurt moeilijk kan ademhalen, alsof ze ieder moment door haar knieën kan zakken.

'Waarom wil je naar Fenholloway?' wil Jesse weten.

'Omdat mijn vriend Robbie daar een feestje geeft.'

'Dat is hier minstens anderhalf uur rijden vandaan,' zegt Jesse.

'Ik heb daar gewoond,' verklaart hij.

'Hm-m.'

'Weet je,' zegt Marco tegen haar terwijl hij zich bukt om zijn rugzak op te pakken. 'Ik kan ook met de bus gaan als die lift niet oké is.'

'Het is wel oké,' zeg ik tegen hem.

Jesse kijkt me vernietigend aan. 'We gaan niet zomaar een willekeurig iemand in onze auto meenemen. Hij kan wel een seriemoordenaar zijn.'

'Ben je een seriemoordenaar?' vraag ik hem.

'Nee.'

'Alsof hij dat tegen ons zou zeggen!' roept Jesse uit.

Hij grijnst naar Jesse. Bij zijn ooghoeken verschijnen kleine rimpeltjes. 'Ja, dat zou ik wel doen. Eerlijk waar. Als je wilt, mag je me fouilleren.'

Mel begint te lachen. Of eigenlijk lichtelijk hysterisch te giechelen. 'Hou je mond, Mel!' zegt Jesse met verhitte wangen.

Nu kijkt Marco ook naar Mel, voor het eerst. Hij glimlacht.

Zij glimlacht terug.

Bingo. Ik zie zo dat Mel hem mag. En ik zie ook dat hij anders naar haar kijkt dan naar mij. Alsof hij haar ook echt ziet staan en niet alleen maar een leuk meisje ziet.

'Hai, ik ben Marco,' zegt hij, zijn hand uitstekend. 'We zijn nog niet aan elkaar voorgesteld.'

'Melanie,' zegt ze. 'Maar noem me maar Mel.'

Mel wil dat hij meegaat, en dus moeten we hem wel meenemen, want ik heb heel wat diensten met die meid gedraaid en weet honderd procent zeker dat ze wel een beetje liefde kan gebruiken. 'Stap in,' zeg ik tegen Marco.

'Vicks!' brult Jesse.

'Jesse!' brul ik naar haar terug.

'Het is mijn auto!' brult ze.

Ik rol met mijn ogen. 'O, hou toch op. We maken een roadtrip, doe effe relaxed.' Ik trap mijn sigaret uit op de grond.

'Laten we stemmen. Ik zeg ja. Jij zegt nee. Mel, jouw stem is doorslaggevend. Wat gaat het worden?'

Mel kijkt eerst naar mij en dan naar Jesse. Blij is ze niet.

Daarna kijkt ze naar Marco en begint ze te blozen. 'Ik denk dat Old Joe wil dat we hem meenemen,' zegt ze.

Ha! Ik dacht wel dat ze hem leuk vond.

Marco glimlacht breeduit, en dan kruipen we allemaal in de auto.

7   Mel

Marco zit naast me op de achterbank.

Daar zou ik blij mee moeten zijn – en dat ben ik ook – maar ik heb het ook bloedheet en kan nauwelijks ademhalen. Bovendien doet mijn maag rare dingen in zijn nabijheid.

Wel een uur lang zitten Vicks en Marco met elkaar te kletsen. Vicks heeft daar helemaal geen moeite mee. Die praat en maakt grapjes alsof het haar niets kan schelen wat anderen ervan denken. Dat zou ik nooit kunnen. Zelfs thuis met Laurie en de andere meisjes van mijn oude school kon ik dat niet. Ik was altijd bang dat ze dachten dat ik praatziek was, of dat ik te gewoontjes was, of te saai.

Bij Alex was ik wel mezelf, geloof ik, want die was altijd bij ons thuis. Hij ging altijd skeeleren met Blake en deed zogenaamd of hij met Nikki flirtte. We aten vaak Pringles en schaakten dan of luisterden naar muziek of speelden piano.

Blijkbaar zijn Vicks en Marco uitgepraat, want zonder iets te zeggen luisteren ze naar 'Drops of Jupiter'. Alsof ze in slaap zijn gesust door de zoete klanken.

Nou, ik niet. Ik moet hoognodig plassen. Maar dat ga ik niet zeggen.

Over dat soort dingen praat ik niet in het openbaar.

Zeker niet met Marco erbij.

Niet dat ik hem leuk vind of zo. Want dat vind ik niet. Ik bedoel, ik vind hem niet *niet* leuk, maar ik ken hem amper.

Hij is gewoon een of andere jongen die naast me zit in de auto. Ondertussen weet ik zeker dat Jesse expres door die kuilen rijdt om mij te kwellen. Boink, boink, boink. Ze weet dat ik naar het toilet moet, want ze heeft gezien dat ik die hele fles Diet Sprite heb opgedronken. 'Hoe zit het met de benzine?' vraag ik op mijn nonchalantst. 'Moeten we niet eens stoppen?'

'Ben je gek geworden?' vraagt Jesse. 'We hebben nog driekwart tank. Hoezo, moet *jij* soms stoppen?'

Dat komt doordat ik tegen haar heb gestemd. Daarom straft ze me. De zwevende kiezer slaat weer toe. Waar ik ook voor kies, er is altijd wel íémand die niet blij met me is. Jammer, want toen we in het museum waren, dacht ik dat ze... Ik weet niet. Ik dacht dat ze me begon te mogen.

Vicks mag me wel, denk ik, maar als ik er niet zou zijn, zou het haar niet opvallen.

'Nee, helemaal niet,' zeg ik ongemakkelijk. Ik ben toch zeker niet de enige die moet plassen? Dat kan toch niet? Die stomme Diet Sprite ook.

Boink. Boink. Boink.

O. O. O.

Vicks staart uit het raam, diep in gedachten, zich totaal niet bewust van deze unieke vorm van marteling.

En Marco... Marco zit naast me en ruikt naar zout en pepermunt. Hij zit met zijn vingers tegen zijn knie te tikken. Zijn nagels zijn afgekloven. Hij pakt zijn rugzak, haalt er een rolletje pepermunt uit en biedt mij er een aan.

'Nee, dank je,' zeg ik, en ik merk dat hij iets dichter naar me toe is geschoven en mijn knie en zijn knie elkaar bijna raken.

'Neem je geen snoepjes aan van vreemden?'

Ik lach. 'Liever niet.'

Hij stopt er een in zijn mond. 'Dat is ook het veiligst. Je had me moeten fouilleren toen je nog de kans had. Moeten checken of er geen gif in mijn pepermunt zit.'

'Ik zie een bord met Fenholloway,' kondigt Jesse aan. 'Afslag 382.'

Dit is het einde. Vaarwel, Marco.

'Dat is hem.' Hij trekt een los velletje van de nagelriem van zijn duim.

'Dat lijkt me pijnlijk,' zeg ik, moedig geworden nu ik weet dat ik hem nooit meer zal zien.

Hij zit er nog steeds aan te frunniken. 'Soms.'

'Slechte gewoonte.'

'Weet ik. Een van de vele.'

'Waarom doe je het dan?'

Hij kijkt me aan, en ik begin te gloeien. 'Doe jij niets wat je eigenlijk niet zou moeten doen?'

'Ik zit hier in de auto.'

'Zou je hier eigenlijk niet moeten zijn?'

Nou, het is niet aan te raden om als meisje in een auto met vreemden te stappen. En toch zit ik hier, met drie... vreemden.

Nee, dat kan ik beter niet zeggen.

'Ik, eh... heb het mijn ouders niet verteld,' lieg ik. 'Ze weten niet waar ik ben.'

'Waarschijnlijk denken ze dat je ergens in jullie huis verdwaald bent,' komt Jesse ertussen.

Ik bijt op de binnenkant van mijn wang. Vreselijk dat ze dat heeft gezegd. Ik wil dat Marco me mysterieus vindt in plaats van een verwend rijk nest. 'Zó groot is het nou ook weer niet.'

'Kom op hé,' zegt ze lachend. 'Het lijkt wel een museum. En dan niet zo een als dat van Old Joe, meer als het Louvre. Je zou makkelijk entreegeld kunnen vragen.'

Ik kruip diep weg in de bank.

'Hoe lang blijven jullie in Miami?' vraagt Marco. Zijn knie is nu helemaal naar de rechterkant afgedwaald, waardoor zijn spijkerbroek licht over mijn blote dij strijkt.

'Alleen dit weekend,' antwoord ik.

'Waar slapen jullie?'

'In een hotel, denk ik. Ik weet het niet. Dat zien we wel als we daar zijn.'

'Het is al tien uur geweest. Jullie rijden vannacht toch niet door?'

'Dat denk ik niet. We mogen niet meer rijden na...' Ik maak mijn zin niet af. Ik zit weer zo stom te doen. 'Of we vanavond nog doorrijden?' Hopelijk niet, hé, want mijn blaas staat op springen. 'Hoe ver is het nog naar Miami?'

'Minstens vierhonderd kilometer,' antwoordt Vicks. 'We moeten iets zoeken om te pitten.'

'Mel betaalt het hotel,' zegt Jesse. 'Toch?'

Hij kijkt weer naar me.

'Toch, Mel?' dringt Jesse aan. 'Tenzij je terugkomt op je belofte.'

'Ik betaal het hotel,' zeg ik snel. Daarna wend ik me tot Marco. 'Weet je of hier leuke hotels in de buurt zijn?'

'Jazeker, vlak bij de volgende afslag ligt een Hilton,' antwoordt hij.

'Weet je ook of er een Marriot is?' vraag ik. 'Mijn vader is daar vaste klant, dus ik denk dat ik wel een suite kan regelen.'

Zijn wangen worden rood. 'Ik maakte een grapje. Er is geen Hilton. Wel een Super 8 Motel.'

Vicks en Jesse barsten in lachen uit.

'Dat weet ik ook wel,' lieg ik, wensend dat ik door de bank kon zakken.

Jesse lacht nog steeds als Marco zich naar me toe draait en zegt: 'Waarom komen jullie niet met mij mee naar Robbie? Dan kun je daar pitten. Hij geeft een feestje bij hem thuis.'

Ik voel me misselijk en dan opgewonden en dan weer misselijk.

'Nou, daar hebben we wel zin in,' zegt Vicks.

'Dat hebben we niet,' zegt Jesse.

'Hier linksaf,' zegt hij. 'Wil je niet blijven pitten of kom je niet naar het feest?'

'Allebei niet,' antwoordt Jesse.

'Bij het volgende stoplicht rechtsaf,' instrueert Marco.

'Laten we naar het feest gaan en daar dan beslissen,' stelt Vicks voor. 'We kunnen altijd nog weggaan.'

'Hier naar links,' zegt Marco.

Jesse slaat af. We horen het feest nog voor we er zijn. De weg trilt helemaal van het zware gedreun van een bas. Mijn ingewanden trillen ook, maar niet van de muziek. Zijn spijkerbroek strijkt nog steeds langs mijn been.

'Het is het huis daar bij die –'

'Ja, dat snap ik,' zegt Jesse. 'We zetten je daar af en dan gaan we.'

In de tuin van het witte huis waar we op af rijden wemelt het van de meisjes in korte spijkerbroeken en fluorescerende haltertopjes en jongens met wijde spijkerbroeken waarvan het kruis op de knieën hangt. 'Zet die auto gewoon neer,' stelt Vicks voor. 'Dan kijken we even rond.'

Jesse gaat aan de verkeerde kant van de straat op een lege parkeerplek staan, maar zet de motor niet uit. Ze kijkt Vicks recht aan. 'Ik geloof dat je vergeten bent waar dit weekend voor bedoeld is.'

'Ik moet plassen,' laat Vicks haar weten. 'Dus als je niet wilt dat ik op je stoel plas, kun je hier beter de auto parkeren.'

Ha! Ik wist dat ik niet de enige was.

8   Jesse

'Marco-boy, je bent er!' roept een slordig uitziende blonde jongen die zo bleek is dat hij bijna doorzichtig is. Hij zit op de keukentafel, naast een kauwgumkauwend meisje met bruin haar. Allebei drinken ze hun bier uit het flesje, en mijn maag zakt lager en lager. Ik heb een hekel aan dit soort feestjes. Ik haat ze.

'Hé,' groet Marco. Zwierig gebaart hij naar ons drieën. 'En ik heb nog een verrassing meegenomen. Jongens, dit zijn Vicks, Mel en Jess.'

Jesse,' zeg ik.

'Jesse. Sorry. Zal ik een biertje voor jullie halen?'

'Graag,' zegt Vicks.

Ik kijk haar aan. Ik dacht dat we hier waren omdat ze moest plassen, niet om zich vol te gieten.

'Ik ook, graag,' zegt Mel met een verlegen stemmetje. Het is zo'n klein poppetje, en bij Marco lijkt ze nog popperiger. Ze kijkt hem aan met grote ogen – grote blauwe ogen in een poppengezichtje – en Marco wacht even en grijnst naar haar, alleen naar haar. Ze wordt knalrood.

Maar goed, één bier, en ze gaat plat. Voor dat gebeurt, moeten we hier weg, ik heb geen behoefte aan een zatte Mel.

'Ik zou een moord doen voor jouw haar,' zegt de kauwgumkauwster. 'Zijn die highlights echt of uit een flesje?'

Niemand geeft antwoord. Haar woorden blijven als luchtbellen in de lucht hangen. Dan dringt het ineens tot me door dat ze het tegen mij heeft en zeg ik: 'Huh?'

Ze rolt met haar ogen. 'Laat maar zitten.'

'Echt,' zeg ik. 'Ze zijn echt.'

Marco pakt drie flesjes bier uit de ijskast en deelt ze uit, te beginnen met Mel. Wanneer hij bij mij komt, zegt Vicks: 'Doe geen moeite.'

'Ik drink niet,' zeg ik. Het komt er stijfjes uit. Dat was niet de bedoeling, maar het is wel zo. Dat overkomt me nou altijd in dit soort situaties. Ik ben veel meer een op-de-bank-hangend-en-naar-de-tv-kijkend soort meisje. En ik hou van spelletjes. Ik ben een spelletjesmens.

Vanavond, voor onze wekelijkse spelletjesavond, zou mam een cake van koekjes bakken met een laagje crème fraîche en een vulling van kersen, aardbeien en kiwi's. En R.D. zou ook komen en voor koele drankjes zorgen.

Ik geef het niet graag toe, maar een deel van mij zou willen dat ik dáár was in plaats van hier.

Hoewel... Nee, helemaal niet. Ik ben verdorie op weg naar Miami, zodra Vicks en Mel hun stomme biertjes ophebben.

'En, hebben jullie zin om een tijdje te blijven?' vraagt Marco. Daarbij kijkt hij Mel aan, en ik durf te zweren dat ze stopt met ademhalen. Wat best wel schattig is. Alleen, wat heeft het voor zin om op een jongen te vallen die je toch nooit meer ziet?

'Sorry,' zeg ik. 'We moeten gaan.'

'Nee, dat moeten we niet,' zegt Vicks. Er speelt een glimlach om haar lippen terwijl ze van Marco naar Mel kijkt. 'Hé, Mel, ga je mee kijken waar de wc is?'

Giechelend sleept ze Mel naar de gang, waarna Marco alleen met mij achterblijft.

Ongemakkelijk wipt hij van zijn ene voet op zijn andere. 'Tja...'

Met een kwade blik draai ik me van hem weg.

Marco begrijpt de hint. Hij mompelt iets nietszeggends over dat hij me later wel weer ziet, en ik denk: *ja hoor, het zal wel. Voor mijn part ga je bierdoppen verzamelen of zet je een lampenkap op je kop. Het zal mij een zorg zijn.*

Hij gaat weg, en nu ben ik degene die ellendig en alleen met mij achterblijft.

9   Mel

'Hij vindt je te gek,' zegt Vicks terwijl ze mijn arm pakt en me meetroont door de gang.

'Ach welnee!'

'Echt wel. Hij zat de hele weg naar je te kijken.'

'Dat is helemaal niet waar,' zeg ik lachend. Ik vind het geweldig dat ze me vasthoudt alsof we vriendinnen zijn. Als we een meisje met vlechtjes voor een gesloten deur zien staan wachten, nemen we aan dat het het toilet is en sluiten we achter haar aan.

'Je moet ervoor gaan, hoor.'

'Maar ik weet helemaal niets van hem af!'

Vicks begint te lachen. 'In ieder geval wel dat het een lekker ding is.'

'Misschien heeft hij wel een vriendin.'

'Daar heeft hij niets over gezegd.'

'Nou en? Dat wil toch niet zeggen dat hij er geeneen heeft?'

'Een jongen die een vriendin heeft nodigt niet drie hippe meiden uit op een feestje. Geloof me nou maar. Als Brady dat zou doen, zou hij een schop onder zijn kont krijgen.'

'Misschien heb je gelijk,' zeg ik, plotseling nerveus.

'Wat is eigenlijk je probleem?! Hou je niet van lang, donker en knap?'

'Ik hou niet van...' Ik hou er niet van mezelf bloot te geven.

Want kijk wat er is gebeurd toen ik Alex heb verteld wat ik voor hem voelde – nee, toen ik hem dat heb laten *merken*. 'Ik heb een paar minder leuke ervaringen met jongens.'

De deur van het toilet gaat open. Een jongen met een sikje komt naar buiten lopen en het meisje voor ons gaat snel naar binnen. Vicks neemt een grote slok bier en ik ook. Brrr.

Ik had een glas wijn moeten vragen.

'Je moet boven op hem springen. Hem een slaapkamer in slepen en alles met hem doen wat je wilt.' Vicks fluit. 'Ik zou er echt helemaal voor gaan als ik jou was.'

'Ga jij er dan voor.' Ik neem nog zo'n vieze slok.

'Hé hallo, en Brady dan?'

'Ja, dat is waar,' zeg ik, en ik zie hem voor me: echt heel leuk en altijd hartstikke blij om haar te zien, de paar keer dat ik hem heb gezien bij het Waffle House. Voor het eerst begin ik me iets af te vragen over Vicks. Ik bedoel, als ik op weg zou zijn naar mijn vriend, zou ik niet willen stoppen bij een of ander feestje met allemaal mensen die ik niet ken. Niet dat ik er wat vanaf weet om een vriend te hebben.

Ik hoor dat er wordt doorgetrokken, waarna Vlechtjes naar buiten komt. Ik vlieg naar binnen – omdat ik geen seconde langer kan wachten – maar Vicks komt me achterna.

'O, eh...'

Ik vind het maar raar, maar vreemd genoeg voel ik me ook wel gevleid. Ze mag me! Ze gaat samen met mij naar het toilet. We zijn *echt* vriendinnen! Alleen... lukt het me wel om te plassen met haar erbij?

Vicks merkt niets van mijn twijfels en gaat voor de spiegel staan om haar haar goed te doen. 'Schiet op, ik moet echt nodig.'

Goed dan. Ik zet mijn bier op de grond, duw mijn broek

naar beneden en ga boven de toiletpot hangen.

'Ga je er niet op zitten?' vraagt ze, me vanuit de spiegel aankijkend.

'Nee.'

'Ook niet bij mensen thuis?'

'Nee, jij wel dan?'

'Ja hoor, bij mensen thuis wel, niet op een openbaar toilet.'

'Maar hier kunnen ook allerlei ziektekiemen op zitten.'

Ik veeg me af, trek door en bedek mezelf snel met mijn kleren. Terwijl Vicks aan de beurt is, was ik mijn handen en droog ze door ze door mijn haar te halen.

Ze wast haar handen en pakt lipgloss uit haar tas. 'Wil jij ook?'

'Nee, dank je.'

Lachend vraagt ze: 'Te veel ziektekiemen?'

'Nee, ik gebruik nooit make-up.'

'Waarom niet?'

'Mijn zus is de knappe van ons tweeën,' zeg ik, en de woorden tuimelen sneller uit mijn mond dan ik ze kan bijhouden. 'Ze vindt het niet leuk als ik meer aandacht krijg dan zij.' Terwijl ik het zeg, besef ik zelf hoe zielig het klinkt.

Met ogen zo groot als wagenwielen kijkt Vicks me vanuit de spiegel aan. 'Doe niet zo bespottelijk. Jesse zal je wel opmaken. Die is daar keigoed in. Ikzelf doe maar wat.'

Er bonst iemand op de deur. 'Opschieten!'

'Nog even je broek aanhouden!' roept Vicks.

'Wat zijn dat voor mensen?' zeg ik, en ik begin te lachen. 'Zullen we gaan?'

'Wacht,' zegt Vicks, 'we moeten nog toosten.' Ze pakt haar flesje. 'Op de vreemdelingen in Fenholloway.'

We toosten, maar het is me niet duidelijk of we nou drinken op Marco, op de andere mensen op het feest of op onszelf.

Langzaam lopen we terug naar de drukke keuken. Jesse is bezig bierflesjes te verzamelen en ze in de glasbak te gooien, maar Marco en de blonde jongen zijn er niet.

Als Jesse met een kwaad gezicht een vlek wegveegt, glipt Vicks achter haar rug langs, doet de ijskast open en pakt er nog een biertje uit. Ik hou mijn lachen in, anders verraad ik haar. Vicks knipoogt en haalt de dop eraf, en zonder dat Jesse ook maar iets merkt, sluipen we naar buiten.

We zien Marco in de voortuin. Overal zijn dronken mensen. Sommige doen lacherig, andere lopen te schreeuwen, en eentje probeert een handstand te maken.

Maar ik zie ze niet echt. Ik zie alleen Marco.

'Ga met hem praten,' spoort Vicks me aan.

'In mijn eentje?' vraag ik paniekerig.

Ze duwt me naar de voordeur. 'Ik blijf vijf minuten, daarna ga ik ervandoor.'

'Hé,' zegt hij, en hij begint te zwaaien.

Vicks geeft me een elleboogstoot. 'Ik ben weg.'

Wat? 'Je zei vijf minuten!'

Ze knipoogt en gaat terug het huis in. Ik neem een slokje bier – brrr – en loop naar hem toe en laat me op het gras zakken. Dus nu zitten Marco en ik pal tegenover elkaar, allebei in kleermakerszit.

'Het is zo warm dat ik de sneeuw mis,' zeg ik, en meteen kan ik mezelf wel voor mijn kop slaan. Hoe krijg ik het voor elkaar om over het weer te beginnen? Het saaiste onderwerp dat je kunt bedenken.

'Waar was die sneeuw dan?'

'Ik kom uit Montreal. Het wordt daar min twintig graden. Min twintig graden. Bij die kou doet ademhalen pijn.'

Hij strekt zijn benen voor zich uit. 'Ik heb nog nooit sneeuw gezien.'

'Nee? Echt niet?'

Hij schudt zijn hoofd.

'Mijn broer, zus en ik bouwden altijd waanzinnige sneeuwhutten in de achtertuin,' vertel ik hem. 'Met vijf kamers die verbonden waren door gangen, en dan brachten we onze speelgoedbeesten ernaartoe en warme chocola in een thermoskan.'

Zijn ogen lichten op. 'Kun je skiën?'

'Nee.'

'Ik wil het leren als ik ooit naar het noorden ga. Ik kan wel waterskiën. Heb je dat wel eens gedaan?'

'Nee.' Het is ongelooflijk dat ik al die dingen die ik nu bij hem zie niet heb gezien toen we in de auto zaten. Zoals dat vage litteken bij zijn vierkante kaak, dat een beetje op een schaar lijkt. En dat hij aan zijn vingers plukt als hij praat, maar ze stilhoudt als hij luistert.

'Dat is gaaf. Moet je een keer proberen.'

Ik sta op het punt te zeggen dat ik overal voor in ben, maar hou me in. Waarom zou ik liegen? Ik zie hem toch nooit meer. 'Eh... dat zal ik waarschijnlijk nooit doen. Eigenlijk... Kan ik je een geheim verklappen?'

'Vertel maar op.'

Ik gebaar dat hij dichterbij moet komen en voel een steek van opwinding omdat ik zo moedig ben. Hij schuift naar me toe tot zijn knie de mijne raakt. 'Ik doe alleen aan Pilates,' zeg ik zacht.

'Wat is dat?' fluistert hij.

'Een stelletje strekoefeningen,' mompel ik. 'Ik ben de minst sportieve persoon in de geschiedenis van de mensheid.'

Hij lacht. 'Waarom fluisteren we?'

'Dit is geheime informatie. Al deze mensen...' Ik gebaar naar de mensen om ons heen op het grasveld. '...zien er hartstikke sportief uit.'

'Oké,' fluistert hij. 'Dan zal ik je ook een geheim verklappen.' Hij buigt zich naar me toe, en ik voel zijn lippen tegen mijn oor. 'Dat ben ik ook.'

Zijn rook- en pepermuntgeur inademend fluister ik terug in zijn oor: '*Wat* ben je ook?'

'Onsportief.' De rilling die langs mijn rug loopt wordt veroorzaakt door zijn adem in mijn nek.

Ik geef hem een tik op zijn arm en zeg hardop: 'Je zei net dat je aan waterskiën deed.'

'Ja,' zegt hij grinnikend, 'maar ik heb toch niet gezegd dat ik er goed in was?' Hij pakt zijn bier en neemt een slok. Ik vind het jammer dat we niet meer fluisteren. 'Hé, weet je wat ik graag wil weten?' vervolgt hij.

'Nou?'

'Waarom jij betaalt voor de hotelkamer van je vriendinnen. Waarom dragen zij niets bij?'

Mijn gezicht wordt gloeiend heet. 'O, dat is niet erg. Ze hebben niet veel geld, dus heb ik aangeboden om voor de hotels en de benzine te –'

Hij trekt één wenkbrauw op. 'Benzine?'

'Ja, je weet wel, die brandstof waar auto's op rijden.'

Maar het gaat hem er niet om dat ik voor de benzine betaal, het gaat hem om mijn uitspraak. Ik spreek benzine, 'gas' in het Amerikaans, uit op z'n Canadees, als 'kaz'.

Ik kijk naar mijn nagels. 'Ik moet leren het op z'n Amerikaans uit te spreken.'

'Nee, niet doen,' zegt Marco, op zijn ellebogen op het gras leunend. 'Het klinkt exotisch.'

'Kaz?'

'Ja,' antwoordt hij. 'Je klinkt als een Franse filmster.'

'*Kaaaaaz.*'

'Niet meer zeggen, anders hebben ze meteen door wie je in werkelijkheid bent.'

'*Kaaaaaz.*'

'De paparazzi zullen zich op ons storten! We worden achtervolgd, belaagd door je fans!'

'*Kaaaaaz.*'

'Hou je nou je mond? Het is levensgevaarlijk wat je doet!' Lachend buigt hij zich naar me toe en drukt een hand op mijn mond. Ik giechel en probeer hem weg te duwen. Oké, niet echt.

'Praat maar tegen me alsof ik een heel gewoon meisje ben,' zeg ik tegen hem. 'Laat je niet intimideren.'

'Het moet moeilijk zijn om echte vrienden te maken als je zo beroemd bent.'

'O, dat is het inderdaad. Sinds de James Bondfilm van vorig jaar kan ik me amper nog in het openbaar vertonen. Ik moest wel naar Florida verhuizen om een beetje rust te krijgen.' Bij die woorden zwiep ik mijn haar naar achteren.

'Ik wist wel dat je maar deed alsof je een gewoon meisje was.' Hij pakt mijn hand. 'Dat van die sneeuwhutten heb je ook verzonnen, hè? Daar zijn je handen te zacht voor. Dat heeft je verraden. Dat en dat "*kaaaaaz*".'

Zijn handen zijn koel van het bier, en nu voelt mijn lichaam koud en heet en koud en heet en houdt hij mijn hand vast, houdt hij mijn hand vast, houdt Marco mijn hand vast.

'Ik dompel ze drie keer per week een uur lang in karnemelk en draag handschoenen tijdens het slapen,' zeg ik met een uitgestreken gezicht. 'Dat is het geheim.'

'Jij zit vol met geheimen.' Met de punt van zijn schoen raakt hij de achterkant van mijn teenslipper aan. 'Wat moet ik nog meer van je weten, Melanie?'

Dat ik als een blok op je val? 'Dat mijn achternaam Fine is.'

Hij schudt zijn hoofd. 'Fine? Best? "Best" is geen achternaam, "best" is een bijvoeglijk naamwoord.'

'Ha-ha. Wat is jouw achternaam?'

'Exceptional, "buitengewoon", dus.'

'Ja, dat zal wel.'

'Wat is er mis met Buitengewoon? Ik bedoel, ik wil niet opscheppen, dus ik geef de voorkeur aan Marco, maar mijn vader is Mr. Buitengewoon. En mijn moeder was Mrs. Buitengewoon, maar sinds ze gescheiden is, gebruikt ze haar meisjesnaam weer, Ms. Prettygood, Ms. Erggoed.'

Ik lach, alweer. Zijn hand voelt niet meer koud aan. Hij voelt warm.

Ik vind het geweldig dat hij me aan het lachen maakt. Ik vind het geweldig dat hij me exotisch vindt. Ik vind het geweldig dat hij naar me luistert, dat ik door hem zin heb om te praten. Ik vind het geweldig dat hij zo sexy is.

Misschien moet ik hem kussen.

Mijn lippen branden. Nee, nee, nee. Ik ga hem niet kussen. Ik ben te bang. Te opgewonden.

'Mr. Buitengewoon en Ms. Erggoed,' zeg ik in plaats daarvan. 'Dat moet ik onthouden als ik je ouders ontmoet.' Pas nadat de woorden mijn mond hebben verlaten, realiseer ik me wat ik heb gezegd. *Als ik je ouders ontmoet!* Alsof ik zijn ouders ga ontmoeten!

Ik loop weer eens veel te hard van stapel. Ik ken hem pas drie uur, ik spreek hem waarschijnlijk nooit meer, en wat doe ik? Ik ben de uitnodigingen voor de bruiloft al zo'n beetje aan het versturen! Ik laat zijn hand los, plof op mijn rug en kreun. 'Ik wil die laatste zin graag terugnemen.'

'Wat, wil je mijn familie nu ineens niet meer ontmoeten?' vraagt hij plagerig.

'Nee,' piep ik terwijl ik mijn handen voor mijn gezicht sla.

'Waarom niet?' vraagt hij grinnikend. 'Wat heb je tegen mijn ouders? Het zijn aardige lui. Buitengewoon aardig, zelfs.'

'Ik zou willen weten wat je echte naam is, Mr. Marco,' zeg ik.

'Ah, maar dat is geheime informatie. Als ik *dat* tegen je zou zeggen, zou ik verraden wie ik ben.' Hij komt dichter naar me toe en gaat, nog steeds glimlachend, naast me zitten. 'Als je m'n ouders dan niet wilt ontmoeten, wat wil je dan?'

Je zou me kunnen kussen. Eigenlijk zou ik dat gewoon moeten zeggen. Waarom niet? *Ik zou graag willen dat je me kuste.* Ik zou graag willen dat je me kuste!

Ik wil het zeggen. Ik denk dat hij mij ook wil kussen.

Maar als het niet zo is, wat dan?

'Ik wil graag... een wijntje,' zeg ik uiteindelijk.

Hij knikt, gaat staan en trekt me omhoog. 'Dan gaan we er een halen.'

Zaterdag 21 augustus

10 Jesse

Ik ben het zat om andermans troep op te ruimen. Waarom doe ik dat eigenlijk, en nog wel voor Robbie, die ik helemaal niet ken en die er ook nog eens uitziet als een albino?

Het is na twaalven. Niemand zou andermans keuken na twaalven moeten schoonmaken, vooral niet als die zó plakkerig is door het bier dat je je teenslippers bijna niet meer loskrijgt van de vloer als je eroverheen loopt.

Ik laat twee plastic zakken op de grond bij het aanrecht staan, één voor het groene afval en één voor het gewone afval, en hoop dat Marco en zijn vriendjes zo slim zijn dat ze dat doorhebben. Ik ben rusteloos, maar ik kan niet achter Vicks en Mel aan gaan, omdat Vicks aan haar tweede drankje bezig is en mij als komische noot gebruikt door bijvoorbeeld te zeggen: 'Niet aan Jesse vertellen, hoor, anders krijgen we op ons kop.' Denkt ze echt dat ik haar niet gezien heb toen ze stiekem haar drankje ging halen in de keuken? Ze heeft verdikkeme een fles ketchup op het zeil laten kletteren. Die *ik* nota bene weer terug heb gezet.

Ik vind een achterkamer waar de muziek iets minder hard is en de rook iets minder dik. Ik laat me op het tapijt zakken en probeer me onzichtbaar te maken. Drie meisjes en een jongen zitten dicht naast elkaar achter een laptop aan een bureau dat gemaakt is van een deur. Voor zover ik kan zien, gebruiken ze de laptop om foto's te maken. *Biep, biep, biep– klik!*

En dan slaken ze allemaal kreten en zeggen dingen als: 'Joh, kijk naar je neus!' of 'Je ziet eruit als een f... alien!' of 'Oh my God, wat een oud lijk. Je lijkt wel honderd!' En daarna beginnen ze weer van voren af aan: *biep, biep, biep – klik!*

Het tapijt ruikt naar hond. Ik kijk naar mijn broek, en ja hoor: hondenhaar. Geweldig.

'Wat is er mis met jou, meisje?' Die vraag heeft R.D. me nou al een paar keer gesteld, alleen maar omdat ik niet iedere hond die hier op deze planeet rondloopt leuk vindt. Hij begrijpt niet waarom ik geen hondenmens ben, terwijl mam haar geld verdient met honden wassen, knippen en borstelen. We hebben zelf geen hond, althans, die hebben we niet meer, maar er hangen er altijd wel een stuk of twee, drie bij de woonwagen rond. Mam verzorgt ze als hun baasjes de stad uit zijn, zodat ze niet samen met vijfduizend andere blaffende honden in een kennel hoeven te zitten.

Sommige honden zijn schatjes, dat geef ik toe. Zoals ze met hun neus je hand kunnen besnuffelen op zoek naar iets lekkers, of hun kop op je schoot kunnen leggen als je tv zit te kijken. Te gek. Maar wat R.D. niet begrijpt als hij ziet dat ik ze wegduw en hun kwijl wegveeg, is dat je niet aan iedere bastaard die aan komt lopen gehecht kunt raken. Wat heeft dat voor zin? Ze gaan toch weer weg.

Vicks is wel een hondenmens. Op een keer bracht Dotty haar bejaarde tralalabrador mee naar De Walgelijke Wafel, en Vicks was meteen van: 'Hé, meisje, wat een lieve hond ben jij. O, wat een lieve hond ben jij!' Maar de oude hond van Dotty zat haar zo serieus aan te kijken, dat toen Vicks zei dat ze wel wat vrolijker mocht kijken voor een tralalabrador, we allemaal moesten lachen.

Bij Old Joe de alligator was Vicks net zo, ook al was hij

dood. Ik moest zo lachen toen ze over zijn tanden begon, dat ik dacht: *Ja, zo moet deze reis zijn.* En toen Mel ook nog eens begon te zingen...

Haar stem was zo helder dat terwijl ik daar bij die alligator zat, de idiote gedachte in me opkwam dat engelen zo moesten klinken. Nog idioter was de volgende gedachte: dat Mel misschien wel een engel was. Misschien was dat de reden waarom ze met ons mee was gegaan. Om me te redden, of... om mama op de een of andere manier te redden.

Stom. Wonderen gebeuren niet bij mensen zoals ik. En als er al een wonder gebeurt, zou het in een kribbe gebeuren, niet in de kelder van een flutmuseum, waar een opgezet reptiel ligt te grijnzen in het donker.

Trouwens, Mel is joods. Heb je wel joodse engelen?

Een jongen met een afrokapsel steekt zijn hoofd om de deur van de kamer, wat me eraan herinnert dat ik op een feest ben en mensen op feestjes niet horen te denken aan engelen en dat ze gered worden.

'Todd!' roept de jongen. 'Toddie!' Hij wijst met zijn vinger naar de jongen die achter de laptop zit. De jongen kijkt op.

'Wayne,' zegt hij, en hij geeft een knikje met zijn hoofd. 'Kom effe. Dit moet je zien.'

'Geen tijd, Toddie,' zegt Wayne. Hij houdt de deurpost vast. 'Ze hebben je binnen nodig. Sponge Bob. Drinkspel. *Nu.*'

'Ik ben *dol* op Sponge Bob,' zegt een van de laptopmeisjes smachtend, alsof ze echt tot over haar oren verliefd is op die gele tekenfilmspons. 'Hij is zo *lief,* weet je.'

Toddie gaat staan, waarna hij en de drie meisjes in optocht de gang in lopen.

Wayne, met zijn glazige ogen, ziet me en vraagt: 'Doe je mee?'

'Nee, dank je.'

'Weet je het zeker?'

'Heel zeker.'

'Oké dan,' zegt hij. 'Keep it cool.' Hij wijst naar me met zijn wijsvinger en geeft me een knipoog, en ik wijs en knipoog meteen terug. Ik maak zelfs zo'n stompzinnig 'tchh'-geluid. Het doet me denken aan Vicks' broer Penn, die ook een liefhebber van het wijs-en-knipooggebaar is. Maar Penn doet het zo overdreven dat het weer grappig wordt.

Als Penn op dit feest zou zijn...

Nou ja, stomme gedachte, want hij is er niet. Maar hij en ik hebben een keer met elkaar gepraat op een feest dat Brady gaf voor Onafhankelijkheidsdag. Penn had medelijden met me, denk ik, omdat Vicks en Brady zo'n beetje de enige mensen waren die ik kende en ze in Brady's slaapkamer eindigden om iets te doen waar ik liever niet aan denk. *Niets vragen, niets zeggen,* dat is zo'n beetje wat Vicks en ik nu doen als het over haar en Brady in de slaapkamer gaat.

Hoe dan ook, Penn zag me op de patio.

'Hé,' zei hij. Met zijn kin wees hij naar de hangmat waar ik in zat. 'Vind je het goed?'

'Huh?' zei ik. 'O, nee. Ik bedoel, ik vind het best.' Ik schoof een beetje op, zodat hij naast me kon gaan zitten. Zo dicht naast me dat onze lichamen elkaar raakten, want zo gaat dat nu eenmaal bij hangmatten.

We zaten daar een tijdje, en ik was bang dat ik misschien zweette en dat mijn hart echt keihard zou kloppen. Maar ik vond het ook prettig om gewoon zo bij hem te zijn.

'Ik ben vanochtend naar de trein wezen kijken,' zei hij uiteindelijk.

'Ik ben gek op treinen,' zei ik. Dat ik waar; ik ben altijd gek op treinen geweest. Ik hou van het geluid, van de kracht die ervan afstraalt.

'Ik ook,' zei Penn.

Daarna was het weer een hele tijd stil, en toen haalde hij iets uit zijn zak. Het was een munt, een penny die hij op de rails moest hebben gelegd, want hij was helemaal plat en vies.

Hij gaf hem aan mij, en ik zei: 'Cool.' Ik draaide hem om in mijn hand en dacht: *Een penny van Penn.* De woorden hoorden bij elkaar, alsof de penny een symbool was voor de Penn die naast me zat. Penns penny. Een heel klein stukje Penn.

En vervolgens deed ik iets waar ik me nog steeds voor schaam. Ik stopte hem in mijn zak.

Aan zijn gegrinnik kon ik horen dat ik het verkeerd had begrepen. Het bloed steeg naar mijn hoofd, en ik haalde de munt snel uit mijn zak en probeerde hem terug te geven.

'Hier,' zei ik. 'O jeetje, sorry. Sorry!'

'Neuh, hou hem maar,' zei hij, terwijl hij uit de hangmat stapte. Hij grinnikte, en ik weet wat hij dacht. Hij dacht: *Wat een rare griet is die vriendin van Vicks.*

Toen hij zich uitrekte, zag ik zijn buikspieren. En daarna ging hij weg. Later zag ik hem vrijen met een meisje met een tanktop.

Maar die munt heb ik nog steeds.

Omdat ik mezelf na een poosje zielig ga vinden, sta ik op en veeg de hondenharen van mijn afgeknipte broek. Om iets te doen te hebben loop ik naar de laptop. Vanaf het scherm staart Toddie me aan. Hij ziet eruit als een alien, of als Jack Nicholson, of als een combinatie van beiden met een uitpuilend voorhoofd. Zijn ogen zitten te dicht bij elkaar, zijn neus is samengeknepen.

Ik ga op de bureaustoel zitten en glij met mijn vinger over het scherm. Ik druk op een knop waarop staat 'fotocabine', en plotseling ben *ik* op het scherm. Alleen ben ik ook een Jack Nicholsonkloon met een veel te groot voorhoofd. Ik beweeg mijn hoofd naar rechts. Mijn computerafbeelding beweegt met me mee en maakt mijn voorhoofd puntig en rekt mijn linkerwang als een stuk elastiek uit. Als ik naar links ga, verdwijnt de rechterhelft van mijn gezicht.

Vicks zou zeggen dat het echt maf is. Als ik dichter naar het scherm toe ga, worden mijn ogen zo groot als schotels. Als ik verder van het scherm ga, wordt mijn hoofd een speldenknop die op een eng lange nek zweeft.

Ik bestudeer de werkbalk en zie dat er nog andere mogelijkheden zijn om me te vermaken. Ik heb 'uitrekken' gedaan, nu klik ik op 'verdraaien'. Wow, is dat even fout. Mijn gezicht wordt verwrongen tot een Picasso-schilderij, of wie die vent ook was die zijn eigen oor er afsneed. Vicks is goed in die kunstdingen. Die weet dat wel.

Ik klik een ander icoontje aan, en dan klinkt het van *biep, biep, biep – klik!*

Ah, waardeloos. Daar zit ik dan, vereeuwigd als een soort monster met ogen als draaikolken en lippen als roereieren. Eerst raak ik in paniek, maar dan begin ik te grinniken. Wat zal Robbie denken als hij straks een foto ziet van een meisje dat hij niet eens kent? Hij zal denken: 'De hemel zij dank dat die freak opgehoepeld is.' Hoewel hij waarschijnlijk in plaats van 'de hemel' iets anders zal zeggen.

Ik beweeg de cursor weg van de 'snapshot'-knop, want ik weet nu dat ik daar moet wegblijven, en klik 'knijpen' aan.

Eh... dit was waarschijnlijk die ene waarmee Toddie bezig was toen de meisjes hem een oud lijk noemden. Mijn wangen vallen in, mijn ogen worden rimpelige spleetjes, en als ik lach worden mijn tanden lang en dun. Ik zie er *inderdaad* oud uit. Of ziek, alsof ik een dodelijke ziekte heb.

En dan doe ik niets meer. Zit alleen maar te staren.

Mensen zeggen altijd dat mam en ik zoveel op elkaar lijken, wat ik verschrikkelijk vind, want draag ik soms felblauwe stretchtopjes die mijn buik vrijlaten? Nee, die draag ik niet. Dus zeg dan ook niet dat we als twee druppels water op elkaar lijken.

Ik kijk naar de deur, en dan slik ik en sta op uit de stoel. Met mijn bovenlichaam ga ik voor het rode knopje op de computer staan – het rode knopje is volgens mij de camera – en zie mijn borsten krimpen. Als ik iets verder naar achteren ga, verschrompelen ze helemaal, als twee leeggelopen ballonnen.

Dus zo zal ze eruitzien, denk ik. *Geen felblauwe stretchtopjes meer.*

En dan: *Wat zal ze gaan doen?*

In de gang weerklinken stemmen. Een jongen zegt iets, een andere jongen lacht. Ik schiet weg van de laptop.

'Echt hoor, ze wil het,' zegt de eerste jongen. 'Dat heb ik zelf gehoord. Het was van "Ooo, wat is hij knap." en "Ooo, wat is hij sexy."' Hij zet zo'n hoog stemmetje op dat jongens opzetten als ze grapjes over meisjes maken.

'Hou je kop, Robbie. Achterlijke zatlap die je bent,' zegt jongen nummer twee.

Ze komen dichterbij. Ik druk me tegen de muur.

'Ah, je wilt die andere,' zegt Robbie. 'Die met die grote tieten. Ik heb je wel door!'

Wat een etter.

Ze lopen de kamer voorbij, en ik kan het niet laten om een blik op ze te werpen. Ik zie de spierwitte Robbie en... Hé kijk, daar hebben we Marco. Ik wist dat het niet goed zat met hem. Dan zegt Robbie iets over de witte stinkdierstrepen van 'grote tieten' en heb ik het plotseling door.

Ze hebben het over Vicks en Mel.

Zonder erbij na te denken storm ik de kamer uit.

'Waag het niet,' zeg ik. '*Waag* het niet zo over mijn vriendinnen te praten!'

'Ho, ho, ho,' zegt Robbie, zijn handen voor zich uit stekend.

Marco staat stokstijf stil. 'Jess,' zegt hij. 'We waren niet... Ik was niet –'

'Het is *Jesse*,' bijt ik hem toe. 'En Mel wil niet... wat je zegt,' vervolg ik tegen Marco's vriend. 'Zo'n soort meisje is ze niet. En Vicks heeft een vriend, oelewapper!'

'Oelewapper?' herhaalt Robbie. 'Niet zulke lelijke woorden gebruiken, hoor.' Dat hij met me spot wakkert mijn woede nog meer aan.

'Relax... Jesse,' zegt Marco. 'Niemand beledigt je vriendinnen.'

'*Hij* wel,' zeg ik, mijn kin Robbies kant uit duwend.

'Je begrijpt me helemaal verkeerd, wijfie,' zegt Robbie. 'Ik beledig ze niet, ik geef ze juist een compliment!'

Ik storm langs hem heen, met opzet zijn schouder rammend. Hij begint te lachen.

'Leef eens een beetje!' roept hij naar mijn rug. 'Verdomde droogkloot!'

Mijn hart gaat als een razende tekeer. We hadden Marco geen lift moeten geven en niet naar deze... deze... poel van verderf moeten gaan. Ik ga Vicks en Mel zoeken, en dan gaan we hier weg. Ook al is het één uur 's nachts.

Ze zijn in de overvolle tv-kamer. Vicks neemt net een slok bier en laat dan een boer die klinkt als een misthoorn. De jongen met het afrokapsel geeft haar een high five.

Mel hangt onderuitgezakt op de bank, met haar voeten op de koffietafel. In haar hand heeft ze een glas wijn. Ze ligt zacht voor zich uit te mompelen. Als ik me een weg naar haar toe baan, hoor ik wat ze er allemaal uitkraamt.

Het gaat over Marco.

En het is niet netjes.

Er staan twee lege wijnflessen op de tafel, plus een zootje lege bierflesjes, en ze mag dan misschien niet alles hebben opgedronken, het is zo klaar als een klontje dat ze hard heeft meegeholpen om het allemaal op te krijgen.

'O, Marcooo-o!' zegt ze tegen het plafond. 'Vicks zegt dat ik boven op je moet springen, maar hoe moet ik dat doen als je er niet bent? Waar *ben* je, Marco?'

Ze is laveloos, net als Vicks, die van haar stoel is gevallen van het lachen.

Ik ga weg voor ze me zien. Ik had moeten weten dat het niet bij één biertje zou blijven, zeker niet met Vicks. Wat had ik dan verwacht dat ze hier zouden doen? Theemutsen breien voor bejaarden?

Mijn gezicht voelt heet aan, en het bevalt me niet hoe ik nu over ze denk. Wat me ook niet bevalt, is dat ik me door hun zo stijf en streng voel. Een droogkloot, zoals Robbie het zo aardig uitdrukte.

En toch is het duidelijk dat ik dat wel ben.

Wat ook duidelijk is, is dat Mel absoluut geen engel is.

11 Mel

Ik ben zat.

Zat, zat, zat. Zo zat als een patat. Ik ben een rijmende zatlap. Ik hou me vast aan een stoel, anders ga ik op mijn... smoel.

Weer een rijm, krijg nou wat.

'Waar is sexy Marco?' vraagt Vicks, die naast me op de bank is komen zitten. 'Je moet hem zoeken.'

'Ja!' roep ik uit. 'Dat ga ik doen. Blijf jij hier.'

'Ik blijf hier.'

'Goed idee.' Me overal aan vasthoudend waar ik me maar aan kan vasthouden, loop ik tussen de feestvierders door. Ben jij Marco? Nee. Jij? Nee. Hij was hier net nog. Maar nu is hij weg. Weg, weg, weg. Weg, wat een pech.

'Daar ben je,' hoor ik iemand zeggen.

'Marco!' juich ik. Ik pak zijn arm vast. Zijn stevige arm. Hallo, wat een spieren. Hij liegt dat hij barst dat hij niet sportief is. Ik buig me naar hem toe en fluister: 'Ik moet je onder vier ogen spreken.'

'Mel, je staat te zwaaien op je benen. Gaat het wel goed met je?'

'Ik heb nog een geheim,' zeg ik, zo goed mogelijk articulerend met mijn dubbele tong. 'Niet over Pilates of vochtinbrengende handschoenen,' voeg ik eraan toe voor het geval hij het zich afvraagt.

'Oké, vertel maar.'

'Ik moet het je laten zien,' zeg ik. Ik ben van plan naar bed te gaan met Marco. Lijkt me het einde. Hij is lief en aardig en we gaan het doen.

Nu. Nu ik de moed ervoor heb. En zat ben.

Hij mag me. Dat kan niet anders.

Door de wijn ben ik veel vlotter, toch? Daardoor ben ik meer als Vicks. Minder bang.

Zeg maar dag met je handje tegen Angsthaas Mel, want hier is Moedige Mel. Moedige Mel, ik hou van je!

'Gaat het wel goed met je?' vraagt hij weer. Hij ziet er bezorgd uit. Hij ziet er sexy uit als hij bezorgd is.

'Met mij gaat het prima.' Ik trek hem een kamer in, maar het blijkt een kast.

'Ik denk dat je beter kunt gaan liggen,' zegt hij.

Hij snapt het! 'Precies! We kunnen beter gaan liggen.'

Hij trekt me de kast uit en neemt me mee naar een bruine kamer. De muren zijn bruin, de sprei is bruin, alles is bruin, bruin, bruin. 'Je ogen zijn bruin,' zeg ik tegen hem, en dan sla ik mijn armen om zijn nek. 'Laten we het doen, sexy bruinoog!'

Moedige Mel is dapper. Ze is Super Mel. Niets kan haar bang maken. Vogels niet, vliegtuigen niet, jongens met bruine ogen niet. Ze verdient een lintje.

Op de een of andere manier weet hij zich te bevrijden uit mijn bovenmenselijke greep. 'Dit is geen goed idee, Mel.'

'Dat is het wel!' Ik laat me achterover op het bed vallen en trek hem boven op me.

Het lijkt wel of hij een eeuwigheid naar me glimlacht, maar dan wordt zijn glimlach een beetje triest. Hij ziet er sexy uit als hij triest is. Hij staat op van het bed. 'Je moet rusten, oké? Ik ga een beetje water voor je halen.'

Ik schop mijn teenslippers uit. Het is niet netjes om schoenen te dragen op Robbies bed. Ik ga zitten. 'Ik ga niet slapen! Je zei dat ik kon kennismaken met je ouders!'

'Ja, maar niet vanavond.' Voorzichtig duwt hij me terug. 'Doe je ogen dicht. Ik ben zo terug.'

Tra la la. Robbies kamer begint te draaien. Hij kan zo dienstdoen als disco. 'Hou je van dansen?' vraag ik, maar niemand geeft antwoord.

Toen Nikki en ik nog klein waren, dansten we altijd. We trokken ons geen bal aan van Britney en verzonnen zelf onze dansen. Die deden we dan telkens en telkens weer, en aan pap vroegen we of hij het op wilde nemen. Tot Nik naar de middelbare school ging en niet meer met me om wilde gaan. Nee. Ik ben niet goed genoeg voor Nikki. Of voor Alex. Nee, nee, nee.

Ik durf te wedden dat ik de passen nog steeds weet.

Arm omhoog, arm naar beneden, draaien, terugdraaien, been omhoog... nee, draaien.

'Daar ben ik weer,' zegt Marco. O, daar is hij. 'Als je gaat zitten, kun je een slok nemen.'

Ik doe wat me gevraagd wordt, of althans, dat probeer ik, maar ik mors water op de bruine lakens, waardoor ze nu bijna zwart zijn. 'Oeps,' zeg ik, en dan kus ik hem.

Of althans, dat probeer ik. Misschien heb ik hem per ongeluk gelikt. Ik neem nog meer water.

'Nu wil ik dat je even gaat slapen,' zegt hij.

'Gaan we het niet doen?'

Hij geeft geen antwoord.

Misschien heeft hij het niet gehoord. 'Gaan we het niet doen?' vraag ik luider.

'Ga slapen, Mel. Over een halfuur kom ik kijken hoe het met je is.'

O. Ik ben wel een beetje slaperig.

Hij trekt de sprei over mijn armen en benen en geeft me een kus op mijn voorhoofd. Verdomme! Daar was ik nog niet klaar voor. Ik tuit mijn mond voor het geval hij het nog een keer probeert, maar ik geloof dat hij de deur al dicht heeft gedaan.

Robbies bed ligt best lekker. Ik vraag me af of hij een pillow topmatras heeft. Ik wel. Is hartstikke goed.

'Kan iemand mijn kussen halen?' vraag ik. 'Hij ligt in de auto.' Misschien moet ik het aan Vicks vragen. Ik pak mijn telefoon en scroll door de armzalige vijf nummers die ik heb verzameld sinds ik in Florida ben. Oude Mel was echt zielig. 'Vicks?'

Hij belt niet. Ik geloof niet dat ik dit helemaal goed aanpak en ik wou dat die telefoon niet zo bewoog. 'Hallo? Is daar iemand?'

Niemand neemt op.

'Laat haar maar slapen,' zegt een stem in mijn droom.

'Ik wil hier weg.'

'Wat is het probleem? We kunnen hier toch slapen?'

'Ik ga niet in Robbies bed slapen!'

'Dan slaap je op de grond.'

'Prima. Dan doe ik dat. Maar Mel is een waardeloze griet.'

Ik ben een waardeloze griet, wil ik tegen mijn zus zeggen. Sinds wanneer spreekt ze met een Amerikaans accent?

'Ze mocht alleen maar mee met ons omdat ze had beloofd een hotel te betalen.'

'Ik zal het Marriott bellen,' zeg ik voor ik me omdraai en weer in slaap val.

12 Vicks

Mijn mobiel piept. Het is vier minuten over half twee in de ochtend. Een sms'je. Van Brady.

Hé daar. Alles goed hier. Hou je taai.

Dat werd verdomme eens een keer tijd, denk ik. En dan denk ik: *Hou je taai?*

Ik loop vanuit Robbies slaapkamer naar de lege gang en druk de snelkiestoets in.

'Hou je taai?' zeg ik, wanneer Brady opneemt.

Ongelooflijk dat hij opneemt. Sinds hij naar de universiteit vertrokken is, heeft hij niet meer opgenomen.

'Hou je taai? Is dat alles wat je te zeggen hebt?'

'Vicks! Ik had niet verwacht dat je wakker was. Ik wilde je niet storen.'

'Ik ben wakker,' zeg ik. 'Ik hou me taai.'

'Oké, je hebt gelijk. Dat was een nietszeggend berichtje.'

'Vergeet het. Wat is er aan de hand?' vraag ik, mezelf ondertussen voorhoudend dat ik niet moet huilen en niet moet klagen. Dat ik geen bloemenmeisje moet worden, want dat hij er anders vandoor gaat.

'O god,' verzucht hij.

'O god wat?'

'Het is gewoon... Het is anders om je stem in het echt te horen, aan de andere kant van de lijn. Vicks, ik mis je zo erg op dit moment.'

Waarom heb je me dan niet gebeld? Ik wil die vraag in zijn oor schreeuwen. In plaats daarvan vraag ik: 'Hoe komt het dat je nog zo laat wakker bent?'

'Ik ben naar een feest geweest, maar er was geen moer aan.'

'O.' Wat voor feest? Dat wil ik weten. En met wie?

'Bovendien heb ik morgenochtend om zes uur een training,' zegt hij. 'En daar kan ik niet onderuit.'

Welk *feest*? Ik wil het weten. Waren er ook cheerleaders?

'De coach laat ons keihard werken,' gaat Brady verder. 'En woensdag zijn de colleges begonnen, dus ik moet ook studeren.'

Waarom doet hij zo geheimzinnig? Wat was dat in godsnaam voor feest?

'De enige ochtend waarop we vrij zijn, is zondagochtend. Maar je merkt wel het verschil met die twee trainingen per dag, dat kun je echt voelen.'

Goh. 'Misschien moet je dan maar gaan slapen,' snauw ik, voor hij nog iets kan zeggen. 'Als je zulke belangrijke dingen te doen hebt.'

'Wat? Nee, ik wil met je praten.'

Waarom heb je me dan alleen een bericht gestuurd? Waarom moest ik jóú bellen? Ik wil schreeuwen, maar hou me in en zeg: 'Geweldig. Waar wil je over praten?'

'Niets. Gewoon praten. We praten nu toch?'

'Je hebt me verteld over je vroege footballtraining. Als je dat praten noemt.'

'Is het dat dan niet?'

'Zeker, als jij dat denkt,' zeg ik. 'Waarom vertel je me niet wat over je colleges? Hoe gaan die? Zijn de docenten aardig?'

'Je klinkt raar, Vicks.'

'Ik ben niet raar,' zeg ik, hoewel ik dondersgoed weet dat ik raar doe, ik kan er alleen niet mee ophouden. 'Ga je me niet over je colleges vertellen?'

Brady zucht. 'Eh... ik heb vanochtend een test teruggekregen met allemaal rode strepen. En maandag heb ik al een tentamen.'

'Boeiend. Waar gaat dat tentamen over?'

'Eh... antropologie, over de classificatie van oude volken.'

'Joepie.'

'Wat zeg je?'

'Niets. Ik sta te popelen om over antropologie te praten.'

'Ik heb toch niet gezegd dat ik over antropologie wilde praten?'

'O, ik dacht van wel.' Niet zeuren. Niet huilen.

'Ben je dronken, Vicks?' vraagt Brady. 'Waar ben je?'

Ik kan hem niet zeggen dat ik halverwege Miami ben, want ik weet niet helemaal zeker of hij me wel wil zien. Ik zou er niet tegen kunnen als hij zou zeggen: 'O, schatje, wat lief van je dat je hiernaartoe komt, maar ik moet twee keer per dag trainen en ik heb het echt heel erg druk. Trouwens, we hebben het er toch over gehad dat je met Thanksgiving naar de wedstrijd zou komen kijken, dus misschien moet je maar niet komen.' Dus zeg ik: 'Het is vrijdagavond, Brady. Ik ga niet thuiszitten.'

'Je klinkt alsof je dronken bent.'

'Nou en? Ik ben op een feest met Jesse en een paar jongens die we ontmoet hebben.'

'Wat voor jongens?' vraagt Brady. 'En met Jesse? Echt? Die haat feestjes waar gedronken wordt.'

'Nou, ik heb haar op andere gedachten gebracht,' zeg ik, zijn eerste vraag negerend. Als híj geheimzinnig kan doen, kan ik het ook.

'O.'

'Het is eigenlijk niet echt het goede moment om te praten,' ga ik verder, en ik denk: hij verdient het niet om me zo laat op de avond nog te pakken te krijgen. Ik ben zijn hondje niet. Ik ga niet iedere keer als hij bij me aanklopt staan kwispelen. Als hij zo weinig aan me denkt dat hij me nu pas een bericht terug stuurt, ga ik niet...

'Kan ik je later terugbellen?' vraag ik.

'Ah, kom op, Vicks.'

'Volgende week kunnen we wat langer over football en antropologie praten.'

'Schatje, ik weet dat er iets mis is. Wat is er aan de hand?'

Ik kan niet tegen hem zeggen *Ik mis je, ik ben niets zonder je, ik ben eenzaam, jaloers dat je met andere meisjes uitgaat. Ik wil dat je me belt, ik kan er niet tegen dat je zo ver weg bent als je me niet belt*'. Want als ik dat zeg, jaag ik hem alleen maar weg – en als Brady me niet wil, dan weet ik niet meer hoe ik verder moet. Ik weet nu al niet meer hoe ik verder moet nu hij weg is, mijn broers weg zijn, en ik in dat grote lege huis loop te spoken met alleen mijn ouders en...

Drie bier is duidelijk te veel als ik daardoor zo emotioneel word. Dit moet ik onthouden: twee is mijn max, anders verlies ik mijn waardigheid.

'Wat bedoel je?' vraag ik aan Brady. 'Er is niets. Ik heb nu alleen geen tijd om te praten. Kus van mij. Bye!'

'Wacht, Vicks!'

'Ja?'

'Wat voor jongens heb je ontmoet? Wie brengt je naar huis?'

Ja hoor, alsof hij daar op de universiteit niet om de haverklap nieuwe meisjes ontmoet. 'Gewoon een stelletje jongens. Ik geloof dat er een paar strandwachten bij zitten,' lieg ik, want strandwachten zijn hot.

Eerlijk gezegd sta ik te springen om Brady te vertellen over de inbraak in het museum en de aanbidding van Old Joe en Mels prachtige stem en Al Roker – wat allemaal dingen zijn die Brady dolgraag wil horen. Het is bijna alsof het niet echt gebeurd is nu ik hem er niet over heb verteld. Ik vertel hem altijd alles – alles.

Maar hij vraagt me niet wat ik heb gedaan. Het zit hem alleen niet lekker dat ik een paar andere jongens heb ontmoet en met ze naar een feest ben gegaan.

'Heb je een lift naar huis?' wil hij weten.

'Ik denk dat we blijven slapen, maarruh... Jesse rijdt. En je weet dat zij nooit drinkt.'

'Wat? Blijf je slapen op het feest?'

Nu ik erover nadenk, is het waarschijnlijk terecht dat hij zich zorgen maakt, want het is een beetje een eigenaardige situatie waarin we terecht zijn gekomen. Maar een jongen die me twee weken lang niet heeft gebeld hoeft me niet te vertellen wat ik moet doen. 'Doe niet zo bezitterig.'

'Zijn er mensen daar die je kent?'

'Je klinkt als een van mijn broers.' Waarom zegt hij niet gewoon dat hij spijt heeft? Waarom vertelt hij niet waarom hij niet heeft gebeld?

'Ik wil alleen niet dat je iets stoms doet,' zegt hij in plaats daarvan. 'Je moet je door Jesse thuis laten brengen. Ik wil dat je oké bent.'

Precies. Hij wil dat ik oké ben. Hij wil niet dat er iets fout gaat. Hij wil er niet over horen, wil zich niet schuldig voelen.

Ik ben niet oké. Ik ben dronken en ben op een of ander feestje, en we kunnen niet weg omdat Mel te lam is om op haar benen te staan. En Marco is aardig, maar een paar van die andere gozers hier zijn gladjanussen. Het liefst zou ik zeggen: *kom hiernaartoe, Brady, en haal me op. Nu. Help me over dit duizelige, dronken gevoel heen, Brady, en praat met me tot het ochtend is. Zorg voor me, Brady.*

Maar hij wil dat ik oké ben zonder dat hij een poot uitsteekt, en hij heeft me niet gebeld, en hij heeft me maar twee stomme berichtjes geschreven, en hij praat over footballtrainingen in plaats van over iets belangrijks, en hij gaat waarschijnlijk naar bed met een of andere cheerleader en daarom doet hij zo raar tegen me, zo onecht, en van: *o, ik volg antropologiecolleges.*

Ik kan zo niet verder. Het is te erg om iedere keer mijn telefoon te checken en niets van hem te horen, te triest om in dat lege huis te wonen en van je werk komen zonder dat iemand je ophaalt, en voor ik het besef, flap ik eruit: 'Ik denk niet dat deze langeafstandsrelatie iets wordt.'

'Hè, het duurt pas een week.'

Hoe kan het nou dat hij niet weet hoe lang het al duurt?

'Twee weken,' verbeter ik hem. 'En het werkt niet.' Ik probeer sterk te klinken. 'Aangezien jij niet eens kunt tellen, en opbellen kun je ook al niet.'

'Vicks!'

'Het is uit,' zeg ik tegen hem. 'Het is beter zo.'

'Hoe kun je dat zeggen?' vraagt Brady, bijna schreeuwend.

Niet tegen me schreeuwen, stomme footballende antropologiestudent die nooit belt. Je maakt me aan het huilen, en ik vertik het om te gaan huilen. 'Heel gewoon: het is uit.'

'Wacht, Vicks!'

'Uit,' herhaal ik, en ik hang op.

Drie seconden later gaat hij weer over – Brady – maar ik zet het toestel uit en stop hem in mijn tas.

In één hoek van de tuin hebben Robbies ouders een zwembad neergezet. Het is niet ingegraven en het is niet groot, misschien drie bij drie meter. Er zit niemand in. Mensen zitten op de trap achter met flesjes en gloeiende sigaretten in hun handen. Iemand heeft citronellakaarsen aangestoken tegen de muggen. Een meisje zit op het gras gitaar te spelen.

Omdat ik geen zin heb om met iemand te praten, loop ik naar het zwembad en stop mijn hand erin. Trek een spoor met mijn vingers. Dan klim ik het gammele trappetje op en stap in mijn korte broek en T-shirt het water in. Het water is niet erg koud, en er drijven een paar verdronken insecten op.

Ik duik onder. Spoel de hitte en de vernedering van mijn gezicht. Probeer mijn eigen gedachten te ontlopen, maar die malen door mijn hoofd en zijn warrig door het bier.

Het was goed van me om Brady te dumpen.

Het was goed van me. Het was goed van me. Steve, Joe junior, Jay, Tully en Penn, allemaal zouden ze zeggen dat het goed van me was.

Mijn broers – nou ja, met uitzondering misschien van Penn, want die aanbad Liza Siegel en heeft haar nooit bedrogen, ook niet toen Tiffy Gonzaga haar trui pal voor zijn ogen uittrok – maar door mijn andere broers heb ik wel geleerd dat het met jongens 'uit het oog, uit het hart' is. Bij mijn broers is het zo dat als hun vriendinnen er maar even niet zijn, ze met anderen flirten. En waarschijnlijk wel meer dan dat, hoewel ik dat niet zeker weet. O ja, toch wel, want Tully ging met die met dat rode haar – Jewel heette ze, geloof ik – toen Katelyn met haar ouders op vakantie was.

Brady zit op de universiteit en speelt in een team waar ze nota bene cheerleaders hebben. Hij speelt football in een belangrijk universiteitsteam, dat aangemoedigd wordt door wellustige jonge blondines. En oudere vrouwen. En meisjes die meer hebben gezien van de wereld dan het parkeerterrein van het Waffle House in Niceville, Disney World – waar ik één keer ben geweest – en oma Shelly's bejaardenflat in Aventura. Meisjes die nooit naar frituurvet stinken, nooit scheten laten en waarschijnlijk hun hele lichaam scheren en nooit stomme dingen uithalen met hun haar.

Brady is een jongen. Natuurlijk belazert hij me. Ik ben beter af zonder hem. Toch?

Ik duik onder water, en als ik weer bovenkom staat Marco naast het zwembad. 'Hier ben je dus,' zegt hij.

'Was je naar me op zoek?'

'Ik wilde je alleen vragen of het goed gaat met Mel.'

'Ze is lazarus, maar Jesse is bij haar,' zeg ik.

Hij knikt. 'Ik wilde niet zomaar de kamer in gaan.'

'Dat kun je waarschijnlijk ook beter niet doen, nee. Maar bedankt dat we hier mogen slapen.'

'Geen probleem.' Hij knikt naar het zwembad. 'Vind je het goed als ik er ook in kom?'

'Ga je gang.'

Hij heeft een blauwe zwembroek aan en trekt zijn T-shirt uit. De spieren van zijn borst spannen zich. 'Ik ga hier altijd naartoe als Robbies feestjes uit de hand lopen,' zegt hij terwijl hij in het water glijdt.

Hij is niet groot, en waarschijnlijk ben ik een paar kilo zwaarder dan hij, maar hij ziet er niet slecht uit. Mooie huid. Grote antilope-ogen. En gevoel voor humor. Dat viel me op toen hij achterin met Mel zat te flirten.

'Robbie en Jesse hebben ruzie gehad,' vertelt hij. 'Dat is de tweede reden dat ik een kijkje bij je kwam nemen.'

'Sorry daarvoor. Ze wordt kwaad als mensen drinken.'

'Nee, dat was het niet,' zegt hij, 'hij deed ontzettend lullig. Af en toe is het een ongelooflijke eikel. Hij bedoelt het niet vervelend, maar meisjes worden altijd woedend op hem.'

'Hoe komt het dan dat je bevriend met hem bent?'

'Ik ken hem al sinds groep vijf. Afgelopen zomer, toen ik ruzie had met mijn stiefvader, mocht ik bij hem logeren.'

'O.' Mijn hoofd tolt van het bier en het zwemmen. Het lijkt wel alsof alles zweeft.

'Je vriendin Mel...' vervolgt Marco.

'Wat is er met haar?'

'Heeft ze verkering?'

Ik schud van nee. 'Op dit moment niet, nee. Ik geloof dat ze nogal een moeizaam liefdesleven heeft, maar zoveel weet ik er nou ook weer niet van.'

'Hè,' zegt hij verbaasd. 'Daar lijkt ze me helemaal niet het type voor.'

'O nee? Hoe denk je dan dat ze is?'

'Makkelijk,' antwoordt hij.

'Ha!' zeg ik. 'Als je denkt dat dat een compliment is, zal ik je eens vertellen waarom je nog single bent.'

Hij spat me nat. 'Ik bedoel makkelijk om mee om te gaan, om mee te praten, niet makkelijk om te versieren.'

'O, goed.'

'Ze is anders dan de meisjes bij mij op school, die hebben het veel te hoog in hun bol. Ze is grappig als ze zich eenmaal laat gaan.'

Hij heeft gelijk. 'Wist je dat ze op safari is geweest?' vraag ik. 'Echt op safari. In Afrika, in het werelddeel Afrika.'

Marco glimlacht breeduit. 'Ik weet wat Afrika is.'

'O, is dat zo?' zeg ik. Ik vind dat hij een leuke glimlach heeft. Jongens glimlachen nooit naar mij, nooit. Ik bedoel, er is geen jongen geweest die naar me heeft geglimlacht, echt naar me heeft geglimlacht sinds...

Nou goed, de man van de hotdogs heeft naar me geglimlacht, en die leuke gozer bij het benzinestation. En die jongen bij het Waffle House vanmorgen, die met me wilde praten toen ik een rookpauze nam.

Maar Brady zit naar een ander meisje te glimlachen, naar heel veel andere meisjes, en ik wil dat Marco naar me blijft glimlachen zoals hij nu naar me glimlacht.

'Ja, het ziet er zo uit,' zegt hij, de vorm van Afrika natekenend in de lucht. 'En de zebra's liggen daar niet op straat, maar lopen in het wild rond.'

'Mel heeft een zebra gezien,' zeg ik. 'Met haar blote ogen.'

Daar is die glimlach weer.

Hij valt op Mel, dat zie ik omdat hij begint te blozen als ik het woord 'bloot' zeg.

'Haar ogen waren bloot,' zeg ik. 'De rest niet.'

'De zebra's wel,' zegt Marco.

'O ja, zebra's zijn echte nudisten. En giraffen ook. Ongelooflijk, hè. Dat ze daar op die savanne gewoon alles laten zien.'

De glimlach licht weer op. Ik ben zo blij dat ik aan iets anders dan Brady kan denken, dat ik ervoor ga zorgen dat Marco telkens en telkens weer glimlacht, als lichtjes op een flipperautomaat.

'Zebra's zijn zo badass,' zeg ik. 'We zagen een opgezette alligator in een museum, die –'

'Old Joe.'

'Wat? Hoe weet je dat?'

'Omdat we elkaar daar ontmoet hebben, Vicks.'

O wow. Te veel bier. 'Ja, inderdaad, Old Joe. Die was ook

naakt, net als de zebra's, maar hij was zo badass dat hij er niet naakt uitzag. Begrijp je wat ik bedoel? Alsof hij een vel heeft – een leren vel, want ze maken schoenen van alligators – dat zo sterk is dat hij geen andere bescherming nodig heeft dan zijn eigen huid.'

'Hm-m.'

'Maar wij mensen, wij doden alligators en maken er schoenen en laarzen van en weet ik veel wat nog meer om ons te beschermen, weet je. Om onze voeten te beschermen. Onze naaktheid. We zitten veel dichter bij zebra's dan bij alligators,' zeg ik. 'Biologisch gezien.'

Marco lacht. Bingo! 'Praat je altijd zoveel over naaktheid?'

Ik schud mijn hoofd. 'Alleen met naakte mensen.'

'Ik ben niet naakt.'

'Je ziet er naakt uit.'

'Dat mocht je willen,' zegt hij.

En dan is het me ineens duidelijk: Marco is net als Brady is net als Marco, omdat ze allebei met andere meiden flirten als het meisje dat ze echt willen even buiten beeld is. En allebei duiken ze boven op de eerste de beste meid met grote tieten. Het was goed van me om het uit te maken met Brady, omdat hij precies hetzelfde zou doen als Marco, namelijk naar mijn tieten kijken in mijn natte T-shirt. Alleen zou hij dat dan doen bij een of andere cheerleader, doet hij het op dit moment waarschijnlijk bij een of andere cheerleader. Als Marco me probeert te versieren, dan is dat hét bewijs dat ik beter af ben zonder Brady en...

Ik laat me onder water zakken en zwem naar Marco toe. 'Misschien wil ik dat inderdaad wel,' zeg ik wanneer ik naast hem opduik. 'Weet je, ik meende het toen ik zei dat je me mocht fouilleren.'

'Hè?' zegt hij .

'Bij het museum. Ik zei dat je me mocht fouilleren. Om te kijken of ik wapens bij me had.'

'Ik –'

'Stt, niets meer zeggen.' En dan pers ik me tegen hem aan en druk mijn lippen op de zijne.

13 Mel

Au. Au, au, au.

Er dendert een vrachtwagen door mijn hoofd. Waar ben ik?

Flitsen van de vorige avond dringen mijn hersens binnen. Flits: Ik heb tegen Marco gezegd dat ik met hem naar bed wilde. Flits: Marco heeft me afgewezen.

Ik geloof dat ik over mijn nek ga. Letterlijk. Ik hang ondersteboven in een achtbaan. Struikelend over een lichaam dat opgekruld op de grond ligt – is dat Jesse? – loop ik naar de prullenbak en begin te kokhalzen.

'Bah, wat smerig,' mompelt Jesse, en ze trekt een kussen over haar hoofd.

'Goedemorgen badasses!' zegt Vicks vanaf de andere kant van het bed.

Als er niets uitkomt, grijp ik blindelings naar een glas water dat ik eerder heb zien staan en drink het op.

Jesse gaat zitten. In haar wang zitten kreukels. 'Kunnen we gaan? Of wil je jezelf aanbieden aan een andere jongen die je totaal niet kent?'

Weet ze het? Weet iedereen het?

'Ja, laten we gaan,' zeg ik. Ik kan niets bedenken wat ik liever doe dan hier meteen weggaan. Behalve mijn tanden poetsen. Dat wil ik als eerste. Jammer dat mijn spullen in de auto liggen.

Ik zwalk naar de deur en doe hem op een kiertje open. Als ik zie dat de kust veilig is, glip ik de badkamer in. Daar was ik mijn gezicht, plas, en voel me weer misselijk.

Hallo warm hotdogkadetje. Dag wijn.

Nadat ik heb overgegeven, voel ik me iets beter. Ik zie een doosje aspirines in het medicijnkastje liggen en neem er een in met een beetje water.

Tegen de tijd dat ik terug ben in de slaapkamer heeft Jesse het bed al opgemaakt.

Vicks wrijft haar handen tegen elkaar. 'Ik heb geweldig geslapen. Wil je mijn anti-katergeheim weten?' Haar stem klinkt harder dan anders en heel opgewekt.

Of klinkt het alleen maar zo doordat mijn hoofd zo pijnlijk is?

'Sst,' fluister ik. Ik wil hier gewoon weg. Snel.

'Oké,' zegt Vicks verongelijkt. 'Maar je ziet eruit alsof je het wel kunt gebruiken.'

'Wil je je vriendje nog zeggen dat we weggaan?' informeert Jesse.

'Marco? Nee, ik weet zeker dat hij nog slaapt.' Ik zou hem niet eens onder ogen durven komen. 'Zullen we gaan?'

Vicks haalt haar schouders op. Daarna sluipen we door het huis naar de voordeur. Ik knijp mijn ogen dicht tegen het felle daglicht. Op straat is het stil, met uitzondering van het gezang van wat vroege vogels, en de lucht is koel en vochtig. Het is een prachtige dag.

'O shit,' zegt Vicks, en ze wijst naar de auto.

Onder de ruitenwissers wappert een blauw papiertje.

'Nee!' roept Jesse, naar haar auto toe rennend. 'Een bekeuring! Ik heb een bekeuring!' Ze haalt het papiertje onder de ruitenwisser vandaan. 'Vijftig dollar!'

'Waar is-ie voor?' vraagt Vicks, haar ogen dichtknijpend tegen de zon.

'Voor parkeren aan de verkeerde kant van de weg. Dit is jouw schuld, Mel!'

'Waarom is het Mels schuld?' vraagt Vicks. 'Jij bent degene die hem hier heeft neergezet.'

'We zouden hier maar heel even blijven! Er waren geen andere plekken vrij!'

Kan deze ochtend nog beroerder worden? Ik bedoel maar. 'Ik betaal hem wel, echt waar,' zeg ik tegen ze.

'Net als de hotdogs zeker,' zegt Jesse schamper.

'Laten we maar gewoon gaan.' Die woorden komen van Vicks. Ze doet de deur open en klapt de stoel naar voren. 'Dit keer ga ik achterin zitten.'

'Nee, dat doe je niet!' zegt Jesse.

Vicks kruipt achterin. 'Ik moet mijn benen strekken.'

Ik ga voorin zitten en trek de deur dicht. Is het weekend nu voorbij?

Jesse start de auto, maakt een U-bocht en geeft een dot gas. Ik maak mijn veiligheidsgordel vast. Telkens wanneer ze een bocht neemt, voel ik een golf misselijkheid opkomen.

Ik verwacht dat ze regelrecht naar de snelweg rijdt, maar vlak voor de afslag naar de snelweg rijdt ze het parkeerterrein van Dunkin' Donuts op. 'Jij,' zegt ze tegen me. 'Haal een doos muffins met bosbessen en drie grote bekers koffie.'

Ik klik mijn veiligheidsgordel los. 'Hoe wil je je koffie?'

Vicks, liggend op de achterbank, met haar ogen gesloten, zegt: 'Zwart. Zoals de natuur het gemaakt heeft.'

Jesse bestelt koffie met melk en suiker.

'Ik ben zo terug.'

'Nee wacht, Mel,' zegt Vicks.

'Ja?'

'Doe maar zes muffins, drie met bosbessen en drie met sinaasappel. En nog zes donuts. Twee met roze glazuur, twee met jam en poedersuiker en twee met een laagje chocola. Niet met chocoladekruim.'

'Oké.'

'Denk erom, geen chocoladekruim. Ze hebben chocoladedonuts met en zonder kruim, maar die met kruim zijn smerig.' Dan zet Vicks haar zonnebril op ten teken dat het gesprek voorbij is.

Ik doe wat ze zeggen. Ik schaam me te erg om iets anders te doen.

Omdat er geen rij staat, loop ik regelrecht door naar de balie. Ondertussen herhaal ik in gedachten de bestelling. Een oudere vrouw met een blauw schort zegt tegen een jongere vrouw die naast haar staat: 'Ik heb tegen me dochter in Cocoa Beach gezegd dat aangesien Harriet daar langskomt, se beter hierheen ken kome met de kids.'

Drie koffie. Eén zwart...

'Gelijk heb je,' zegt haar collega, waarna ze zich tot mij wendt. 'Wat ken ik voor je betekene?'

'Drie koffie. Eén zwart, twee met alles erop en eraan.' Ik bestel wat Vicks me heeft opgedragen. 'Geen chocoladekruim,' voeg ik er nadrukkelijk aan toe.

Dan zie ik in gedachten opeens mijn zus met uitpuilende ogen naast me staan en hoor ik haar vragen of ik wel weet hoeveel calorieën er in een donut zitten. 'En ook graag zo een tje.'

'Dees?' vraagt de vrouw, terwijl ze een volkorenmuffin pakt. Een saaie, nietszeggende, vetvrije, caloriearme, smakeloze volkorenmuffin.

'Ach nee,' zeg ik, 'laat ook maar.'

'Je ken het krijge zoals je het hebbe wil, meid.' Ze wendt zich weer tot haar oudere collega. 'In ieder geval komt Harriet niet deze kant op. Dat ken ik nu effe niet hebbe, hoor.'

Ik rommel in mijn tas om mijn portemonnee te zoeken en merk dan dat ik geen telefoon voel.

O nee. Ik zoek door... Kom op, kom op. Waar is-ie?

Vaag herinner ik me dat ik gisteravond met mijn dronken kop geprobeerd heb Vicks op te bellen.

Ik moet hem in de kamer van Robbie hebben laten liggen, dat kan niet anders. Maar hem ophalen doe ik niet, want ik ga daar toch echt niet meer heen.

Verdomme.

14 Jesse

Er is iets met Vicks. Ze doet de hele ochtend al opgefokt. Mel mag dan misschien denken dat dat normaal is, dat is het niet. Niet bij Vicks. Niet zo vroeg, terwijl ze nog niet eens een halve kop koffie heeft gedronken.

'Heb je gisteravond met Brady gesproken?' vraag ik, omdat ik vermoed dat ze daarom zo'n rare bui heeft. 'Ben je daarom zo'n zonnestraaltje?' Terwijl ik mijn best doe om mijn muffin niet van mijn dij te laten glijden, ga ik de weg op. 'Wie is Brady?' zegt Vicks, en ze lacht.

Het irriteert me, dat lachje, omdat ik het gevoel heb dat ze me uitlacht – of misschien lacht ze Brady uit, wat helemaal bot is omdat hij de reden is waarom we deze roadtrip maken. Min of meer. En misschien ben ik ook nog pissig vanwege de manier waarop ze zich op het feestje gedroeg. Een beetje zitten drinken en flirten terwijl Mel uitgevloerd in Robbies kamer lag.

Dus zeg ik: 'Je weet wel, Brady, je vriend. Die van je houdt en met je wil trouwen, en bij wie je op een dag in de verre toekomst misschien zelfs wel je maagdelijkheid verliest. Uiteraard nadat je Mrs. McKane bent geworden.'

Ik was niet van plan over die maagdelijkheid te beginnen. Of misschien ook wel. Misschien wilde ik haar eraan herinneren – en Mel ook – dat het leven niet één groot feest is, hoe graag ze dat ook zouden willen. Of misschien ben ik wel gewoon gemeen, aangezien ik het sterke vermoeden heb dat Vicks en Brady niet gewacht hebben tot ze elkaar het jawoord hebben gegeven.

'Je bent niet goed bij je hoofd, Jesse,' zegt Vicks. 'Denk je nou echt dat...'

'Wat?'

Ze geeft geen antwoord. In de achteruitkijkspiegel zie ik dat ze kwaad zit te kijken.

'Wat?' zeg ik. '*Wat* denk ik nou echt?'

'Dat ik Brady's achternaam zou aannemen?' snauwt ze. 'Of die van wie dan ook? Nou... *nee*. Misschien dat jij iemands eigendom wilt worden, maar ik niet.'

'Tjonge, snauw niet zo.' Ik heb spijt dat ik Vicks zo heb opgejut. Ik ben niet zo goed in ruzies, niet het soort ruzies waarbij je alles zegt wat je denkt. Ik werp een blik op Mel, maar die kijkt recht voor zich uit en doet alsof ze niets hoort, zo van: *tra la la, ik zit hier helemaal in mijn eentje en ben heel erg geïnteresseerd in de ruitenwisser.*

'En, schatje,' vervolgt Vicks. 'Als je het dan wilt weten: mijn "maagdelijkheid", zoals je het zo netjes uitdrukt, heb ik lang, lang geleden verloren. Dus vergeet dat mooie droompje van je verder maar, oké?' Ze zwaait in de spiegel. 'Daag, daaaag. Toedeloe.'

Nou, ze hoeft niet zo sarcastisch te doen. Mijn hart dreunt in mijn borst, maar ik weet niet wat ik eraan moet doen, dus bijt ik een groot stuk muffin af. En dan zit ik met de gebakken peren, want ik krijg het niet weggewerkt.

'Jesse?' zegt Vicks.

Ik schud mijn hoofd. Ik weet even niet wat ik tegen haar moet zeggen. Door de speakers hoor ik Fergie over haar 'London Bridge', oftewel over seks, zingen, en ik zeg tegen Mel:

'Wil je alsjeblíéft iets anders opzetten?'

Mel beseft dat de muziek slecht gekozen is en ziet er ontzet uit. 'Sorry,' verontschuldigt ze zich, een knopje op haar iPod indrukkend. 'Sorry!'

We horen iets nieuws. 'Let's Get it On' van Marvin Gaye. Ja hoor, zet ze een nummer op van een vent die zingt dat hij het wil doen. Mijn mond valt open, en Mel begint te hyperventileren.

'N-nee, wacht!' stamelt ze. 'Wacht! Ik deed het niet expres!'

'Dit is nou precies waarom ik het je niet heb verteld,' gaat Vicks verder. Ze is onredelijk, want ik hou mijn mond, dus het is helemaal niet nodig om op me te blijven vitten. 'Omdat jij om de stomste dingen door het lint gaat. Omdat je me de les hebt gelezen over seks *voor het huwelijk* en hoe *zondig* dat is. Geef maar toe!'

'Where Is the Love' komt in plaats van 'Let's Get It On'. Ik ken dat nummer. Penn had het opstaan in zijn auto toen hij mij en Vicks een keer een lift gaf. Het is triest en mooi tegelijk, het gaat over eerlijkheid en dat je moet kunnen vergeven en diep in je eigen hart moet kunnen kijken. Niet dat ik in de stemming ben om ervan te genieten.

Met een stem die afgeknepen klinkt zeg ik: 'Misschien wel, misschien niet, maar nu zullen we het nooit weten, nietwaar?'

'O, *god*,' zegt Vicks, alsof ze me dodelijk vermoeiend vindt. Alsof ik hier het probleem ben, terwijl zij me geen kans geeft. Nog nooit heeft ze zelfs *een poging ondernomen* om te zeggen: 'Brady en ik... het was heel speciaal... en ik weet dat het tegen je geloof indruist, maar Jesse, *ik hou van hem!*'

'Laten we het maar vergeten, oké?' zegt ze.

'Goed,' zeg ik. 'Where Is the Love' van Elvis Costello speelt nog steeds, en ze weet het misschien niet, maar ik kan haar wel vertellen 'waar de liefde is'. In Miami, bij Brady. Mijn instinct zegt me dat hij deugt, dat hij heel anders is dan R.D. en die andere losers van mam, die nooit van hun leven zo liefdevol zullen kussen in de bioscoop en zullen zeggen 'voor mijn meisje doe ik alles' als dat meisje net als het spannend wordt vraagt om nog wat popcorn te halen.

'Hoe dan ook, ik weet niet waarom je doet of je neus bloedt,' mompelt ze, nog steeds niet uitgeraasd. 'Ik heb je tenslotte gevraagd of je meeging de pil halen.'

'Ja, en je *weet* dat ik dat niet kan, want die pil is –' Ik hou mijn mond, want ik realiseer me dat ik haar alleen maar in de kaart speel als ik over tienerseks en zedeloos gedrag begin.

En met een wee gevoel in mijn maag realiseer ik me nog iets. Misschien heeft ze inderdaad wel geprobeerd me over haar en Brady te vertellen. Nou goed, dat is wel zeker. Het was voor ze het had gedaan (althans, dat hoop ik), maar door mij te vragen met haar daarheen te gaan, wilde ze me duidelijk maken dat ze er met mij, haar vriendin, over wilde praten.

En wat heb ik gedaan? Ik heb haar afgewezen, en daarna hebben we het er nooit meer over gehad, niet echt.

'In het gunstigste geval ben je een wrede lafaard,' zingt Costello op zijn eigen trieste manier, 'in het ergste geval een waardeloze huichelaar.'

Ik kijk naar Mel. Ik wil weten hoe zij hieronder is. Ze zit helemaal in elkaar gedoken op de stoel, de iPod als een knuffeldier tegen zich aan gedrukt. Aan haar gezicht zie ik dat ze me een rotwijf vindt.

'Zo belangrijk is het nou ook weer niet,' zegt Vicks. 'Het gaat maar over seks.'

Het zal wel. Ik geef gas om een witte Pontiac te passeren, waardoor Mels koffie op haar dure shorts klotst. Geweldig. Nu heeft ze nog meer reden om me te haten. Maar ze zegt niks. Het enige wat ze doet, is nog verder in elkaar duiken en de vlek bedekken met haar hand. Waarom? Omdat ik een eng gelovig meisje ben, blijkbaar. Een eng gelovig meisje dat je geen geheimen kunt toevertrouwen en die verwende rijke meisjes met peperdure korte broekjes bang maakt.

Er zit iets kleverigs in mijn hand, de restanten van mijn muffin.

Ik trek een kwaad gezicht en gooi het het raam uit.

15 Vicks

Stomme ik, stomme Brady, stom bier.

Op dit moment ben ik zo helemaal niet *badass*.

Ik ben gewoon alleen maar *bad*: slecht. Slecht slecht slecht.

Ik ben een slecht persoon. Waarom doe ik zo hoerig tegen Jesse? En gisteravond... bah. Mel is zo aardig, en wat doe ik? Ik stort me op de jongen op wie zij valt. Wat voor soort vriendin doet dat nou?

Godzijdank dat hij me wegduwde en het zwembad uit ging, anders had ik nu heel wat meer om spijt over te hebben.

Ik drink minstens de eerstkomende twee maanden geen bier meer. Bier is niet mijn drankje.

Door bier heb ik ruzie met mijn vriendinnen.

Door bier heb ik een hekel aan mezelf.

Ik vraag me af of ik nog steeds lichtelijk bezopen ben. Dat zou een hoop verklaren. Ik weet dat ik tegen Jesse moet zeggen dat ze om moet keren en terug moet gaan naar Niceville, aangezien ik geen vriend meer heb, maar op de een of andere manier kan ik me daar niet toe zetten.

Opeens begint mijn telefoon te trillen en schiet er een stoot adrenaline door me heen. Ik heb al twee telefoontjes van Brady genegeerd. Nu we uit elkaar zijn, herinnert hij zich klaarblijkelijk mijn nummer. Nou, hij krijgt me niet aan de lijn alleen omdat hij dat nu ineens wil.

Ik aarzel voor ik de telefoon openklap. Ik wil niet dat het

Brady is.

Nee, eigenlijk wil ik dat wel. Ik wil het wel.

Ik wil het niet.

Ik wil het wel.

Ik check de naam. Een onbekend nummer. Het zou kunnen dat Brady uit een telefooncel belt, of met het mobieltje van een vriend, toch? Ik neem op. 'Hallo?'

'Vicks, met Dotty van de Waffle.'

'Hé, Dotty.' Waarom belt ze me? Ze belt me nooit. Ze moet mijn nummer hebben van de personeelslijst. 'Wat is er?'

'Als dat Dotty is,' zegt Mel, zich omdraaiend in haar stoel, 'vraag dan even of Abe een vervanger voor me heeft gevonden.'

'Allemachtig, Mel,' zegt Jesse, 'heb je niemand geregeld om je diensten over te nemen?'

'Ik heb een briefje voor Abe neergelegd dat ik niet zou komen,' laat Mel haar weten.

'Koppen dicht, jullie!' blaf ik. 'Sorry, Dotty, Mel wil weten of Abe een vervanger voor haar heeft gevonden.'

'Het was dat Pearl op het allerlaatste nippertje kon komen, anders was ze vast ontslagen,' antwoordt Dotty. 'Abe had zowat een hartverzakking, de stakker.' Met een stem die heel anders klinkt vervolgt ze: 'Maar luister, Vicks, waar ben je?'

'Ik weet het niet. Ergens voorbij Gainesville. Hoezo?'

'Is Jesse bij je?' vraagt ze.

Jesse werpt een blik over haar schouder. 'Wat wil ze weten?'

'Ja,' zeg ik tegen Dotty terwijl ik Jesse gebaar dat ze haar kop moet houden.

'Jesse heeft de auto van haar moeder,' zegt Dotty.

'Ja, dat weet ik,' zeg ik. 'In feite zit ik hier nu op dit moment te genieten van de gemakken van de Opel. Ontzettend lief van Ms. Fix dat we hem van haar mochten lenen.'

Ik ben nog niet uitgesproken, of de auto maakt een zwaai naar rechts. We vliegen over een gat en stuiten hard terug op de weg.

'Jezus!' roep ik. 'Kijk een beetje uit, wil je?' Als ik de telefoon weer aan mijn oor zet, hoor ik Dotty zeggen: '...en Harriet, daarom bel ik. Dat heeft ze *niet* gedaan en ze is zo bezorgd als de pest.'

'Huh?'

'Twyla heeft de auto niet aan Jesse meegegeven. Ze heeft hem meegenomen zonder het te vragen.'

Ik begrijp het niet. 'Wat heeft ze gedaan?'

De stem van Dotty klinkt nu treurig. 'Twyla kwam vanmorgen langs bij de Waffle, helemaal van de kaart. Jesse heeft niet eens een briefje achtergelaten.'

Wat? Dat is ongelooflijk.

Heilig boontje Jesse die de auto van haar moeder heeft gepikt en is weggegaan zonder iets te zeggen? En die mij medeplichtig heeft gemaakt?

'Dus zeg dat ze haar moeder moet bellen, wil je?' vervolgt Dotty. 'Ze is gek van ongerustheid.'

'Ja, ik zal het tegen haar zeggen,' beloof ik, en het valt me op hoe gespannen Jesses schouders zijn, terwijl ze ons verder naar nergens rijdt.

Ik haal de telefoon van mijn oor en klap hem dicht. Misschien ben ik achteraf toch niet de slechtste persoon in de auto.

De leugenaar.

De leugenaar!

Goed, steel een auto als je zonodig moet, als je kwaad bent op je moeder, als je jezelf probeert te bevrijden uit weet ik veel wat voor ellende. Niet dat het goed is om een auto te stelen, maar Jesse heeft zich deze hele reis verdomme onuitstaanbaar gedragen. Drinken mocht niet, flirten keurde ze af, en seks voor het huwelijk was verderfelijk. Hoe kan ze zo doen terwijl ze die stomme auto heeft gejat en haar moeder zoveel angst en verdriet heeft bezorgd? Hoe kan ze doen alsof ik zo slecht ben en de martelaar uithangen op een feest, terwijl ze die rotauto die haar moeder voor haar werk nodig heeft, heeft gejat?

'Kijk,' zegt Jesse tegen Mel, uit het raam wijzend. 'Een pelikaan. Zie je dat?' Ze praat met een raar hoog stemmetje, en ik denk: *Ja, je bent zenuwachtig, hè?*

En dat is maar goed ook. De leugenaar. En trouwens, het is geen pelikaan, het is een slangenhalsvogel. Toen ik klein was, hadden we een boek over vogels in Florida en keek ik altijd naar de plaatjes. 'Dat is het niet,' zeg ik.

'Wat niet?'

'Een pelikaan.'

Ze slikt. 'Natuurlijk wel.'

'Nee, het is een slangenhalsvogel. Je hebt niet *altijd* gelijk, weet je. Je bent niet *altijd* perfect.'

Er trekt een schaduw over Jesses gezicht. Ik kan aan haar zien dat ze nu zeker weet dat Dotty me heeft verteld over de auto. Snel en oppervlakkig ademhalend zegt ze tegen Mel: 'Het is echt een pelikaan. Zie je hoe lang die vleugels zijn? En zie je die zak aan zijn snavel?'

'Het is *geen* pelikaan,' snauw ik. 'En je rijdt te hard. Bovendien heb je geen idee waar we zijn, hè? Of wacht. Geef maar geen antwoord, want waarom zouden we iets geloven van wat je zegt?'

We schieten van de weg af, en terwijl Jesse op de rem trapt, pak ik Mels stoel vast.

'Jesse?' piept Mel. Met een schok staan we stil.

'Wat heeft dit in vredesnaam te betekenen?' schreeuw ik.

Met een strak gezicht stapt Jesse de auto uit. Ze klapt haar stoel naar voren en doet een stap achteruit om ruimte te maken, zodat ik uit kan stappen. 'Jij rijdt!' zegt ze. 'Aangezien je vindt dat ik er niets van bak.'

Over de lege koffiebekers en donutverpakkingen heen stap ik uit. 'Heb je de auto van je moeder gepikt?' vraag ik zodra we oog in oog staan.

Jesse stottert iets.

'*Heb* je dat gedaan?' dring ik aan.

'*Nee*,' antwoordt ze. 'Nee, verdorie. Waar zie je me voor aan?'

Ik kijk alleen maar naar haar.

'Ik heb hem *geleend*,' vervolgt ze. 'De sleutels lagen gewoon op het aanrecht!'

'Gij zult niet stelen,' bijt ik haar toe. 'Is dat niet een van de tien geboden?'

'Waarom zit je zo op me te hakken?' vraagt ze. 'Jij bent degene die zondig is. Niet ik!'

Wat? Ik dacht wel dat ze dat soms dacht, maar ik had nooit gedacht dat ze het me recht in mijn gezicht zou zeggen. 'Zeg dat niet tegen me,' zeg ik, haar vuil aankijkend. 'Ik steel niet van anderen en maak ze niet gek van bezorgdheid. Het enige wat ik heb gedaan, was met mijn vriend slapen. We hebben veilig gevrijd en wilden het allebei. Niemand had er een centje pijn van.'

'Ja, maar... maar –'

'Wat ben jij een huichelaar. Walgelijk gewoon.'

'Ik heb niks van jou gestolen, dus waar maak je je zo druk om?' zegt ze. 'Je doet alsof het je persoonlijk aangaat.'

'Dat gaat het ook,' zeg ik tegen haar. 'Mensen moeten eerlijk zijn. Mensen moeten zijn zoals ze zeggen dat ze zijn.'

Een regendruppel spat op het dak van de Opel. Dan nog een en nog een: plop, plop, plop.

Ik gebaar naar de achterbank. 'Wil je dat ik rij? Goed. Stap maar in. Dan rij ik.'

Het verbaast me een beetje dat Jesse het zonder protest doet. Ik duw de stoel van de bestuurder weer naar voren, ga zitten en leg mijn tas op Mels lege schoot.

'Pelikaan, me reet,' zeg ik, en dan doe ik de deur met een klap dicht.

16 Mel

Verschrikkelijk. Niet alleen heb ik mijn telefoon verloren en zonder het te weten meegeholpen een misdaad te plegen, ik zit ook nog eens vast in een gestolen auto met twee mensen die aan één stuk door ruziemaken.

Ik vind het vreselijk dat ze ruziemaken. Ik wilde juist met ze mee omdat ze altijd lol hebben en ik dat ook wel eens wilde meemaken.

De eerste keer dat ik Jesse en Vicks zag, was op de dag dat ik Niceville afstruinde op zoek naar een baan waarbij ik niet voor mijn vader zou hoeven werken. Ze waren gekleed in hun grijs met witte Waffle-overhemden en Waffle-stropdassen, en Jesse trok Vicks gierend van het lachen mee door het restaurant. Op dat moment besloot ik dat ik bij de Waffle wilde werken.

Het was zo leuk om een vriendschap te zien die op meer gebaseerd was dan op dezelfde schaapsleren jassen.

Zou ik me daar dan zo in vergist hebben?

Nee. Dat kan gewoon niet. Ze zijn dol op elkaar. Ze hebben elkaar nodig. Ze moeten elkaar alleen hun excuses aanbieden en dan gewoon verdergaan.

Ik scroll door mijn iPod, vind het nummer van Feist dat ik zoek en druk op 'play'.

'I'm sorry...'

'Het spijt me...' wordt er gezongen. En dat zouden zij ook moeten hebben – spijt.

'*When I realize I was acting all wrong...*'

Hoe kunnen ze geen spijt hebben als ze naar dit nummer luisteren en iemand horen toegeven dat-ie fout zat? Dat is psychisch onmogelijk.

Vicks rijdt achteloos, met één hand aan het stuur. Achterin zit Jesse uit het raam te staren. Waarom bieden ze elkaar hun excuses niet aan?

Misschien is dit te soft. Moet het iets swingenders zijn. Iets om ze op te peppen.

Aha! Ik weet iets! Ik zoek Will Smiths 'Miami' en druk op 'play'. O ja. Dit is het.

'*Party in the city where the heat is on,*
All night on the beach till the break of dawn...'

Dit gaat over Miami. Over feesten op het strand, de hele nacht, maar ze geven geen kik. Jesse slaakt alleen een diepe zucht.

'Hebben we nog chocoladecakejes over?' vraagt Vicks alsof ze de muziek niet eens hoort. 'O, laat ook maar zitten. Ik ben niet in de stemming.'

Duidelijk niet in de stemming om lol te maken.

Lol! Dat is het! Dat is plan C. Sukkel die ik ben. Waarom heb ik daar niet eerder aan gedacht? Een nieuw nummer. Een geweldig nummer. Een klassieker. Ik zet het volume hoger als Cyndi Lauper met haar kinderstem zingt dat ze midden in de nacht thuiskomt: '*I come home. In the middle of the night...*'

Ik ga er lekker bij zitten, een beetje dan, want hoe kun je nou naar dit nummer luisteren en geen zin hebben om te gaan dansen? '*But girls, they want to have fun,*' zing ik. *Oh girls –*'

'Jesse niet,' zegt Vicks. 'Jesse wil geen lol maken. Andere meiden waarschijnlijk wel. Ik bijvoorbeeld. Ik doe niets liever.'

Stiekem werp ik een blik naar achteren. Jesse ziet er ellendig uit. Over mijn schouder kijk ik naar Vicks. Ook zij is niet blij.

Ik druk op 'stop'.

Ik doe mijn broek goed, die een beetje omhoog gekropen is, en pluk aan een velletje aan mijn lip.

Toch moet ik iets doen. We kunnen zo niet eeuwig blijven doorrijden, zo rot en ellendig. Rot! Rotweer! Zal ik dan maar over het weer beginnen? Gisteravond werkte het ook prima, toen ik buiten zat met –

Nee, zeggen mijn hersenen.

Dus zet ik Marco uit mijn hoofd.

Maar goed, het weer is... het weer. Geschikt voor vele doeleinden.

'Nou,' begin ik, 'het is wel warm hier, hè?'

'Florida, hè,' merkt Vicks op.

Jesse slaakt weer een theatrale zucht. 'Zo meteen gaat het regenen.'

'Is dat zo?' vraag ik. Ik kijk door het raam en zie inderdaad dat donkere wolken zich samenpakken. 'We moeten optimistisch blijven,' zeg ik zo enthousiast mogelijk. 'O! Ik weet een nummer dat daar over gaat. En het gaat nog over de zon ook. Wat dachten jullie van "Walking on Sunshine", dames?' Ik scroll door mijn muziek en druk op 'play'. Zodra het koor invalt, zing ik mee.

Jesse draait haar gezicht naar me toe. Diep ongelukkig kijkt ze me aan. 'Mel, wil je dat alsjeblieft uitzetten? Daar kan mijn hoofd niet tegen.'

Ik druk op de uit-knop en laat me in mijn stoel zakken.
Ik mis de sneeuw.

17 Vicks

Er is iets met de regen in Florida. Eerst druppelt het een paar minuten, dan wordt de lucht plotseling zwart, en voor je het weet, sta je in een waterval. Emmers en emmers worden over je uitgegoten. Hoewel het water niet koud is – het kan zelfs warm zijn – vergeet je dat de zon ooit geschenen heeft. Je vergeet dat de zon die ochtend je huid verwarmde tot je snakte naar een airco, dat het licht zo fel was dat je je ogen samenkneep en je zonnebril opzette. Het is net alsof dat allemaal niet gebeurd is en het alleen nog maar nat en zwart is en je alleen nog het soppige geluid hoort van banden die door modderpoelen rijden. Ik loods de auto door plassen water waar geen eind aan lijkt te komen, hier op dit verlaten stuk asfalt waar we door toedoen van Jesse zijn beland. Ik heb geen flauw idee waar we zitten, maar als ik iets zie wat op een snelweg lijkt en die ook nog richting het zuiden gaat, ga ik daar rijden.

Ik ben geen geweldige chauffeur. Mijn broer Tully, die het me heeft geleerd, zei altijd dat ik reed 'als een meid', wat de grofste belediging was die hij kon bedenken. Ik beet dan terug en zei: 'Dan rijden meiden dus fantastisch, nietwaar?' Of: 'Heel hartelijk dank, dan weet ik tenminste dat ik gelijk de eerste keer voor mijn examen slaag.' Maar mijn zelfvertrouwen werd er niet groter op als hij begon te lachen als ik wilde inparkeren, of zei dat ik te veel over mijn schouder keek en me te druk maakte over de dode hoek. Ik heb mijn rijbewijs gehaald, maar vraag me niet hoe. Niet dat ik vaak in de bestelbus van mijn ouders rij, want ze hebben hem meestal nodig, maar als ik erin rij, gieren de zenuwen door mijn lijf en hoor ik Tully's plagerige stem in mijn hoofd: 'Gadver, Vicks, je rijdt als een meid. Haal toch gewoon in!'

Maar ik wil niet dat Jesse en Mel denken dat ik geen superchauffeur ben, vooral niet omdat Jesse akelig goed rijdt – meestal dan. En ik wil niet vragen waar we zijn, want ik wil geen ruziemaken met Jesse over dat ze waarschijnlijk een verkeerde afslag heeft genomen. Aangezien we toch niet meer naar Miami hoeven, omdat Brady mij niet echt wil zien en ik Brady niet wil zien, maakt het niet uit welke kant we opgaan.

We zijn alle drie stil. We luisteren naar de regen, die op de ramen beukt. De trage ruitenwissers kunnen er niet meer tegenop.

Een tolhokje. Geweldig. Ook dat nog. Op de borden staat nooit hoeveel tol je moet betalen, tot je pal naast de kleine metalen gleufautomaat staat en je overal in je zakken naar geld moet zoeken en de vent achter je zich ergert omdat je niet opschiet. En trouwens, ik heb nog maar een paar cent over na de hotdog van gisteren.

'Tol,' zeg ik om Mels aandacht te trekken.

Ze schijnt de hint te hebben begrepen nadat we haar vanmorgen de donuts hebben laten kopen en geeft me twee kwartjes uit haar portemonnee. Het is zo nat dat ik wacht tot we onder het afdakje van het tolhokje staan voor ik het raampje naar beneden draai.

Shit. Het raampje wil niet naar beneden.

'Geef een klap onder de hendel,' zegt Jesse vanaf de achterbank op een toon alsof het stom van me is dat ik dat niet weet.

Ik geef een hengst onder de hendel.

Het raampje gaat nog steeds niet naar beneden.

'Nee, je moet eerst wrikken en hem dan naar beneden draaien.'

Ik probeer het. Het gaat niet.

Een vent in een monsterlijk grote pick-uptruck stopt achter me en begint te toeteren.

'Nee, je moet een klap geven en dan meteen wrikken. Niet eerst wachten.'

Ik mep, wrik en draai. Het raam gaat open, maar we staan te ver van de automaat af waar je je geld in moet werpen. En van deze afstand gooien heeft geen zin, want dat lukt me niet met mijn linkerhand. Echt niet. Tully en Jay pestten me er altijd mee. 'Gooi links van Vicks,' zeiden ze altijd tegen hun vrienden als we met z'n allen basketbal speelden. 'Die houdt ze nooit tegen.' Je kunt het zelfs merken in de keuken van het Waffle House. T-Bone kan met zijn linkerarm een pannenkoek opgooien en ondertussen met zijn rechterhand een ei omdraaien. Ik niet.

De tol is vijftig cent. Ik gooi het eerste kwartje in de richting van de automaat. De munt komt op de grond terecht. Verdomme.

Ik maak mijn veiligheidsgordel los, open de deur en kijk of ik hem kan vinden.

Niets te zien.

'Gooi er maar een ander in,' zegt Mel en ze geeft me een nieuw kwartje met een blik op de pick-up.

'Geeft niks hoor.' Hoe krijgt ze het voor elkaar om zo kalm te blijven?

Ik doe de deur dicht en gooi de tweede munt, die er wel in gaat. Maar de derde komt tegen de rand en stuit terug. Het zweet breekt me uit.

De vent achter ons begint weer te toeteren.

Verdomme.

Ik open de deur voor de tweede keer om de munten te zoeken die er niet in gingen. Waar liggen die dingen in vredesnaam? Het enige wat ik zie, is asfalt en een paar sigarettenpeuken. Liggen ze soms onder het wiel?

Toet. Toet.

Ik ga niet nog een kwartje aan Mel vragen. Hoewel ze heeft gezegd dat zij dit soort dingen zou betalen, is het niet de bedoeling dat ze maar kwartjes blijft geven aan een of andere idioot die ze op straat gooit. Dus stap ik de auto uit, ga op mijn knieën zitten en zoek onder de auto.

Toet. Toet.

Hier kan ik niet tegen. Ik ga weer in de auto zitten, trek de deur dicht, geef gas en rij door.

'Wat doe je nou?' schreeuwt Jesse. 'We kunnen niet doorrijden zonder te betalen!'

'Die vent zat te toeteren,' verdedig ik me.

Verdomme. Misschien had Tully wel gelijk. Misschien ben ik inderdaad een waardeloze chauffeur, en misschien ben ik wel bang voor gigagrote pick-uptrucks. Ik kan verdomme niet eens een kwartje in een tolautomaat gooien.

'Stop. Zet de auto aan de kant,' beveelt Jesse. Hoewel we weer in de stromende regen staan, doe ik wat ze zegt. De toeteraar in de pick-up rijdt ons voorbij. 'Sinds wanneer rij jij door als je tol moet betalen?' snauwt Jesse. 'Waar ben je mee bezig?'

'Ik heb geprobeerd te betalen,' zeg ik. 'We hebben zelfs drie kwartjes gegeven in plaats van twee.'

'Maar niet in de automaat!' gilt Jesse. 'Ik ga een kaartje

kopen. Anders krijgen we nog meer moeilijkheden op ons dak. Stel dat mijn moeder de politie heeft gebeld en het kenteken heeft doorgegeven en we gefotografeerd zijn door een verborgen camera!'

'Ik heb geprobeerd tol te betalen,' herhaal ik. 'Ik ben niet met opzet doorgereden. Die vent zat te toeteren.' Terwijl ik het zeg, besef ik zelf hoe stom het klinkt.

'Luister,' zegt Mel kalm. 'Laten we teruggaan en alsnog betalen.'

'Ik ga toch echt niet omkeren op de snelweg,' val ik uit. 'Je kunt geen hand voor ogen zien. Als ik achteruitrij, knalt er geheid iemand tegen me aan!'

'Als je gewoon terugloopt en de tol betaalt,' zegt Jesse, 'dan weten ze niet welk kenteken erbij hoort.'

'Gebruik de camera van je mobiel,' zegt Mel. 'Neem een foto van de auto en van dat je tol betaalt. Op die manier heb je een bewijs dat je terug bent gegaan en hebt betaald als je een bekeuring krijgt.'

'Op wat voor planeet leef jij?' vraag ik. 'Ik heb geen camera op mijn mobiel.'

'O.' Mel ziet er geschrokken uit.

'Heb jij er een?' vraag ik haar. 'Gebruik de jouwe dan.'

'Ik ben mijn telefoon kwijt,' antwoordt ze.

Sinds wanneer?

Jesse haalt zenuwachtig adem. 'Ik kan niet met twee prenten binnen vierentwintig uur aankomen. Mijn moeder vermoordt me.'

Mel heeft weer een idee. 'Ik heb de oplossing. We laten de beveiligingscamera voor ons werken.'

'Hoe dan?'

'We rennen naar buiten naar de camera, kijken ernaar,

houden een bordje op met het kentekennummer en stoppen een kwartje in de automaat.'

'Hebben we eigenlijk nog wel kwartjes?' vraag ik.

Mel kijkt in haar portemonnee en geeft me drie stuivers en een dubbeltje. Jesse vindt een stukje papier en schrijft er met lippenstift het kenteken op.

Ik stop alles in mijn zak en loop de stromende regen in.

We zwijgen weer als ik weer op de bestuurdersplaats zit. Mel heeft heel behulpzaam een handdoek op mijn stoel gelegd, maar ik zit te rillen en kan de weg voor me amper zien.

'Ik wil nog een donut,' zeg ik, door het raam turend.

'Ik ook,' zegt Mel. 'Kunnen jullie a.u.b. een wapenstilstand sluiten en een paar minuten donuts eten zonder ruzie te maken?'

'Oké,' zegt Jesse.

Als zij het kan, kan ik het ook. 'Oké,' zeg ik.

Jesse pakt de donuts van achteren, en daarna eten we alle drie, terwijl we niet harder dan 15 kilometer per uur rijden door de storm.

'Willen jullie een autospelletje spelen?' vraagt Mel.

'Zoals wat?' vraag ik.

'Eh... het associatiespel.'

'Wat is dat?'

'Ik zeg een woord, dan zegt Jesse het eerste woord dat in haar opkomt, en daarna zeg jij het eerste woord dat in jou opkomt, enzovoort.'

'Ja, oké,' zegt Jesse.

'Mag ik beginnen?' vraag ik.

'Natuurlijk.'

Ik: 'Donut.'

Mel: 'Slecht.'

Jesse: 'Kleverig.'

'Nee, Jesse,' zegt Mel. 'Je denkt nog steeds aan de donut. Dat moet je niet doen, je moet aan "slecht" denken.'

'Oké,' zegt Jesse. 'Sorry. Opnieuw.'

Ik: 'Donut.'

Mel: 'Slecht.'

Jesse: 'Berouw.'

Ik: 'Spijt.'

'Te veel glazen wijn,' zegt Mel. 'Ja, ik weet dat dat meerdere woorden zijn, maar het is mijn spel, dus ik bepaal de regels.'

'Te veel glazen wijn. Hoe komt dat?' vraag ik.

Mel bijt op haar lip. 'Jammergenoeg was gisteravond niet de eerste keer dat ik meer ophad dan goed voor me was.'

'Krijgen we dat verhaal nu te horen?' vraag ik.

'Nee,' antwoordt Mel lachend. 'We zijn een spelletje aan het spelen. Jouw beurt, Jesse. Te veel wijn.'

Jesse: 'Slechte adem.'

Ik: 'Knoflook.'

Mel: 'Vampieren.'

Jesse: 'Tanden in je nek.'

Ik: 'Zuigzoen.'

Mel: 'Pleisters.'

'Je gaat toch geen pleister op een zuigzoen doen?' vraag ik ontsteld.

'Ik moest wel! Het was zo duidelijk te zien,' bekent Mel. 'Maar ik heb maar één zuigzoen gehad.'

'Laten we verdergaan,' zegt Jesse. 'Peroxide.'

Ik: 'Haar.'

'Doe je echt waterstofperoxide in je haar?' vraagt Mel. 'Ik heb gehoord dat dat heel slecht is.'

'Ik heb het geprobeerd,' vertel ik haar. 'Maar ik heb het er twee keer zo lang in laten zitten als op het doosje stond en kreeg er haaruitval van.'

'Wow.' Ze voelt met haar vingers aan haar eigen bruine haar. 'Dat zou ik nooit durven.'

'Het is maar haar,' zeg ik. 'Het groeit wel weer aan.'

Er valt een stilte. 'Hé, meiden,' zeg ik dan. 'Sorry van dat gedoe bij het tolhokje.'

'Geeft niet,' mompelt Jesse. 'Sorry dat ik de auto gestolen heb.'

Mijn mobiel trilt. Doordat we zo langzaam rijden, kan ik op de display kijken. Brady is het niet, het is een nummer uit Niceville, een die ik niet ken. 'Hallo?'

'Spreek ik met Victoria?'

'Dat hangt ervan af wie het vraagt.'

'Je spreekt met Twyla Fix, de moeder van Jesse.'

'Hallo, Ms. Fix,' zeg ik.

Hoewel ik weet dat ze voor Jesse belt en waarschijnlijk pisnijdig is, heeft haar stem nog steeds die zwoele klank waarvan Abe van de Waffle gaat blozen. Eigenlijk wil ik, excuses of niet, de telefoon aan Jesse geven, omdat ik nog steeds kwaad op haar ben, maar als ik over mijn schouder kijk, zie ik dat ze als een gek met haar hand zit te wapperen. Oké, dus ze wil – of kan – niet met haar moeder praten, en aangezien ze nu eenmaal mijn beste vriendin is, zelfs al heeft ze me een zondares genoemd, zet ik mijn speciale slijmstem voor ouders op.

'Ach, hallo, Ms. Fix,' zeg ik.

'Is Jesse bij jou?' vraagt Ms. Fix. 'Ik moet haar dringend spreken.'

'O, Ms. Fix, ze is net eten gaan halen voor de lunch met

onze vriendin Mel. U weet wel, die ook bij de Waffle werkt. Mijn vriend Brady,' lieg ik met mijn braafste stem, 'geeft ons een rondleiding op zijn universiteit.'

'Waar ben je?'

'Brady gaat in Miami naar de universiteit. Weet u nog wel? Dat heb ik u verteld toen ik met u en Jesse in Applebee's was. Hij zit in het footballteam en volgt colleges antropologie,' voeg ik eraan toe, want dat klinkt wel chic. 'Als het goed weer blijft, gaan we picknicken op het strand. Leuk, hè, Ms. Fix?'

'Lukt dat wel met jullie in de auto in die storm?' vraagt ze. 'Waar slapen jullie?'

'Wij logeren met z'n drietjes in een hotel tegenover de campus. Mel heeft daar van haar vader en moeder geld voor meegekregen. Ze heeft een creditcard en zo. U hoeft zich geen zorgen te maken, want het is er erg netjes. Ouders die hun kinderen bezoeken logeren hier vaak.'

'Ik moet echt met Jesse praten. Weet je wanneer ze terug is?'

'De broodjeszaak is hier nogal een eind vandaan. Een halfuur misschien, of een uur? Ik kan vragen of ze u terugbelt als u dat wilt.'

'Weet je dat ze is weggegaan zonder dat ik vervoer had?' zegt Ms. Fix, die geïrriteerd begint te raken. 'Weet je dat ik de hele stad door ben geweest met de bus om haar te zoeken en dat ik daardoor te laat op mijn werk kwam? En dat ik niet betaald krijg voor de uren dat ik niet ben komen opdagen? Weet je dat ik de halve nacht op ben geweest om te wachten tot ze thuiskwam?'

'Nee, mevrouw,' zeg ik. 'Dat wist ik niet. Het spijt me vreselijk als ik u problemen heb bezorgd. Ik heb haar gesmeekt of ze me naar Brady wilde brengen. Ik mis hem zo nu hij op de universiteit zit dat ik heb gesmeekt en gesmeekt en gesmeekt. Jesse is echt een heel trouwe vriendin, Ms. Fix, u kunt trots op haar zijn. Ze heeft vrij genomen van haar werk om me te helpen en zo.'

Mel zit te gniffelen in haar T-shirt en Jesse staart uit het raam en ziet eruit alsof haar een ramp is overkomen.

'Nou,' zegt Ms. Fix, 'ik ben niet blij met haar. Begrijp je dat, Vicks?'

'O, wel degelijk. Maar ik ben overal verantwoordelijk voor. Ik miste mijn vriend zo verschrikkelijk dat ik hem gewoon móést zien. U kent dat wel, toch?'

Ik zeg het alsof ik lieg. Maar het is waar.

Aan de andere kant van de lijn slaakt Jesses moeder een zucht. Ik hoor een hond blaffen. 'Mijn pauze is voorbij,' zegt ze. 'Ik moet gaan.' Ze is even stil. 'Je bent verliefd, hè?'

Ik slik moeizaam. 'Ja, Ms. Fix.'

'Het is geweldig om voor het eerst verliefd te zijn,' zegt ze. 'Wees er zuinig op, hoor.'

'Dat doe ik zeker.' Eerst probeerde ik niet te lachen, nu moet ik mijn best doen om niet te gaan huilen.

'Ik wil dat Jesse me belt zodra ze terug is.'

'Ik zal het tegen haar zeggen.'

Ms. Fix hangt op, en ik veeg mijn ogen af met mijn doorweekte T-shirt. 'Je bent minstens twee uur van haar af,' laat ik Jesse weten.

'Ik sta bij je in het krijt,' zegt ze.

'Zeg dat wel,' zeg ik. 'Hé, hebben we nog water?'

'Je maakt zeker een grapje, hè?' zegt Jesse, naar de hoosbui buiten gebarend.

'Ik heb dorst,' zeg ik. 'Het is niet niks om te moeten liegen voor een vriendin.' Eerlijk gezegd wil ik gewoon die brok in mijn keel kwijt.

Mel kijkt of er voor iets ligt en schudt haar hoofd. 'Is er achter nog iets?'

'Alleen een halflege fles jus van gisteren,' meldt Jesse.

'Geweldig.'

'Kunnen we niet ergens iets kopen?' vraagt Mel.

'Nee. Ik zou niet weten waar. Het enige wat ik kan zien, is regen. En regen. En nog meer regen,' antwoord ik. 'Een geluk bij een ongeluk dat het niet weer een orkaan is.'

'Bij welke letter zijn ze nu? De "G"?' vraagt Jesse zich hardop af.

'Nee, vorige week hadden we Greg. Die is langs de kust geraasd, niet landinwaarts. Nu zijn we bij de "H".'

'Eh... meiden,' zegt Mel opeens. 'Zou Harriet de naam van een orkaan kunnen zijn?'

'Zeker,' antwoordt Jesse. 'Ze geven namen in alfabetische volgorde. Dus de volgende heet Harriet, of Helen, of Hetty. Iets dergelijks.'

'In de Dunkin' Donuts hadden ze het over ene Harriet,' gaat Mel verder. 'Ze zeiden dat ze op weg was naar Cocoa Beach, en ze wilden dat hun familieleden de stad verlieten. Maar ik dacht –'

'Zitten we in een orkaan?' onderbreek ik haar.

'Mel,' zegt Jesse ernstig, 'beweer je nu dat je wist dat we een orkaan tegemoet reden en heb je niets tegen ons gezegd?'

'Ik realiseerde me niet dat ze dat bedoelden,' verklaart Mel. 'Ik dacht dat ze het over een nichtje of een lastige oude tante hadden of zoiets. Die vervelende oude Harriet.'

'Wat ben jij toch stom,' kreunt Jesse. 'Dit is gevaarlijk. Huizen worden omvergeblazen. Hele wijken vliegen de lucht in. Hallo? De orkaan Katrina die New Orleans heeft verwoest, weet je nog?'

Mel knippert achter elkaar met haar ogen, alsof ze op het punt staat in huilen uit te barsten. 'Sorry,' zegt ze. 'Dat had ik niet door.'

'We moeten van de weg af,' zegt Jesse. 'We kunnen niet door blijven rijden met deze auto.'

Ik ben woedend. En bang. En ik wil wel stoppen, maar het regent zo ontzettend hard dat ik amper een halve meter voor me uit kan zien. Bovendien begint het dak van de Opel te lekken.

18 Mel

Elke regendruppel explodeert als een bom tegen de verregende voorruit en spat uiteen in een cirkel. Kaboem! Ik heb nog nooit zulke dichte regen gezien. Het is alsof je met je ogen open onder water zit. Natuurlijk is het stom van me dat ik niet beter heb opgelet wat de Dunkin' Donuts-dames zeiden, maar hoe had ik het moeten weten?

Jesse is naar het midden van de bank geschoven en zit helemaal op het puntje, zodat ze zowat naast ons zit. 'Ga van de weg af, Vicks.'

Vicks' knokkels zijn wit, zo stijf heeft ze haar handen om het stuur geklemd. Ze schudt haar hoofd. 'En waar moet ik dan naartoe? Ik weet niet eens waar ik ben.'

Ze rijdt bijna stapvoets. De ruitenwissers kunnen de hoeveelheid water niet meer aan; ze glijden van de ene naar de andere kant zonder dat er wat gebeurt.

Het geluid van onweer dendert door de lucht, en het lijkt wel of de weg schudt. Daarna volgen de bliksemflitsen. Ik hou mijn adem in als de lucht oplicht en we heel even het neergutsende water zien. Dan is het weer donker en voel ik een windvlaag aan mijn kant van de auto. Het lijkt eerder midden in de nacht dan elf uur 's ochtends.

Ik probeer uit alle macht of ik wat kan zien door het natte raam. 'Eh... rechtdoor blijven rijden. Ik kijk wel of ik een bord zie.'

Jesse geeft Vicks klopjes op haar schouder. 'Doe maar rustig aan.' Ze praat zacht, als tegen een baby die in slaap moet worden gesust. 'Blijf rustig rechtdoor rijden. Ik weet zeker dat we straks iets zien waar we kunnen stoppen.'

We blijven rijden. Niemand zegt iets. Het enige geluid komt van de regen die op de auto klettert.

'Zullen we verdergaan met het associatiespel?' vraag ik om te proberen mijn op hol geslagen hart te kalmeren. Ik draai me om naar Jesse. 'Waar waren we? Bij peroxide?'

'Alsjeblieft, Mel,' zegt Vicks. 'Niet nu.'

'Sorry.'

'Je had het ons moeten vertellen van die orkaan,' zegt ze dan. 'Het was echt onverantwoord om het niet te doen.'

'Het spijt me,' zeg ik, terwijl ik me terug laat zakken in mijn stoel en het bloed naar mijn hoofd stijgt. 'Ik wist het eerlijk niet.' Ik probeer nog dieper in de stoel te zakken, maar dat lukt niet. Als ik merk dat mijn ogen vochtig worden, draai ik me om naar het raam. Er zit een enorm brok in mijn keel. Starend uit het zijraampje zie ik dikke regendruppels naar de zijkant van het raampje glijden alsof ze van de auto wegvluchten.

'Ik begrijp gewoon niet wat er in je hoofd omging,' vervolgt Vicks met bijna overslaande stem. 'Ik bedoel –'

'Zo is het wel genoeg,' onderbreekt Jesse haar. Ik merk dat ze mij nu klopjes op mijn schouder geeft. 'Mel wist het niet. Ze heeft gezegd dat ze er spijt van had.'

Vicks lacht honend. 'Alsof dat altijd genoeg is.'

Er valt een stilte.

'Hé, kijk!' zegt Jesse dan. 'Een bord!'

Ik zie het! Ik zie het! Een groot groen bord! Ik druk me tegen het voorraam aan om te kijken wat erop staat, maar de ruitenwissers vegen het water nog steeds niet weg. Ik zie geen moer. Wat hebben ze nou aan mij?

'Er staat dat... Disney World rechtdoor is,' zegt Jesse. Ze klinkt verrast.

'Als je wilt, kunnen we erheen,' haast ik me te zeggen. 'Ik koop de kaartjes.'

'Echt?' zegt ze. En dan houdt ze zich opeens in. Het vreemde is dat ik dat gewoon voel, alsof ze van zichzelf niet naar Disney World mag. 'Het regent,' zegt ze. We moeten een hotel zien te vinden, of in ieder geval een restaurant waar we een paar uur kunnen schuilen.'

'Natuurlijk,' zeg ik. 'Ik bedoelde eigenlijk morgen. Of als het opklaart. Ik ben dol op de Disney-parken. Ik ben naar die in de buurt van Parijs geweest.'

Ik wou dat ik mijn kop hield. Niet alleen zit ik maar wat uit mijn nek te kletsen, het lijkt wel of ik zit op te scheppen, en dat is niet de bedoeling. En hoe weet ik of Jesse niet in Parijs is geweest? 'Ben jij daar ook geweest?' vraag ik. O, hou je kop! Hou je kop!

'Kun je je luxeleventje even vergeten en je concentreren op een plek waar we binnen kunnen zitten?' vraagt Vicks vinnig.

Ik draai me weer naar het zijraampje toe en volg de vluchtende regendruppels. 'Ik geloof dat ik een hotel zie. Zien jullie het ook? Het is in ieder geval een gebouw. Denken jullie dat het een hotel is?'

Vicks slaakt een zucht. 'Hoe moet ik dat weten? Ziet het eruit als een hotel?'

'Eh... dat denk ik wel.' Er staan, geloof ik, vlaggen op. Zwarte vlaggen.

'We gaan daar in de lobby wachten tot het ophoudt met regenen. Weet een van jullie tweeën hoe ik er moet komen?'

'Je moet de volgende uitrit nemen,' zegt Jesse. 'Superlangzaam en zo ver mogelijk aan de kant.'

Vicks zet de richtingaanwijzer aan. 'Mijn telefoon trilt. Kan iemand hem opnemen?'

Jesse steekt haar hand in Vicks' zak. 'Als het mijn moeder is, neem ik niet op.'

'Vijf, vijf, vijf, twee, een, vijf, acht,' leest Jesse hardop. 'Dat is mijn moeder niet.'

De nummers klinken me bekend in de oren. Wacht even. 'Hé, dat is mijn nummer!' Ik draai me om naar de achterbank.

Jesse neemt Vicks telefoon op. 'Ja? Met wie spreek ik?' Haar ogen worden groot. 'Oooo. Hallo, *Marco*. Wat heeft Mel gedaan? Echt? Ai.'

Ik hou mijn adem in. Belt Marco Vicks op met mijn telefoon? Waarom zou hij dat doen? Heeft hij er spijt van dat hij me niet heeft gekust? En dan besef ik dat het niets voorstelt. Dat hij gewoon mijn telefoon heeft gevonden, mijn Canadese maple-leafsticker zag en daardoor wist dat het de mijne was. En toen zag hij Vicks' nummer in mijn contactlijstje, en nu belt hij me dat hij de telefoon heeft. Aardig. Hij is gewoon aardig. Dat hij me niet aantrekkelijk vond, wil niet zeggen dat hij niet aardig is.

'Let er nog iemand op de weg?' informeert Vicks. 'Ik moet de afslag zien te vinden.'

Met bonzend hart draai ik me om. 'Sorry. Gewoon rechtdoor blijven rijden. Ik zie daar een bord. Ik geloof dat er Treasure Chest Hotel op staat.' Ik draai me weer om naar Jesse, die met haar mond zoenbewegingen zit te maken.

Tegen Marco zegt ze: 'Wat? Ik kan je niet verstaan. Wat? Ja, we hadden nogal haast. Wat? Praat eens wat harder! Ja, dat hebben we nu ook door, slimbo.' Ze kijkt me aan en rolt met haar ogen. 'Maar nu zitten we er al midden in.'

Vicks rijdt op een klein weggetje dat naar het hotel leidt.

'Wil je met hem praten?' vraagt ze geluidloos aan me.

Nee. Ja. Ik haal diep adem en steek mijn hand uit.

Maar dan fronst Jesse haar voorhoofd. 'Of ik Mel wat heb verteld? Welk zwembad?'

Ja inderdaad, welk zwembad? Ik ben niet in een zwembad geweest. Toch?

De auto maakt een bocht naar links.

Jesse trekt een raar verwrongen gezicht. 'Nee, Marco, ik maak geen grapje. Je spreekt met Jesse, niet met Vicks, en wil je me vertellen wat er in vredesnaam is gebeurd met jullie tweeën in dat zwembad?'

Is Vicks in het zwembad geweest met Marco? Mijn Marco?

'O, dat zal ik zeker doen,' zegt Jesse dreigend. 'Alleen, waarom vertel je het haar zelf niet?'

De regen klettert nu tegen mijn hoofd. Maar dan vanbinnen.

Ik kijk naar Vicks, die bleek is geworden. Jesses gezicht is net een strak masker. Ik vraag me af hoe ik eruitzie. Ik kijk naar mijn uitgestoken hand. Wat een stomme, kleine hand. Mijn nagellak is afgebrokkeld.

Ik laat mijn hand zakken en leg hem in mijn schoot.

'Goed,' zegt Jesse. 'Weet je, de verbinding is waardeloos.' Daarna doet ze net of de verbinding verbroken wordt en hangt ze op.

Ik brand van nieuwsgierigheid.

Jesse legt haar hand weer op mijn schouder.

'Is er iets wat je ons wilt zeggen, Vicks?' vraagt ze met een stem die druipt van het sarcasme.

'Ik... Ik heb iets stoms gedaan,' fluistert Vicks.

Ik stel me voor dat ik een ruitenwisser ben die haar woorden weg kan wissen. Het is ongelooflijk dat het weer gebeurt. Het is ongelooflijk wat een idioot ik ben. Het is ongelooflijk dat ik dacht dat ze mijn vriendin was. Ze is geen vriendin, ze geeft geen moer om me. Ze geeft niet eens om haar vriend, die fantastische Brady. Het zou me niet moeten kunnen schelen. Wie is ze nou helemaal? Een meisje dat ik ken van mijn werk. En wat voor werk? Stom werk, dat ik niet eens wil doen. Voor mijn part is het een slet. Het kan me allemaal niets schelen. Ik weet niet eens wat ik hier doe. Ik wil hier niet eens zijn.

Ik open mijn mond om te ademen, maar krijg geen lucht. Ik wil eruit.

Ik probeer mijn stem te hervinden. 'Wil je hier alsjeblieft stoppen?'

Met een ruk kijkt Vicks me aan. 'Wat?'

'Ze zei dat je moet stoppen,' zegt Jesse. Ondanks het feit dat ze kwaad is, klinkt er iets van vreugde door in haar stem.

'Nee,' zegt Vicks.

Ik wil eruit. Nu. 'Zet. Die verdomde auto. Aan de kant!'

De auto komt abrupt tot stilstand. Wanneer ik uitstap, daalt de regen hard op mijn gezicht en armen neer, en binnen een mum van tijd zijn mijn T-shirt en broek doorweekt en loop ik te soppen in mijn schoenen.

Het is niet fijn om buiten te zijn. De wind zwiept mijn haar in mijn mond. De auto komt naast me rijden.

Aangezien er geen stoep is, alleen de weg, ploeter ik door grote plassen water naar het hotel. Ondanks de stortregen zie ik drie boogvormige gebouwen naast elkaar staan, alle drie op zijn minst dertig verdiepingen hoog. Voor het middelste gebouw staat een gigantisch bord met schreeuwerige goudkleurige letters: TREASURE CHEST DELUXE HOTEL AND CONVENTION CENTER. Voor het bord staan reusachtige replica's van piratenschepen. Wat een nep.

De slet rijdt het parkeerterrein op, en ik ga onder de overkapping van het hotel schuilen.

Een piccolo in een witsatijnen overhemd met ruches, zwarte broek en met een ooglap voor bekijkt me en vraagt: 'Wilt u een handdoek, jongedame?'

'Nee, dank u.'

Nadat hij de zware deur voor me open heeft gedaan, stap ik naar binnen. De enorme ingang heeft als thema piraten. Op de muren hangen schatkaarten. Ik veeg mijn voeten op de goudkleurige welkomstmat, maar dat haalt niets uit. Met iedere stap die ik zet laat ik voetsporen achter op de waterkleurige tegels. Overal in de lobby staan gouden schatkisten gevuld met glazen juwelen. Papegaaien in vergulde kooien krijsen, en aan het plafond hangen visnetten.

Laat dat wachten in de lobby maar zitten. Misschien zijn de kamers minder lelijk.

De jonge vrouw bij de receptie draagt een rood pakje, een zwarte stropdas en een met bont versierde piratenhoed. 'Hallo,' kweelt ze.

'Hallo,' aapt de papegaai op haar blote schouder haar na.

'Ik wil graag een kamer.'

'Voor vannacht?'

'Ja, graag. Voor drie personen.' Ik heb mezelf op de automatische piloot gezet. Waarom vraag ik een kamer voor drie personen? Vicks heeft geen kamer verdiend. Misschien laat ik Jesse binnen, maar Vicks moet wachten in deze neppiraterij.

De piratenvrouw achter de balie kijkt op haar computer. Ze heeft neppiratennnagels; lange zwarte klauwen met kleine doodshoofden erop die tegen het keyboard tikken. Tik, tik, tik. 'Helaas zitten we vanavond vol.'

Ik schiet half over de balie heen. 'Wat? Hoe kan een hotel dat zo groot is vol zitten?'

'We gebruiken alleen de achterkant van het gebouwencomplex als hotel, en alle kamers zijn besproken. Maar het is mogelijk dat we een paar annuleringen hebben vanwege het weer. Wilt u bij de kanonnen wachten en over een uurtje of zo terugkomen?'

Ik heb helemaal geen zin om bij de kanonnen te wachten. 'Hebt u nou echt geen kamers vrij?'

Tik, tik, tik. 'Alleen suites. De Gouden Munt-suite op de achtentwintigste verdieping voor driehonderdvijftig *dollar* en de Zwarte Parel-suite op de dertigste voor vijfhonderd *dollar.*' Ze spreekt het woord 'dollar' luid en duidelijk uit, voor het geval ik mocht denken dat ze het over Monopolygeld heeft of zoiets. Op haar lippen zit een *Wat-zielig-nou-voor-je-dat-je-die-suites-niet-kunt-betalen*-glimlach geplakt.

'Ze hebben allebei een kingsizebed, evenals een aparte zitkamer met bedbank,' zegt ze overdreven beleefd. 'Bent u geïnteresseerd in een van onze twee suites?'

Het kan me niet langer schelen dat Vicks en Jesse me als een verwend nest beschouwen. Eerlijk gezegd wil ik ze wel eens wat laten zien. Laten zien wat ik wel heb en zij niet. Deze baliepiraat laten zien dat ze er goed naast zit. Kijk maar, dames, wat ik kan doen. Vijfhonderd dollar van mijn creditcard halen omdat ik daar zin in heb. Ik heb niemand nodig.

Ik glimlach zogenaamd naar haar en leg mijn moeders creditcard op de balie. 'Ik neem de Zwarte Parel-suite.'

19 Jesse

Ik ben aan het trampolinespringen op het enorme bed – een kingsizebed! Ik wou dat ik een kingsizebed had! Ik wou dat er een kingsizebed in onze caravan paste! Ondertussen kijk ik naar de regen die de ramen teistert. Hierboven op de dertigste verdieping, met zover als je kunt zien niets anders dan een kolkende grijze massa, lijkt het net alsof we ergens op de bodem van de zee zitten. Alleen zitten we hier hoog en droog in de Zwarte Parel. Ik ben dol op de Zwarte Parel. Ik zou de rest van mijn leven in de Zwarte Parel willen wonen.

Ik gebruik mijn armen om nog hoger te springen. De matras voelt onwijs lekker aan.

'*Who did, who did, who did, who did, who did swallow Jo Jo Jo Jo,*' brul ik.

Mel kijkt voor zich uit. Ze zit in een roodfluwelen stoel in de zitkamer. Ja ja, er is hier zelfs een aparte zitkamer, een fluwelen bank, een tweede tv en een glazen salontafel. In het glas is een vloot schepen gegraveerd.

'Hou je mond,' roept Vicks vanuit de badkamer. Maar ik hoef niet naar haar te luisteren, want ze heeft straf. Toen Mel naar de auto toe kwam, zei ze tegen me dat ze een kamer had en dat ik de achterklep open moest doen en onze spullen moest pakken en meekomen. Tegen *mij*, niet tegen La Bedriegster.

Vicks gooide de sleutels naar de hotelbediende (die naar de

drijfnatte Opel keek alsof het een... nou ja, alsof het een oud roestblik op wielen is, wat het natuurlijk ook is) en volgde ons met haar legergroene plunjezak. Weliswaar deed ze een beetje nederig, maar ze stak haar kin naar voren alsof ze wilde zeggen: *wat was je van plan eraan te doen?*

'Ik heb niet gezegd...' begon Mel, en toen beet ze op haar lip.

'Wil je dat ik in de auto blijf? Daar slaap als een dakloze?' vroeg Vicks. 'Want dat doe ik. Geen probleem.'

De hotelbediende zag er hoopvol uit, alsof hij dacht dat Vicks met dat roestblik zou wegrijden en hij ervan af was.

'Maar dan krijg je niet te horen wat ik te zeggen heb,' vervolgde Vicks.

'Nou en?' zei ik.

'Goed, kom maar mee,' zei Mel. 'Maar hou je mond tegen me.'

Ik persoonlijk vond dat Vicks overdreven dramatisch deed. Het was nog niet eens twaalf uur. En welke dakloze gaat er nou om twaalf uur 's ochtends in een auto slapen?

'Mel –' had Vicks gezegd, haar naar de deur van het hotel volgend.

'*Nee*,' had Mel, onverwacht heftig, gereageerd. 'Geen. Woord.'

Dus liepen we zwijgend achter elkaar aan door de lobby en gingen we zwijgend met de lift omhoog naar deze suite, die, laat ik je dat wel vertellen, onwaarschijnlijk gaaf is. Zelfs de badkamer is super, met een jacuzzi, een aparte douchecabine, twee wastafels, een kast die groter is dan onze woonwagen en verwarmde handdoekenrekken die versierd zijn met oude Spaanse munten. Ja echt, oude Spaanse munten.

Vicks bivakkeert daar nu en gebruikt waarschijnlijk alle verwarmde handdoeken die er zijn.

'*Who did, who did,*' zing ik.

'Kun je ophouden met dat stomme lied?' roept ze.

'Geen woord, weet je nog?' zeg ik. Ik ga zoveel en zo hard zingen als ik wil. '*Who did, who did, who did, who did, who did swallow Jo Jo Jo Jo!*'

Vicks komt de badkamer uit gestampt. Of liever gezegd geslopen. Althans, iets tussen stampen en sluipen in. Ze kijkt ons niet aan.

'Ik ga een sigaret roken,' mompelt ze terwijl ze langs me loopt.

'Het zijn jouw longen,' zeg ik.

De zware deur naar de gang zoeft dicht met een stevige klik. Ik ben dolblij dat ik van haar af ben. Ik kreeg hoofdpijn van haar – merk ik nu, want nu is het weg. Het is weg omdat zij weg is. En hier ben ik dan, ik en Mel zonder die laag-bij-de-grondse Vicks, in onze Zwarte Parel-suite, waar een grote schatkaart aan de muur hangt. Hij is zelfs ondertekend door Lord Matteo Crowley, wie dat dan ook mag wezen.

Dit is zo anders dan het Sunny View Motel, waar ik een keer met mam heb gelogeerd toen we op weg waren naar Gulfport en waar de deuren van hardboard waren gemaakt. In de badkamer zaten kakkerlakken, en het stonk er naar pis. Op het mosterdkleurige dekbed zaten vlekken. Te goor om aan te raken. Ik heb hem met mijn voeten van het bed af geduwd en alleen het dunne laken gebruikt.

Hier hebben ze superzachte katoenen lakens en glanzende mahoniehouten meubels. In de zitkamer is een breedbeeldtelevisie op een draaibare arm die in een soort kast zit, zodat je heel chic kunt besluiten om geen tv te hebben (als de kast dicht is), of juist wel. Ikzelf geef er de voorkeur aan wel een tv te hebben, maar ik laat Mel beslissen, want zij betaalt tenslotte de rekening.

Ik zou hier wel eeuwig kunnen wonen. Het ruikt hier zelfs lekker, naar spray met een frisse zeelucht. Ik laat me op mijn achterste vallen en ga achterover liggen. *Ahhhh.*

'Nou?' vraagt Mel, terwijl ze de slaapkamer in komt lopen.

'Nou wat?'

'Dat liedje dat je net zong, hoe gaat dat verder? Wie heeft Jo Jo ingeslikt?'

Ik begin te lachen. 'Nee, niet Jo Jo. Jona.' Ik rol op mijn zij en leg mijn hoofd op mijn hand. 'Het komt uit de *Veggie Tales.*'

'De *Veggie Tales*, de groentevertellingen?' herhaalt Mel.

'Wel eens gehoord van Larrie de komkommer? Archibald de asperge?'

'Ik heb geen idee waar je 't over hebt.'

'O, kom nou toch. En Bob de tomaat? Die *moet* je kennen.'

Mel knippert met haar ogen. Ik heb medelijden met haar.

'Het is een strip waarin alle figuren groenten zijn,' leg ik uit. 'Dat liedje dat ik zong komt uit de eerste film, die over Jona en de walvis gaat.'

Ik wacht even, want misschien kennen ze het bijbelverhaal van Jona en de walvis niet in Canada. Aan de andere kant... ze is joods, en joodse mensen zullen Jona toch wel kennen? Terwijl ik me dat afvraag, realiseer ik me hoe weinig ik van de godsdienst weet die Jezus zelf aanhing.

'Je kent Jona en de walvis toch wel?' vraag ik.

'Eh... jaaa.' Ze zegt het alsof ze niet zeker weet waarom ik het vraag, alsof ik haar overhoor over de kleur van de lucht of zo. 'Jona is die vent die werd ingeslikt door een walvis.'

'Ja!' zeg ik. 'Goed zo!'

Ze kijkt me bevreemd aan, en ik word rood.

'In de film noemen ze hem Jo Jo, maar hij is Jona,' zeg ik. 'Hij wordt gespeeld door Archibald.'

'De asperge.'

'Bingo!'

Mel reageert niet bepaald enthousiast. Ze ziet er eerder verward uit, alsof ze opgescheept zit met iemand die niet helemaal spoort en bloedserieus over aliens zit te praten.

'Nee echt, het is een heel grappige film,' vervolg ik. '*Veggie Tales* is helemaal wel leuk. En dat zeg ik niet omdat ik christelijk ben.'

Aangezien Mel me nog steeds zit aan te staren of ik niet goed snik ben, wou ik dat ik er nooit over begonnen was.

'Wat ik bedoel, is dat zelfs normale mensen de Veggies leuk vinden. Niet alleen ik.' Ik lach. 'Niet dat ik niet normaal ben.'

'O,' zegt Mel. Ze zucht. Dan zucht ze nog een keer.

Oké, genoeg hierover. Tijd om in actie te komen. Met een ongekende energie spring ik van het bed en rommel in mijn tas, die op de grond ligt. Ik haal er eyeliner uit, poeder, mascara, rouge, glitters, lipgloss en een doosje met drie kleuren oogschaduw: groen, lichtgroen en beige.

'Ik weet wat je nodig hebt: een makeover,' zeg ik. Ik kom overeind en klop op de rand van het bed.

Ondanks de twijfel op haar gezicht gaat ze zitten.

'Doe je ogen dicht,' zeg ik, terwijl ik naast haar ga zitten.

Ze doet wat haar is gezegd, en ik bedenk dat ze óf altijd doet wat haar wordt gezegd, óf dat ze zo in de put zit door dat hele Vicks-en-Marcogedoe dat ze niet de puf heeft ertegenin te gaan.

'Ik vind het echt vervelend dat Vicks dat gedaan heeft,' zeg ik, terwijl ik een laagje poeder op haar huid aanbreng. 'Dat met Marco, bedoel ik. Vooral nadat jullie... je weet wel.'

'Nee, ik weet niet waar je het over hebt.'

Ik schuif onrustig heen en weer. Ik wil het er niet weer over hebben, over dat zondige gedoe met jongens. 'In Robbies slaapkamer. Op het feest.'

Ze fronst haar wenkbrauwen, en daardoor valt het me op dat er hier en daar wat geëpileerd moet worden. Ik weet alleen niet of ik een pincet heb meegenomen.

'Er is niets gebeurd tussen Marco en mij, Jesse,' zegt ze. 'Hij wilde me niet eens kussen.'

'Wat? Hebben jullie niet eens *gekust*? M-maar... Ik bedoel...'

'Hij vond me walgelijk.'

'O nee, hoor,' zeg ik. 'Ik zag hoe hij naar je keek, en hij vond je absoluut niet walgelijk.'

'Waarom heeft hij dan Vicks gekozen in plaats van mij?' vraagt ze met zo'n triest gezicht dat ik de poederkwast even moet wegleggen. 'Wat is er toch mis met mij?'

Ik sla mijn armen om haar heen en zeg: 'Niets! Het slaat nergens op. Maar... denk er gewoon niet aan, wil je? Vicks had het niet mogen doen. Vicks heeft het behoorlijk verknald.'

'Ze was dronken,' zegt Mel.

'Dat doet er niet toe.' Ik knijp in haar magere schouders, laat haar dan los en haal het dopje van de blauwe eyeliner. Dan trek ik een heel dun lijntje boven haar wimpers.

'Mensen zijn zichzelf niet als ze dronken zijn,' zegt Mel. 'Misschien... Ach, ik weet het niet. Misschien miste ze Brady.'

'Bedoel je dat ze troost zocht bij Marco?'

'Ja, en het is nou ook weer niet zo dat hij van mij is,' zegt Mel. 'We hadden geen verkering. Ik kan niet kwaad zijn op Vicks omdat ze iets heeft gedaan wat ik ook wilde.'

'Ja, dat kun je wel,' zeg ik.

'Ik voel me zo *stom*. Toen hij opbelde, was ik zo opgewonden. Omdat ik... Oh my God! Omdat ik dacht dat hij voor mij belde. Ik dacht dat hij met *mij* wilde praten.'

'Maar hij wilde ook met jou praten,' zeg ik. 'Hij dacht dat ik Vicks was, maar hij wilde met *jou* praten.'

'Echt waar?'

'"Kan ik met Mel praten?" vroeg hij. En ik was ook van plan hem je te geven, als het niet ineens uit was gekomen dat Vicks de hoer had uitgehangen.'

Mel kijkt naar me op. Dankzij de eyeliner zijn haar ogen blauwer dan ooit. Daarna richt ze haar blik weer naar beneden. 'Geeft niet.'

'Ja, het geeft wel,' zeg ik. Ik had zo graag lekker vrolijk op het bed willen blijven springen, maar dat zit er verdorie niet in. 'Je hoeft niet alles goed te praten, Mel. Mensen liegen en bedriegen. Mensen belazeren hun vrienden. Dat hoef je niet te pikken.'

Ze kijkt me zo indringend aan dat ik een steek in mijn maag voel, omdat ik mijn vrienden ook niet bepaald goed heb behandeld. Maar ik ben niet degene die terechtgewezen moet worden. Nee, ik niet. En ik ga mam niet bellen, ik ga haar niet bellen.

'Nu niet langer fronsen,' zeg ik tegen Mel. 'Kijk even omhoog.'

Ze doet het, en dan trek ik onder aan haar oog een lijntje. Daarna breng ik lichtgroene oogschaduw aan aan de binnenkant van het ooglid en donkerder groen aan de buitenkant en in de huidplooi. Groene oogschaduw staat niet bij iedereen. Wel bij Mel. Als ik dan ook nog met een dikke borstel mascara aanbreng, zien haar ogen er schitterend uit.

'Jesse...' zegt ze.

'Stt,' zeg ik. 'Hou je mond stil.' Met mijn pink smeer ik de aardbeikleurige lipgloss over haar lippen uit. Het is een beetje verontrustend om haar zo intiem aan te raken. Niet dat het is van *o, Mel, ik wil je kussen,* het is alleen... Ach, ik weet het niet. Ze is zo anders dan ik.

'Zo,' zeg ik, nadat ik een tipje babyroze op haar jukbeenderen heb gesmeerd. 'Ga maar in de spiegel kijken.'

Elk ander meisje zou de badkamer in zijn gestormd. Zij niet, jammer genoeg. Want ik wil dat ze ziet wat ik heb gedaan en ik wil dat ze het fantastisch vindt. In plaats daarvan trekt ze haar benen naar haar borst en slaat ze haar armen om haar schenen. Met één wang op haar knie kijkt ze uit het raam.

'Stopt het ooit nog?' vraagt ze.

'De regen? Ja, natuurlijk.'

Ze kijkt niet overtuigd, dus wip ik van het bed, pak de afstandsbediening en zet het weerbericht aan. We luisteren even naar een man die naar kaarten wijst en over kilometers per uur praat, en dan zet ik hem weer uit.

'Zie je? We krijgen het flink voor onze kiezen, maar het trekt wel over.' Ze zucht.

'Regent het nooit zo in Canada?' vraag ik. Wat een idee – geen regen. Daar zou ik zo helemaal achter kunnen staan. Alleen zou ik het wel missen waarschijnlijk.

'Jawel,' zegt Mel. Ze legt haar wang tegen haar andere knie, zodat ze nu mij aankijkt. Zonder erbij na te denken doe ik haar na. We zijn net twee aapjes die op bed zitten, benen opgetrokken, gezichten maar een paar centimeter van elkaar. De regen roffelt en roffelt tegen het raam. Het bliksemt en het dondert.

'Heb je wel eens een echte orkaan meegemaakt?' vraagt ze.

'Natuurlijk,' antwoord ik. 'En als je lang genoeg in Florida blijft wonen, maak jij het ook mee.'

Ze grijnst alsof ze het *geweldig* vindt. 'Hoe was dat?'

Ik wil er eigenlijk niet over praten... maar ik wil haar ook niet afwimpelen.

'In de ergste werd onze woonwagen weggeblazen,' vertel ik. 'Niet de woonwagen die we nu hebben, maar die daarvoor.' Ik doe *pffff* met mijn mond. 'Ook een waardeloos geval, dus dat was geen groot verlies.'

'Was je binnen toen hij wegwoei?'

Ik schud mijn hoofd. 'Er werd de hele dag gewaarschuwd, dus had mam het zo geregeld dat MeeMaw me van school haalde en mee naar haar huis nam.'

'Hoe oud was je toen?'

'Negen.' *Ik zat in groep vijf. Het was het jaar waarin Sissy Roberts zei dat ik lelijke teennagels had. Het jaar waarin mam het uitmaakte met Earl, die stonk, en iets met Darren begon, die ik weet niet hoeveel pistolen had. R.D. met zijn chauffeurscafé was nog lang niet in zicht.*

'Was je bang?' wil Mel weten.

'Neuh,' zeg ik. 'Ik bedoel, ja, maar vooral voor mijn moeder, omdat ze vastzat in de hondensalon. De alarmsirene ging af. Ken je dat? Dat betekent dat niemand weg mag tot ze het signaal geven dat het veilig is. Afijn, mam kon niet bellen omdat de elektriciteit was uitgevallen, dus maakten MeeMaw en ik ons zorgen, ook al wisten we dat er waarschijnlijk niets aan de hand was met haar.'

'En was er niets aan de hand?'

'Nee. Ze belde toen de telefoons het weer deden en wilde weten –' O, lieve hemel, nu komt het.

Mel wacht af.

Ik voel een brok in mijn keel, wat stom is. Dit is oud nieuws, dus waarom zou ik nog emotioneel worden?

'We hadden een hond,' vertel ik haar dan. 'Een cockerspaniël die achtergelaten was, volgens mam. Aangezien de eigenaren naar een andere staat verhuisd waren, was ze van ons.'

'O nee,' zegt Mel.

'Ze zat opgesloten in haar hok, omdat ze overal in beet als we er niet waren.'

'O, Jesse.'

'Dus... ja.' Ik herinner me de waterplekken op ons behang toen mam en ik alles gingen opruimen. De plekken zaten tot boven de oven, tot boven de bedbank waarop ik sliep. Al die troep. Natte tijdschriften en cornflakesdozen. Dikke doorweekte pakken toiletpapier.

Mel legt haar hand op de mijne. 'Is ze...?'

In gedachten heb ik het te vaak voor me gezien: haar krabbende nagels, haar neus die zo ver mogelijk omhoogsteekt. Bang en alleen. Het water dat stijgt.

Ik haal mijn hand over mijn gezicht, omdat er nu toch niets meer aan te doen valt. 'Het is al goed,' zeg ik. 'Het is al goed.'

'Nee,' zegt ze hoofdschuddend. 'Niet alles is goed, Jesse.'

Ze slingert me mijn eigen woorden in mijn gezicht. Dit petieterige meisje met haar designerteenslippers, dat doodsbang is voor een opgezette alligator en nog geen orkaan van een donut weet te onderscheiden, dat gooit me mijn eigen woorden voor de voeten. Ze moet zich zo opgelaten als de pest voelen, maar ze doet niet net alsof er niets aan de hand is.

'Hoe heette ze?' vraagt ze.

'Sunny.'

'Weet Vicks ervan?'

'Huh?'

'Laat maar. Ik vroeg het me gewoon af.'

Ik denk erover na en realiseer me dat ik Vicks nooit heb verteld over Sunny. Waarschijnlijk omdat het makkelijker is om Vicks de leuke dingen te vertellen dan de vervelende. Zou dat aan mij liggen of aan haar?

Er klinkt een zoemgeluid en een klik, en de deur gaat open. *Als je het over de duivel hebt...*

Vicks komt binnenlopen, werpt een blik op Mels opgemaakte gezicht en zegt: 'Kind, wat is er met *jou* gebeurd?'

Ik sta snel op, omdat ik *niet* wil dat Vicks ziet dat ik bijna in tranen ben.

'Ik heb honger,' zeg ik. 'Jij ook? Ik denk dat ik wat snacks ga halen.'

'Of,' zegt Mel, die bezorgd kijkt bij het vooruitzicht alleen met Vicks achter te blijven, 'we kunnen roomservice bestellen.'

'Haal een zak paprikachips,' zegt Vicks tegen me. 'En een paar cherry Cokes.'

Ik zeg noch 'ja' noch 'nee' en loop langs haar de deur uit.

'En, eh... zorg dat je het op rekening van de kamer zet,' roept Mel me na.

In de gang, die ruim is en bleekgoud van kleur en vol hangt met piratenvlaggen, wacht ik even om bij te komen. Mijn gezicht is verhit. Ik probeer Vicks daar de schuld van te geven, maar dat lukt niet echt, niet zo goed als eerst.

Haar telefoon zit nog steeds in mijn zak, van toen Marco belde. Hij voelt aan als een harde, onnatuurlijke bobbel, en ik vraag me af of ik ooit zelf een mobiele telefoon zal hebben. Ik vraag me ook af wat Marco had willen zeggen. Tegen Mel.

De film van de *Veggie Tales* over Jona schiet me weer te binnen. Ik zag hem op een zondag, toen ik vrijwilligerswerk deed in de kerk, en hij is ongelogen heel goed. De onverdraagzame Jona, die door God naar de mensen – of in dit geval de sperziebonen – van de stad Ninivé wordt gestuurd om hen te waarschuwen dat ze zich moeten bekeren als ze niet vernietigd willen worden, komt tot inkeer en besluit, in plaats van de sperzies te verdoemen, ze te helpen.

Nou, als asperges opeens tolerant kunnen zijn, kan ik het ook. Ik pak Vicks' mobiel en kijk naar de laatste paar binnengekomen telefoontjes. Ik kies het allerlaatste nummer, het vijf-vijf-vijf-enzovoortnummer, en wend mijn ogen af van het bekende hondensalonnummer dat eronder staat.

'Hai, Marco,' zeg ik. 'Met Jesse.'

Hij begint te stotteren, omdat hij verwacht dat ik weer tegen hem tekeer zal gaan, maar dat is nu niet aan de orde. Nee, waar het nu om gaat, is dat Mel een prima meid is die wel een beetje mededogen verdient.

20 Vicks

Zodra Jesse de kamer uit is, begin ik te praten. 'Ik weet dat je niet met me wilt praten, maar ik moet je iets uitleggen,' zeg ik tegen Mel. Ze steekt haar hand in de lucht alsof ze me niet wil horen, maar ik ga gewoon door. 'Je hebt Jesse iets horen zeggen door de telefoon, en daarna zei ik iets stoms en ging je ervandoor in de stromende regen nog voor ik je kon vertellen *dat ik het gisteravond heb uitgemaakt met mijn vriend.*'

'Wat?'

'Ik heb het uitgemaakt met Brady.'

'Nee.'

'Gisteravond laat was Jesse zo geïrriteerd dat we dronken waren en zat ze weer zo te zaniken over dat ik naar bed was geweest met Brady, dat ik de kans niet kreeg om het haar te vertellen.'

'Maar je klonk zo gelukkig toen je het met Ms. Fix over hem had.'

'Ik kan goed liegen.'

'Heeft hij je gebeld of zo?'

Mijn ogen beginnen vochtig te worden. 'Ik wist dat ik deze reis niet had moeten maken. Hij wil me nooit meer zien en heeft waarschijnlijk een cheerleader aan de haak geslagen.'

'Heeft hij *gezegd* dat hij je nooit meer wil zien?' vraagt Mel dan.

'Dat was niet nodig.'

Ze kijkt me recht aan. 'Hoe lang hebben jullie verkering gehad?'

'Het zou 16 september een jaar zijn geweest.' Ik begin te snotteren omdat ik weet dat Mel eigenlijk woedend op me is en toch met me meeleeft. Ik kan er niet tegen dat ze zo aardig is terwijl ik me als een hoer heb gedragen.

Ik laat me met mijn gezicht naar beneden op het bed vallen en druk mijn neus in het laken. Ik snuif de geur op en probeer niet te huilen.

Mel zegt niets.

'Zou je het erg vinden om...' snik ik.

'O, sorry.' Ze maakt aanstalten om weg te gaan.

'Nee, zou je het erg vinden om een steak voor me te kopen?' vraag ik. Ik voel me trillerig. Niet alleen van de kater, maar ook doordat ik te veel suiker en cafeïne naar binnen heb gekregen. 'Ik kan wel iets echts te eten gebruiken.'

'Eh... natuurlijk. Ik ga even mijn portemonnee pakken, dan kunnen we daarna naar beneden gaan.'

'Je mag nog wel kwaad op me blijven,' grap ik, terwijl ik naar de badkamer loop om koud water tegen mijn gezicht te plenzen. 'Het enige wat je hoeft te doen, is me voeden.'

'Het is al goed. Ik hoor niet kwaad te zijn. Ik heb geen recht om kwaad te zijn.' Mel pakt haar tas. 'Ik ben niet kwaad.'

'Je bent kwaad. Je bent uit de auto gesprongen. Je wilde me bijna niet in de kamer laten. En ik mocht niet tegen je praten.'

'Wacht even,' zegt Mel. 'Ik laat een briefje achter voor Jesse.' Ze pakt een pen en schrijft iets op een blokje van het hotel.

'Je bent kwaad,' herhaal ik.

Mel reageert niet.

'Mag ik iets uitleggen?' vraag ik.

'Ik wil het er niet over hebben.'

We gaan de kamer uit en lopen via de lange gang naar de lift.

Ik kan er niet niet over praten. 'Er is niets gebeurd tussen Marco en mij.'

'O. Oké,' zegt ze met effen stem.

'Ik kon het niet uitleggen toen Jesse nog in de kamer was.' De lift komt eraan en we gaan naar beneden, naar de lobby. 'Nog geen tien minuten voor Marco belde was ze nog superblij dat ik haar moeder had afgewimpeld, maar daarna keerde ze zich tegen me. En als Jesse zich eenmaal tegen je keert, vertikt ze het net zo lang om naar je te luisteren tot ze er klaar voor is. Je hebt zelf gezien dat ze over de rooie ging omdat ik geen maagd meer ben. Het is zo waardeloos. We zouden ons zorgen moeten maken om orkanen en geld en dat mensen hongerlijden, verdomme, in plaats van ons er druk om te maken dat iemand geen maagd meer is, want daar kun je toch niets meer aan veranderen.'

Onder het praten lopen Mel en ik door de lobby van het hotel en volgen we borden waarop staat JOLLY ROGER, CULI-RESTAURANT. We lopen door een dubbele deur en komen in een gigantische hal, die een beetje nevelig is. In de hal is een baai nagebouwd. Op het water drijft een vrij groot piratenschip, compleet met een vlag met een doodshoofd en gekruiste beenderen en grote schatkisten die vol zitten met namaakgeld. Ik hoor krekels en zie een kleine zwarte speaker die in de bosjes verstopt zit.

Het is prachtig. We kunnen de storm horen die tegen het dak van de hal raast, maar hierbinnen is het lekker warm, en de baai ligt er rustig bij. Zonder iets te zeggen lopen we over een kleine houten brug. Een hostess met een haak in plaats van een linkerhand wijst ons een tafeltje op het dek van de boot. Over de rand heen kan ik het water zien.

Ik wacht nog steeds tot Mel interesse toont voor mijn uitleg.

Tot ze tegen me begint te schreeuwen of vragen gaat stellen.

Hoe kan het nou dat het haar niets kan schelen?

Hoe kan het nou dat ze niet kwaad is?

'Er is niets gebeurd tussen Marco en mij,' zeg ik weer.

Ze knikt wel, maar ze is helemaal gefixeerd op de menukaart.

'Nadat jij naar bed bent gegaan, heb ik met Brady gepraat en hebben we het uitgemaakt.' Ik ga er niet verder op in, omdat ik dat te moeilijk vind. 'Daarna heb ik geprobeerd Marco te versieren. Ik wilde hem kussen.'

'O.' Mel legt de menukaart neer. 'Ik dacht dat je zei dat er niets was gebeurd.'

'Dat is ook zo. Ik was zo kwaad op Brady. Ik bedoel, het ging niet om Marco. En het ging ook niet om jou. Ik wilde... Ik wilde het Brady betaald zetten. Of mezelf bewijzen dat alle jongens vreemdgaan of zo. En ik was zo... zo dronken – je weet zelf wel hoeveel bier en wijn we gedronken hebben. En we hadden niets meer gegeten na die hotdogs. Nou ja, hoe dan ook, ik had het er met Marco over dat je op safari was geweest en –'

De ober komt eraan. Hij is minstens 95 jaar oud en draagt een groen met geel gestreept hesje, een zwarte piratenhoed en een ooglap. Op zijn naamkaartje staat dat hij Eli Weinberger heet. Hij somt op wat voor speciale lunchgerechten ze hebben en zegt dat hij ons brood zal brengen. Mel bestelt duur mineraalwater in plaats van gewoon kraanwater.

Als Eli weg is, kijk ik haar alleen maar aan.

Als het brood komt, neemt Mel een stukje, maar ze eet het niet op. 'Wat gebeurde er na de safari?' vraagt ze ten slotte.

'Ik heb hem proberen te versieren. Echt waar. En dat is zo shit, want ik wist dat je hem leuk vond. Ik was het echt, echt niet van plan. Ik zou nooit een jongen proberen te versieren die mijn vriendin leuk vindt. Ik wou juist naar het feest omdat ik zag dat hij jou ook leuk vond. Echt, ik weet niet wat me bezielde.'

'O.'

'Hij duwde me weg. We hebben niet eens gekust, Mel, dat zweer ik je. Het was gewoon iets stoms wat ik deed doordat ik dronken was. Het spijt me echt verschrikkelijk.' Ik kijk naar mijn hand en zie dat ik een balletje van het brood heb gedraaid. 'Meestal ben ik niet zo'n slechte vriendin. Ik werd gewoon stomdronken en ik voelde me rot en –'

Eli Weinberger komt terug, en we bestellen. Ik neem een steak met gebakken aardappelen en knoflookspinazie. Mel bestelt een salade.

'Ik geloof dat ik van mijn leven geen bier meer drink,' zeg ik. 'En ook geen wijn. Zelfs geen licht bier.'

'Het geeft niet,' zegt Mel.

'Het geeft wel. Ik voel me kut.'

'Ik kan niet kwaad op je zijn om iets wat ik zelf ook heb gedaan.'

'Hè?'

'Ik heb hem zelf ook proberen te versieren. Hij was leuk. Ik bedoel, hij *is* leuk. Er zitten waarschijnlijk iedere dag meisjes achter hem aan.'

Mel is veel te aardig. Ik bedoel, ik voel me een slechte vriendin en een slet om wat ik heb gedaan, zelfs al had ik er een *reden* voor, en ik verwacht niet van haar dat ze dat pikt. Geen van mijn broers zou dat doen. Als een van Jays vrienden een meisje zou versieren dat hij leuk vond, zou hij met dingen gaan smijten. Steve en Joe junior zouden die gozer uitschelden. Penn zou hem vernietigend aankijken en doodzwijgen. En Tully zou hem op zijn bek slaan.

'Ik wist dat je hem leuk vond,' zeg ik tegen Mel. 'Het was superlullig van me. En ik weet dat je van streek bent, anders was je de auto niet uit gegaan.'

Ze haalt haar schouders op en kijkt naar haar brood, en ik weet dat ze daarmee wil zeggen dat het oké is... Maar als ik het goed zie, zijn we hierna geen vriendinnen meer. Ze gaat haar baan bij de Waffle opzeggen, en dat is het dan.

'Sla me,' zeg ik tot mijn eigen verbazing.

'Wat?'

'Sla me. Kom op. Nu.'

'Je bent gek, Vicks.'

'Nee, dat ben ik niet. Als je een jongen was geweest, had je me geslagen. Omdat ik had zitten flikflooien met een meisje dat jij leuk vond. Of met een jongen. Of wat dan ook. Als je een jongen was geweest, had je me een kaakslag verkocht. Toch?'

Ze fronst haar voorhoofd. 'Misschien als ik een cowboy was geweest.'

'Niet een cowboy. Gewoon, een gozer die kwaad is.'

'Misschien als ik een piraat was geweest. Niet een gewone jongen.'

'Oké, dan ben je een piratencowboy. Je zei net dat je kwaad was.'

'Dat heb ik niet gezegd.'

'Jawel, dat zei je wel. Je zei dat je me zou slaan als je een piratencowboy zou zijn. Dus moet je me slaan.'

'Ik zei "misschien". Ik ben niet kwaad op je, Vicks. Ik ben

alleen... kwaad op mezelf.'

'Waarom?'

Mel zucht. 'Omdat ik dacht dat je mijn vriendin was. Omdat ik je vertrouwde.'

'Niet doen,' snauw ik. 'Dat is de lulligste belediging die ik ooit heb gehoord.'

'Nee, ik –'

'Dus volgens jou ben ik niet te vertrouwen? Goed, dat heb ik waarschijnlijk verdiend. Maar kom me niet aan met dat ik je vriendin niet meer ben terwijl je tegelijkertijd doet alsof je niet kwaad op me bent, want dat is belachelijk.'

Ik haal diep adem en vervolg: 'Ik heb er een puinhoop van gemaakt, Mel. Echt waar. Maar dat wil niet zeggen dat ik niet je vriendin ben. Jezus, geef me nou een lel en hou op met die ik-ben-kwaad-op-mezelf-onzin.' Ik ga staan en loop naar haar kant van de tafel. 'Kom op,' zeg ik. 'Ga staan.'

'Vicks.'

'Als je me niet slaat, kun je het nooit achter je laten. Geloof me nou maar.'

'Ik sla je niet,' zegt ze.

'Kom op, joh. Ik ben twee keer zo groot als jij. Dus zoveel kun je nou ook weer niet uitrichten.'

'We zijn in een restaurant. Ga zitten, wil je?'

'Nee. Sla me.'

'Hou op!'

'Ik hou niet op. Er is iets rots gebeurd, en daar moet je iets aan doen.' Mensen kijken naar ons. 'Kom op,' zeg ik. 'Old Joe zou me slaan. Old Joe zou willen dat *jij* me slaat.'

'Ga zitten!' Haar hoofd loopt rood aan.

'Nee!' Mensen wijzen nu naar ons, maar dat kan me niets schelen.

'Vicks!'

Ik begin te schreeuwen. 'Ik ga niet zitten! Kom voor jezelf op!'

En net als ik het niet meer verwacht, gaat Mel staan en haalt naar me uit. Doordat ze zo klein is, lijkt het meer alsof ze me van onderaf een stomp tegen mijn kaak geeft. Mijn tanden klappen tegen elkaar en mijn hoofd slaat achterover. Ik wankel achteruit en bots tegen de lege tafel achter me. Het tafelzilver begint te schuiven.

Ik kijk naar Mel, die met grote ogen terugkijkt. Ze doet haar hand voor haar mond, en ik denk: die gaat huilen – maar dan zie ik dat ze lacht en begin ik ook te lachen.

Eli Weinberger komt eraan geschuifeld, op de voet gevolgd door een bebrilde, pukkelige jonge vrouw met een bandana om haar hoofd en een namaakpapegaai op haar schouder. Op haar naamkaartje staat: ASHLEY HARRISON, MANAGER. 'Ik moet u vragen te vertrekken,' zegt Ashley. 'We voeren hier een geweldloos beleid.'

Ik proef bloed. Bloed ik?

We worden het restaurant uit gegooid.

Dit is echt badass.

We worden het restaurant uit gegooid door een over-over-grootvader en een meisje met een namaakpapegaai op haar schouder.

Maar toch.

'Oké,' zeg ik. 'Mel, we moeten opstappen.'

Ze knikt en veegt de tranen van het lachen van haar gezicht.

'We gaan,' zeg ik tegen Ashley Harrison. 'Ze moet alleen haar tas nog pakken.'

Mel vist haar tas onder de tafel vandaan. Daarna recht ze

haar rug. 'Zeg de bestelling niet af,' zegt ze tegen Eli Weinberger. 'Zou u hem naar onze kamer kunnen laten brengen?'

'Uiteraard,' zegt hij.

'O, eh,' voegt Mel eraan toe, 'zou u de bestelling kunnen veranderen in drie steaks, medium gebakken, en er in de schil gekookte aardappelen met roomsaus bij kunnen doen?'

'Natuurlijk,' zegt Eli.

'Bedankt. We zitten in suite 302.' Daarna steekt ze haar kinnetje in de lucht en loopt het restaurant uit.

Ik volg, mijn lippen stijf op elkaar.

Zodra we het restaurant uit zijn, rennen we door de lobby en laten ons bijna hysterisch lachend tegen de dubbele deuren van de lift zakken. 'Ongelooflijk dat ik je geslagen heb,' zegt Mel als ze bij is gekomen. 'Het spijt me.'

'Je hoeft geen spijt te hebben,' zeg ik.

'Oké, goed... want zoveel spijt heb ik niet.'

'Dat dacht ik al.' Ik schud mijn hoofd.

'Maar gaat het wel goed met je?'

Ik wrijf over mijn kaak. 'Ik overleef het wel. Ik heb toch geen vriend meer op wie ik indruk hoef te maken, dus het maakt niet uit als mijn gezicht opzwelt.'

'Ik moest zo lachen toen ze zei "We voeren hier een geweldloos beleid",' zegt Mel giechelend terwijl we in de lift stappen.

'We zijn van een piratenschip gegooid!'

'Ja, te gek, hè!'

'Jack Sparrow, jij en ik horen bij elkaar!' roep ik.

'Wat zijn we toch badass,' zegt Mel.

'Arme Eli Weinberger,' verzucht ik.

'Ja, arme Eli Weinberger,' zegt ook Mel. 'Maar ik heb een fooi voor 'm op tafel gelegd.'

'Je ziet er knap uit met die make-up,' laat ik haar weten.

'Ik deed alleen zo flauw omdat ik wist dat Jesse het had opgebracht.'

'Jullie moeten het weer goedmaken. Jullie hebben geluk dat jullie elkaar hebben,' zegt ze een beetje triest. 'Laat dat seks-Godgedoe toch zitten.'

'Als het gaat om wie hier de grootste seksgod is, weet ik wel wie er wint,' grap ik.

'O, hou je kop.'

'Ik heb het trouwens liever over "seksgodin",' zeg ik.

'Of over "piraat/seksgodin".'

'Kan ook.'

Mel glimlacht. 'Met een goddelijk kontje?'

Ik lach. 'Met een uitzonderlijk goddelijk kontje. Fijn dat jij dat ook vindt.'

21 Mel

Ik kan niet geloven dat ik haar geslagen heb. Ik bedoel, stel je voor. Ik heb haar geslagen! Vicks! In haar gezicht! Paf! Net alsof ik in een stripverhaal meespeelde. Paf tegen haar kaak! Overal sterretjes. Oké dan, geen sterretjes.

Maar het voelde goed. Zowel dat ik mijn woede kon luchten als dat ze het belangrijk vond dat ik haar vergaf.

Maar goed, ik vind het moeilijk om kwaad op haar te zijn omdat ze Marco probeerde te versieren nu ik weet dat ze van streek was doordat het uit was met Brady. Het is moeilijk om mensen slecht te vinden als je weet waarom ze iets deden, denk ik.

En misschien maken vrienden, zelfs echte vrienden, fouten.

Vicks en ik liggen op onze buik op het kingsizebed naar de tv te kijken met het volume flink hard om het geluid van de hamerende regen buiten te sluiten als we drie keer hard horen kloppen op de deur van de suite.

'Ha, lekker,' zegt Vicks, terwijl ze het geluid met de afstandsbediening uitzet. 'Ik hoop dat ze er ook roomsaus bij hebben gedaan.'

Ik laat me van het bed glijden, loop naar de deur en vraag: 'Wie is daar?' Ik kijk door het kijkgaatje in de verwachting ober Eli te zien. En als het Eli niet is, dan wel iemand anders die als piraat verkleed is.

Het is Eli niet. Het is Jesse. Haar gezicht is rood, haar ogen zijn tot spleetjes geknepen en ze kijkt kwaad.

O o. Snel doe ik de deur open.

Ze loopt langs me heen met drie blikjes fris in haar handen. Daarbovenop ligt een zak chips. 'En nog hartelijk bedankt,' moppert ze terwijl ze de spullen op de salontafel in de zitkamer deponeert.

'Waarvoor?' vraag ik.

'Waarvoor?' bauwt ze me na. Ze laat zich in een van de roodfluwelen stoelen vallen. 'Voor het feit dat jullie ervandoor zijn gegaan! Wat was er aan de hand? Waar zijn jullie naartoe gegaan? Ik ben even eten gaan halen en kom terug en dan zijn jullie weg!'

Vicks zet de tv in de slaapkamer uit en loopt op het eten af. Ze posteert zich op de bank en scheurt de zak chips open. 'We hebben een briefje voor je achtergelaten,' zegt ze, terwijl ze een chipsje in haar mond steekt. 'Waarom heb je barbecuechips genomen? Ik had toch gezegd paprika?'

'Heb je het briefje gezien?' vraag ik. Ik wijs naar het bijzettafeltje. Het briefje ligt er nog net zo als ik het had achtergelaten.

Jesse heeft haar armen over elkaar geslagen. 'Hoe had ik dat moeten zien? De deur was dicht.'

'Waarom ben je niet naar binnen gegaan?' vraag ik.

'Omdat ik geen sleutel had!'

'O.'

'Ik heb als een idioot staan kloppen,' zegt ze met een stem die bij ieder woord hoger wordt, 'maar niemand deed open. Dus toen dacht ik dat jullie me niet konden horen en ben ik harder gaan kloppen, tot ik me bedacht dat jullie misschien even weg waren. Toen ben ik naast de deur gaan zitten. Om te wachten. En daarna ben ik naar beneden gegaan om een extra sleutel te vragen, maar die wilden ze niet geven. Dus heb ik naar boven gebeld en een boodschap ingesproken...'

Ik zie een rood lichtje knipperen op de telefoon.

'...om te zeggen dat ik bij de giftshop was en of jullie me op wilden komen halen. Wat jullie niet hebben gedaan. Nog bedankt daarvoor. Hartelijk bedankt. Bedankt dat jullie me hebben laten barsten.'

'Het spijt ons heel, heel erg,' zeg ik, naar haar toe lopend. 'We wilden je niet laten barsten. Vicks had trek in een steak en –'

'Zijn jullie gaan eten? Terwijl ik eten was gaan halen?'

'Het spijt ons, het spijt ons. Kun je nu gewoon relaxed doen?' vraagt Vicks.

Dat had ze waarschijnlijk beter niet kunnen zeggen, want Jesse pakt een blikje Coke en smijt het naar haar toe, rakelings langs haar hoofd. Met een plof belandt het blikje op het tapijt.

Wow. Ik denk dat een zeker iemand wel een bezoekje aan mijn psychotherapeut Dr. Kaplan kan gebruiken.

'Ben je niet goed bij je hoofd?' gilt Vicks.

Alle drie kijken we elkaar aan – Vicks en ik naar Jesse, Jesse naar Vicks. Het is een soort krachtmeting.

'Ik heb Vicks in haar gezicht geslagen,' zeg ik.

Met een wezenloze uitdrukking op haar gezicht kijkt Jesse me aan; blijkbaar begrijpt ze niet wat ik net heb gezegd.

'Dat is waar,' zegt Vicks, terwijl ze haar hand naar haar kaak brengt. 'Dat heeft ze inderdaad gedaan. Ik heb gezegd dat ze het moest doen. Wil jij me ook slaan? Of wil je alleen de Diet Sprite ook nog naar me toe gooien?'

Jesse heeft het fatsoen om gegeneerd te kijken.

'Jammer voor je,' vervolgt Vicks. 'Want het aanbod is eenmalig.'

'Vicks wilde dat ik mijn woede uitte,' leg ik haar uit.

Jesse staat op uit de stoel. 'Misschien... Misschien moet ik mijn woede ook uiten.'

Vicks steekt haar hand op, die vies is van de barbecuechips. 'Te laat. Het aanbod geldt niet langer.'

'Goed, dan blijf ik gewoon kwaad op je,' zegt Jesse. Ze laat zich terugzakken in de stoel. Bedriegster,' moppert ze.

'Nou,' zegt Vicks, 'dan heb ik een nieuwtje voor je. Ik heb geen vriend meer die ik kan bedriegen. Ik heb het uitgemaakt met Brady.'

Geschrokken vraagt Jesse: 'Is dat zo? Wanneer?'

'Gisteravond.'

'Waarom?' vraagt ze, aan één stuk door met haar ogen knipperend.

'Omdat het niet meer ging. Ik wil niet *dat* meisje zijn.'

'Wat voor meisje? Dat meisje met die geweldige vriend?'

'Nee, dat meisje dat achter een jongen aan zit die niet in haar geïnteresseerd is en dat zichzelf belachelijk maakt.'

'O jee. Oké. Ben je –'

Er wordt twee keer op de deur geklopt.

'Roomservice!' roept een man.

Ik spring op om de deur open te doen. Een vent in een rode pofbroek, kniehoge laarzen en een zwarte piratendoek die om zijn hoofd geknoopt zit, rolt een met wit linnen gedekte trolley de kamer in. Er staan drie zilveren borden op met bijpassend zilveren bestek en een paar zilveren schalen. Bij de geur van rood vlees loopt het water me in de mond.

'Zet de spullen na het eten maar op de gang, dan worden ze opgehaald,' zegt de man.

Ik teken en doe er een flinke fooi bij.

'Dank u.' Ik doe de deur achter hem dicht.

'Wat heb je besteld?' wil Jesse weten.

'Drie steaks. Voor ieder één.'

'O. Dat is –'

De lichten gaan uit. Net als het geluid van de tv en het gezoem van de airconditioning. Ik schreeuw.

'Niets aan de hand,' stelt Vicks me gerust. 'De elektriciteit is uitgevallen vanwege de regen.'

De kamer is aardedonker. Ik kijk naar de rode nummers op de klok om me te oriënteren – de klok zal wel batterijen hebben – en kijk dan langzaam om me heen. Daar is de bank waar Vicks op zit. Daar de trolley die de ober naar binnen heeft gerold. Daar de deur naar de slaapkamer. Licht sijpelt door een opening in het gordijn.

'Misschien is het een teken van God,' oppert Jesse.

'Denk je dat echt?' vraag ik. Ik ga naast haar zitten.

'Of ik echt geloof dat het een teken is?'

'Ja. Denk je dat het een teken van God is als de lichten uitgaan?'

'Misschien. Misschien probeert hij ons iets te zeggen.' Ze wacht even en zegt dan: 'Jij gelooft toch ook in God? Ik bedoel, joden geloven toch in God?' Onzeker kijkt ze me aan. 'Toch?'

Ik begin bijna te lachen, maar hou me in. 'Ja, joden geloven in God. Alleen... weet ik niet wat ik geloof.' Ik denk even na. 'Ik geloof niet *niet* in God. Ik weet het niet. Het is alleen zo dat er... zo veel nare dingen in de wereld gebeuren dat er geen God kan zijn, toch?'

Zoals orkanen die zo hevig zijn dat ze woonwagens van mensen wegblazen.

Jesse schudt haar hoofd. 'God heeft een plan met ons. Maar het kan zijn dat we op de verkeerde weg zitten... Dat we ons onbewust tegen Gods plan verzetten... en dat er daarom soms vervelende dingen gebeuren.'

'Wow. Wat klinkt ze zeker van zichzelf. Ik sla mijn armen om mijn knieën. 'Ik weet niet of ik wel in zo'n plan geloof,' zeg ik voorzichtig. 'Waar geloof je dan wel in?' vraagt ze.

'O, in de vrije wil of zo. Ik bedoel, als ik niet dronken was geworden, had ik mezelf niet compleet voor schut gezet en zou ik misschien nog met Marco praten.' Ik trek een gezicht. 'Mijn schuld. Niet die van God.'

Vicks lacht. 'Goed gezegd.' Ze opent de gordijnen om het kleine beetje licht dat er is binnen te laten. 'Kunnen we nu dan gaan eten?'

'Yes!' roept Jesse uit.

Ik vraag me af of dit wil zeggen dat ze een wapenstilstand hebben gesloten. Een Vicks-heeft-het-uitgemaakt-met haar-vriendje-en we-zitten-zonder-stroom-wapenstilstand.

Ik haal de zilveren deksels weg en geef het eten en het bestek door. De messen hebben de vorm van kleine zwaarden, wat lachen is. Vicks zwiept met de hare door de lucht en roept: 'Tsch! Tsch!'

Ondertussen ben ik met mijn gedachten nog steeds bij God. Ik wou dat ik geloofde dat God tekens geeft. Ik wou dat ik op dezelfde manier in God geloofde als Jesse. Hoewel Jesses God een beetje... hard is. Maar dat neemt niet weg dat het leven een stuk minder eng zou zijn als ik zou geloven dat iemand op me paste.

Ik vouw mijn servet uit over mijn schoot. Jesse doet het ook.

'Kan iemand me een Coke geven?' vraagt ze.

'Pak dat blikje maar dat je naar me toe hebt gegooid,' zegt Vicks.

'Voorzichtig,' waarschuw ik. 'Ik ken iemand die een fles Perrier opende die door elkaar was geschud. Hij knalde uit elkaar en kwam in haar oog terecht.'

Jesse huivert. 'Ai. Was dat een vriendin van je?'

'Een vriendin van de huishoudster.' Zodra ik de woorden heb gezegd, kan ik wel door de grond zakken.

'Hebben jullie een huishoudster?' vraagt Jesse. Ze gebruikt haar zwaard om haar steak mee te snijden en steekt een stuk vlees in haar mond.

'Ja.' Nu zal ze wel weer een preek afsteken over dat rijke mensen niet naar de hemel gaan. 'Ze woont bij ons in,' voeg ik eraan toe om maar gelijk alles te vertellen.

Ze kauwt, slikt en zegt dan: 'Wat een mazzel.'

'Kookt ze ook?' vraagt Vicks met volle mond.

'Ja. Ze kookt goed.'

'Niet zo goed als ik, durf ik te wedden. Althans, niet met een wafelijzer.' Met veel vertoon staat Vicks op van de bank om het blikje te pakken dat Jesse heeft gegooid. 'Kijk: aluminium. Moet veilig zijn. Maar voor alle zekerheid maak ik hem open boven de wastafel.'

Ik snij een stukje vet van mijn steak en duw het naar de rand van mijn bord.

Als Vicks terugkomt, maakt ze er een hele show van om Jesse het opengemaakte blikje te geven. 'Alsjeblieft, maatje. Hij knalde wel, maar ik heb hem goed weten te houden.'

'Dank je.'

Ik snij nog een stukje vet af.

Vicks gaat weer op haar plek op de bank zitten. 'Ga je nog eten, Mel, of blijf je met je vlees spelen?'

Ik kijk naar mijn bord. 'Ik ga eten, ik heb alleen de stukjes vet weggehaald.'

'Ik vind die vette stukken lekker,' zegt Jesse, haar vork in het dooraderde vlees stekend. 'Mmm.'

'Gadver,' zeg ik.

'Probeer het eens,' zegt ze. 'Heerlijk sappig.'

'Doe maar net of het foie gras is,' valt Vicks haar bij.

Bah. 'Ik eet geen foie gras. Mijn vader wel. Die is er gek op.'

Jesse neemt een slok. 'Wat is foie gras?'

'Ganzenlever, om precies te zijn,' zegt Vicks, een handje chips in haar mond proppend. 'Maar waar het op neerkomt, is dat het gewoon een hartstikke duur stuk vet is.'

We eten in stilte, tot Vicks zegt: 'Dus, Mel...'

'Ja?'

'Ga je Marco nog terugbellen?'

'Wat? Nee.' Ik prik een aardappel met schil aan mijn vork en steek hem omhoog. 'Wil iemand dit?'

'Zeker.' Vicks neemt hem van me aan. 'Maar hij heeft je telefoon.'

Verdomme, dat is waar ook. 'Misschien kunnen we er op de terugweg langsrijden. Dan wachten jullie in de auto en ren ik naar binnen en schreeuw: *Hé, hoe is het ermee? Ken je me nog? Die rare dronken griet?*'

Vicks snuift.

Jesse schudt haar hoofd. 'Hoe kwam het dat je zo dronken werd?'

'Dat gebeurt nu eenmaal als je te veel wijn drinkt,' zeg ik.

'Ja, dat weet ik ook wel. Wat ik bedoel is: waarom heb je het zover laten komen? In de auto zei je dat het niet de eerste keer was dat je te veel ophad. Dus hoe komt dat? Ik denk dat het komt doordat je onzeker bent.'

Nee maar!

'Hallo, hebben we zin in dit lesje?' vraagt Vicks, met haar ogen rollend.

'Je probeert je zelfvertrouwen op te krikken met alcohol,' vervolgt Jesse onverstoorbaar.

'Jeetje, dank u, Faith Waters,' reageert Vicks spottend.

'Graag gedaan,' zegt Jesse.

Ik knik. 'Ik weet dat ik dat doe. Maar zonder drank is het voor mij moeilijk om met mensen te praten, weet je.' Ik bedoel Marco, maar ik bedoel ook hun tweeën. Ik heb ze de hele zomer lol zien trappen en lachen, en ik wilde niets liever dan meedoen.

'Wat een onzin,' zegt Vicks. 'Je zat met Marco te flirten achter in de auto. En toen was je nuchter, tenzij je een fles whisky uit het Wakulla-museum hebt gejat.'

Terwijl we onze borden leegeten, denk ik na over wat ze heeft gezegd. In de auto zat ik misschien inderdaad wel met Marco te flirten. Op het gras zat ik zeker met hem te flirten. Ik mocht die meid op het gras wel. Ze deed uitdagend, ze was grappig, had zelfvertrouwen – en ze was redelijk nuchter. Tot ze het op haar heupen kreeg en het verknalde.

Als we klaar zijn, rekt Vicks zich uit en zegt dat ze even een dutje wil doen. Ik zet de zo goed als lege borden op de trolley en rol het karretje naar buiten. In de gang is het lichter dan in de kamer doordat de roze noodverlichting brandt.

Als ik terugkom, liggen Vicks en Jesse allebei aan één kant van het bed. Ik doe de gordijnen dicht, kruip tussen ze in en leg mijn hoofd op het puntje van Jesses kussen. Ze schuift iets op, zodat ik er beter bij kan.

Ik ben zo blij dat ze dat voor me doet, dat de tranen in mijn ogen springen.

In plaats van iets te zeggen luisteren we naar de regen die tegen de ramen slaat.

'Ik vraag me af hoe lang het gaat duren,' zeg ik uiteindelijk. Dan begin ik me zorgen te maken. 'Stel dat we hier een paar dagen vastzitten? Zonder elektriciteit, met alleen maar barbecuechips om te eten?'

'Dan moet Eli Weinberger eraan geloven,' zegt Vicks. 'Dan gaan we hem opeten.'

'Stel dat,' ga ik verder, 'we straks eindelijk naar buiten kunnen en het hier allemaal verwoest is en er niets over is? Stel dat –'

Vicks gaapt. 'Stel dat we even gaan slapen?'

Het gegaap werkt aanstekelijk, en al snel liggen Jesse en ik ook volop te gapen. Lui als ik me voel, begraaf ik mijn gezicht in mijn helft van het kussen.

Op een gegeven moment doet de elektriciteit het weer. In plaats van Vicks en Jesse wakker te maken sta ik stilletjes op uit bed en doe de lichten en de tv uit. Daarna doe ik de gordijnen dicht. Als ik terugga naar bed, zie ik dat Jesse zich op de een of andere manier zo heeft gedraaid dat ze nu met haar voeten naar boven ligt en dat Vicks zich tegen haar voeten aan heeft genesteld. Ze zien er lief uit. En ze kunnen geen ruziemaken als ze slapen.

Ik kruip er weer in en doe mijn ogen dicht.

22 Vicks

'Hoe laat is het?' vraagt Mel kreunend. 'Ik heb het gevoel dat het midden in de nacht is.'

'Onmogelijk,' zegt Jesse. 'Het is geen nacht, toch?'

'Maak je niet druk, meiden,' zeg ik tegen ze. 'Het is pas vier uur 's middags.' Ik ben ongeveer een uur geleden wakker geworden en heb naar het plafond liggen staren en geprobeerd nergens aan te denken. Ondanks het feit dat dat niet lukte, heb ik Jesse en Mel laten slapen, want zo aardig ben ik wel.

'Hou je me voor de gek?' vraagt Mel.

Jesse gaat zitten. 'Luister.'

'Waarnaar?' Ik stap uit bed en trek mijn slippers aan.

'Het is opgehouden met regenen!' Jesse loopt naar het raam en trekt de gordijnen open. Zonlicht stroomt de kamer binnen. Alle drie houden we onze handen voor onze ogen.

Zo zie je maar! Verwachten we een enorme ramp, is het gewoon voorbij. We hebben een steak gegeten en door het ergste heen geslapen.

'Wat gaan we nu doen?' vraag ik.

Mel begint op het bed te springen. 'Disney World!'

Jesse schiet rechtovereind. 'Echt waar? O jeetje. Kunnen we dan ook naar Epcot toe?'

'Natuurlijk,' zegt Mel.

'Joepie!' Dit is de eerste keer sinds lange tijd dat ik Jesse echt zie lachen.

Ik persoonlijk ben meer voor Universal Studios, een attractiepark over films en televisieprogramma's, maar het is nu eenmaal Jesses droom om naar Epcot te gaan, en wie ben ik om die droom te verstoren? Na de orkaan heb ik me voorgenomen niet meer met haar te kibbelen. Geen gepest en geen provocerende opmerkingen meer die de christentrut in haar naar boven brengen. 'Epcot!' roep ik uit, en ook ik ga op het bed springen.

Jesse doet ook mee. Als een stelletje kleuters springen we op het bed en schreeuwen: 'Epcot! Epcot!'

Dan springt Jesse van het bed af en loopt naar de gangdeur. 'Alleen... Ooo, dat betekent wel dat we het hotel uit moeten, hè?'

'Ja, dat wel,' zeg ik. 'Dat kan niet anders.'

Jesse begint te giechelen. 'Oké, in dat geval moet ik even snel bellen. Twee minuten. Ik gebruik jouw mobiel.'

'Wat is er?' vraag ik. 'Wat doe je raar.'

Jesse draait zich om en knipoogt – ja, echt, ze knipoogt – naar me. 'Maak je geen zorgen,' zegt ze, en dan verdwijnt ze in de gang, de deur achter zich sluitend.

'Ik hoop dat je je moeder belt!' roep ik haar na. Maar dat zal wel niet. Als ze Ms. Fix zou bellen, zou ze niet naar me hebben geknipoogd. Ik kijk naar Mel, die haar schouders ophaalt en de badkamer in loopt. Mel zou Mel niet zijn als ze de deur niet achter zich zou dichtdoen, dus daar sta ik dan, omringd door gesloten deuren en stilte.

Met grote passen loop ik de gang in.

'Eh... eh...' hoor ik Jesse zeggen. 'Er staan grote piratenschepen voor, met zwarte vlaggen. Je kunt het niet missen.'

'Met wie bel je?' fluister ik.

Ze knipoogt weer.

'Natuurlijk, Marco,' zegt ze. 'Tot dan.'

Ze klapt de telefoon dicht, en ik pas de puzzelstukjes in elkaar. Jesse heeft Marco gebeld. Hij komt hiernaartoe. Om Mel te verrassen.

Ik ben zo blij dat ik ga gillen. 'Wat goed van je!' zeg ik, in Jesses arm knijpend.

'Ja, ik weet het, ik ben goed!' zegt ze. Ze geeft me de telefoon terug. 'Hij kan hier over een uur zijn. Ik heb hem gebeld nadat ik Mels makeover had gedaan.'

'Ja? Dat is zo...' Ik weet niet wat het is. Lief? Romantisch? Zo helemaal de Jesse van vroeger.

'Hij vindt haar echt leuk,' zegt mijn vriendin giechelend. De vriendin die ik ken en op wie ik dol ben. Die vriendin die allemaal grappige geheime plannetjes en ideeën heeft. Die lijstjes ophangt in de wc van de directie van de Waffle. Die okselhaar koopt. Die ervoor zorgt dat eventuele vriendjes onverwacht opduiken, tweehonderd kilometer van de plek waar ze voor het laatst gesignaleerd zijn.

'Wat geweldig!' zeg ik tegen haar.

'Ja, ik weet het,' zegt ze. Ze houdt op met lachen en bijt op haar lip. 'Dus je gaat er niet, eh... moeilijk over doen?'

Omdat ik me als een slet heb gedragen bij hem, bedoelt ze. Ik krijg een vuurrode kleur.

'Niet doen, Vicks,' zegt ze tegen me. 'Dit is zo'n gaaf plan. Je hebt al genoeg verpest. Ik wil niet dat je dit ook verpest.'

Dank je voor het compliment, denk ik. Alleen... ik kan dan wel zo cynisch doen, ze heeft wel gelijk. Ik zou het inderdaad kunnen verpesten.

'Hij denkt vast dat ik een enorme bitch ben,' zeg ik. 'Hoe kan ik hem na gisteren nog onder ogen komen?'

'Wees gewoon jezelf,' zegt Jesse.

'Wat houdt dat in?' vraag ik.

'Dat je je groot houdt, zoals altijd, en doet alsof er niets gebeurd is. Je hebt dingen meegemaakt die duizend keer erger waren. Weet je nog dat Abe je aantrof in de wc van de directie met je broek naar beneden? Dat heb je toch ook overleefd?'

'Herinner me daar niet aan,' zeg ik.

'Je hebt het niet alleen overleefd, je hebt je er met glans doorheen geslagen. Je maakte grapjes, deed of er niets was om je over te schamen, en zorgde ervoor dat Abe en de anderen er geen probleem mee hadden, gewoon door je groot te houden. Want Abe zakte bijna door de grond van schaamte. Ik bedoel, hé ho, hij had wel je troela gezien!'

'Oké,' zeg ik. 'Genoeg herinneringen. Het komt wel goed met me.'

'Beloof je dat?'

'Dat beloof ik. Ik doe net of ik me niets kan herinneren. Maar help me als ik plotseling stilval. Als ik stilval, weet je dat ik raar ga doen.'

'Begrepen.'

'Meiden?' Mel steekt haar hoofd om de deur. 'Wat is er aan de hand?'

Jesse stormt de hotelkamer in. 'We gaan naar Epcot!' gilt ze. 'Wat zou er nog meer moeten zijn?'

'O, prima,' zegt Mel. 'Ik pak even mijn portemonnee, goed?'

'Nee, nee, nee,' zegt Jesse. 'Niet zo snel, juffie.' Ze besnuffelt Mel uitgebreid. 'Eh... je mag wel eens onder de douche.'

'Echt?'

'Ja, echt.' Ze trekt Mel terug de kamer in. 'Wij allemaal, maar jij eerst.'

'O. Nou, eh...' zegt Mel timide.

'Ja, sorry, had ik dan tegen je moeten liegen?' vraagt Jesse.

'We hebben het wel over *Epcot*, hoor. We kunnen niet naar Epcot toe als we stinken.'

'Ik ga al. Ik ga al,' zegt Mel, waarna ze in de badkamer verdwijnt. Jesse kijkt mij aan, en ik kijk Jesse aan. Dan barsten we in lachen uit.

23 Mel

Een halfuur later zijn we alle drie schoon en fris en klaar om te vertrekken.

'Wacht, ik ga je weer opmaken!' zegt Jesse.

Huh? 'Je hebt me al opgemaakt,' zeg ik.

'Dat weet ik, maar je hebt het eraf gewassen.'

Jesse werpt een blik op de klok. 'Alsjeblieft? Een klein beetje. Dan kunnen anderen het ook zien.'

'Ja, Mel,' zegt Vicks. 'Moet je doen.'

Waarom doen ze zo vreemd? 'Oké. Als jullie dat willen.'

Ik vond die make-up wel goed staan. Ik was nog steeds mezelf... alleen wat sprekender. Minder onzichtbaar. Mijn ogen waren blauwer, mijn glimlach stralender.

Misschien is Nikki toch niet de enige die knap is.

Jesse doet snel wat make-up bij me op, en dan gaan we eindelijk de kamer uit en nemen de lift naar de lobby.

En dan zie ik hem.

Marco.

Hij zit op een bank. Zelfde gladde huid, zwarte haren en bruine ogen. Een nieuw gekreukt T-shirt dat over zijn broek hangt, schone spijkerbroek. Enigszins onder de indruk kijkt hij om zich heen in de marmeren en gouden lobby.

Ik voel me misselijk.

Blij.

Verward. Gegeneerd.

Trillerig. Ik weet niet waar ik mijn handen moet houden. 'Wat doet hij hier?' vraag ik. Ik zie dat Jesse en Vicks elkaar grinnikend aanstoten.

'Hij is gekomen om je telefoon terug te brengen,' zegt Jesse.

Vicks geeft haar een klap op haar arm. 'Niet zeggen, dan gelooft ze het ook nog. Hij is hier voor jou.'

'Maar hoe wist hij –'

'Jesse heeft hem gebeld.'

Jesse glimlacht naar me en ziet er gelukkiger uit dan ik haar in weken heb gezien. Ik weet niet wat ik moet zeggen. Ik wil me omdraaien en teruggaan naar de kamer. Me onder de lakens verstoppen. Dan ziet Marco ons. Mij. Er verschijnt een brede glimlach op zijn gezicht.

Hij is hier voor *mij*.

Hij vindt me leuk. Marco vindt me leuk. Mij.

Ze hebben Marco opgebeld. Voor *mij*.

Ik recht mijn schouders. 'Eh... meiden, kunnen jullie ons misschien even alleen laten?' zeg ik.

'Neem alle tijd,' zegt Jesse. 'We gaan een glas fris drinken. Er is hier ergens een piratenrestaurant...'

'Ja, nou ja, daar gaan we maar niet naartoe,' zegt Vicks. 'We gaan even rondneuzen in de giftshop.'

Ik hoor ze amper nog, het enige wat ik hoor, is het gejuich in mijn hoofd. Marco! Marco!

Marco!

'Hallo, Marco Buitengewoon,' zeg ik zo kalm als ik kan terwijl ik naast hem op de bank ga zitten. Mijn hart gaat te-keer. 'Onvoorstelbaar dat je hier bent.'

Hij glimlacht. 'Ik had hier al eerder kunnen zijn, maar ik moest wachten tot de orkaan was uitgeraasd. Want als er een orkaan woedt, moet je niet rijden, weet je.' Met opzet stoot hij me aan met zijn schouder. 'Maar ja, inderdaad, hier ben ik dan.'

'Hoe komt dat zo?'

Verbaasd trekt hij zijn wenkbrauwen op. 'Moet je dat nog vragen.'

'Eh... Ik wil het alleen zeker weten. Goed?'

'Dat is geheime informatie,' fluistert hij.

'O.' Hij is hier. Ook al heb ik mezelf compleet voor schut gezet, toch is hij hier. Hoe is dat mogelijk? 'Hoe ben je hier gekomen? Of is dat ook geheim?'

'Nee, dat is publieke informatie,' antwoordt hij glimlachend. 'Ik ben met Robbies auto. Aangezien hij zich schuldig voelde over wat hij tegen Jesse had gezegd, was het niet moeilijk om hem over te halen om me zijn auto te lenen.'

'Wat heeft hij dan tegen haar gezegd?'

'Dat wil je niet weten. Hij kan echt heel vervelend zijn als hij te veel gedronken heeft.'

Ik haal diep adem. 'Ja. Ik ook.'

Weer trekt hij zijn wenkbrauwen op. 'Melanie Best...'

'Ja, wat is er?'

'Je mag dan dronken worden, je bent absoluut niet vervelend.'

'Nou, ik vind het anders wel heel vervelend dat ik te veel wijn heb gedronken en je af heb gelebberd.'

Hij begint te lachen. 'Je hebt me niet afgelebberd.'

'Dat ik me aan je heb opgedrongen dan.'

'Het, eh... spijt me dat...' Zijn wangen worden rood. 'Ik wilde alleen niet... Ik wilde niet dat je vanochtend spijt zou hebben.'

'Dat weet ik,' zeg ik. 'Je hebt je als een heer gedragen.' Ik kijk naar hem op. 'Ik heb van Vicks gehoord wat er is voorgevallen tussen jullie tweeën.'

Er trilt een spiertje in zijn gezicht. 'Dat dacht ik al. Maar er is niets gebeurd.'

'Dat weet ik. Dat heeft ze me verteld.'

Hij knikt. 'Gelukkig.'

Ik kijk naar mijn nagels. Ik weet niet wat ik moet zeggen.

'Want weet je, als ik met Vicks had gevrijd, zou *ik* de volgende ochtend spijt hebben gehad,' zegt Marco.

'Ja?'

'Ja.' Hij buigt zich naar me toe en fluistert in mijn oor: 'Ik zou er spijt van hebben dat ik het bij jou had verknald.'

Ik hou mijn adem in. En dan draai ik mijn gezicht naar het zijne... en kus hem.

Zijn lippen zijn zacht, en hij smaakt zoet. De zoetheid stijgt naar mijn hoofd. De lobby begint te tollen en ik begin te glimlachen. We glimlachen allebei en kussen elkaar en kussen nog een keer.

Ik druk mijn neus zachtjes in zijn nek. 'En?' zeg ik.

'En wat?'

'Wat gaan we nu doen?'

'Kennismaken met mijn ouders?'

Ik lach. 'Heel grappig.'

Ook hij lacht. Met zijn vinger trekt hij een spoor over mijn arm, wat me de rillingen bezorgt. Oké, misschien moeten we dat nog maar even niet doen. Maar wat dan wel?'

Ik kus hem nog een keer. Dan ga ik staan en trek hem overeind. 'Wel eens in Epcot geweest?'

24 Jesse

Oké, ik weet dat de Eiffeltoren in Frankrijk staat. De echte dan. Maar hier, staande voor een kopie die niet van de echte te onderscheiden is, gebeuren er vreemde dingen in mijn binnenste. Omdat het bouwwerk zo groot is en ik zo klein.

Epcot is helemaal zo groot – je hebt Japan en China en Italië, en Marokko en Groot-Brittannië. En Canada, waar Mel vandaan komt. (Poutine staat op het menu van het eethuisje daar.) Je hebt Noorwegen en Duitsland en Frankrijk. Eigenlijk zo'n beetje elk land dat je kunt bedenken, elk met een eigen restaurant, met plekken waar je rond kunt lopen en met muziek die buitenlands en vreemd klinkt, met instrumenten die ik niet ken.

'Goodwill Ambassadors', een soort gastheren en -vrouwen, staan zwaaiend en glimlachend op zogenaamde straathoeken. Aan hun naamkaartjes zie ik dat ze duizenden kilometers van huis zijn. Het zijn leeftijdgenoten van me. Ze hebben huis en haard verlaten om hier in Epcot te komen werken, en ze spreken niet eens Engels. Althans, het meisje uit Japan niet. Op haar naamkaartje stond: HI, MIJN NAAM IS YUKI!, en toen ik Yuki vroeg waar de wc was, zei ze: 'Excuseer?' Dus zei ik: 'Wc, watercloset, toilet, plee, om psss te doen?' En zij zei: 'Excuseer?'

Als ik daaraan denk, voel ik me zo alleen, ook al ben ik hier dan in Epcot, waar ik al ik weet niet hoe lang naartoe heb gewild. In plaats van dat ik lol heb, zit ik me te ergeren aan een meisje met een naam die klinkt als 'yucky', wat 'smerig' betekent in het Amerikaans. Natuurlijk vroeg ik me meteen af wat Jesse in het Japans betekent. Misschien wel 'vuilnis', of 'opgeblazen kikker'. Dat zou pas balen zijn, zeg, als je naar een of ander land aan de andere kant van de wereld zou reizen waar je naam 'opgeblazen kikker' betekent.

Bij de Eiffeltoren, iets opzij daarvan, staat Vicks. Haar ene arm heeft ze naast zich uitgestrekt, de andere heeft ze op haar heup geplant. Ze heeft een zogenaamd vrolijke uitdrukking op haar gezicht, alsof ze zeggen wil: 'Kijk mij nou eens de ordinaire toeriste uithangen!' Aan mij de taak om dit vast te leggen met Mels telefooncamera en te zorgen dat het eruitziet alsof ze tegen de Eiffeltoren leunt.

'Neem die foto nou!' roept ze.

Ik wil wel, maar ik weet niet zeker of ik het juiste knopje te pakken heb.

Ze leunt te ver opzij, waardoor ze begint te wankelen. 'Neem die foto nou, verdomme!'

Ik klik, en op de display zie ik een wild met haar armen zwaaiende Vicks die tegen de Eiffeltoren aan valt. Ze belandt op haar achterste, en snel maak ik daar ook een foto van.

'Jesse!' roept ze klagelijk.

Ik begin te giechelen. Dan wil ik huilen. Mijn emoties zijn een warboel; dan weer is het dit, dan weer dat. Ik ben in Epcot, waar overal om me heen staat 'Beleef de magie!', en ik ben volkomen de kluts kwijt.

Vicks gaat staan en klopt haar achterste af. Ze probeert kwaad naar me te kijken, maar in plaats daarvan schiet ze zelf in de lach. Het gaat nu beter tussen ons, maar helemaal goed gaat het pas als we geen geheimen meer hebben voor elkaar. Op de een of andere manier weet ik dat gewoon. Misschien doordat ik over mijn hond Sunny heb gepraat.

'Laat eens zien,' zegt Vicks terwijl ze naar me toe loopt. Bij het zien van de foto's begint ze te grommen. 'Wat een waardeloze foto's.'

'Dank je,' zeg ik spottend. 'Ik heb er ook erg mijn best op gedaan.'

Op dat moment komen Mel en Marco ons vanuit de drukte tegemoet lopen. Ze houden elkaars hand vast. Dat ziet er zo ontzettend lief uit. Marco buigt zich voorover om haar een kus te geven – net alsof hij geen genoeg van haar kan krijgen – en ik bedenk dat dat muizige Melletje plotseling wel heel erg op de kustoer is. Ik zag die twee ook bezig in de lobby van het hotel.

'Gelukt?' vraagt Vicks als ze bij ons zijn. Ze zijn op zoek gegaan naar die gefrituurde beslagslierten met poedersuiker die 'funnel cakes' worden genoemd, maar ze hebben geen funnel cakes bij zich en hebben ook geen poedersuiker om hun monden zitten.

Mel schudt haar hoofd. 'Elaas.'

'Elaas,' aapt Marco haar Franse accent plagerig na. Ze glimlachen naar elkaar, en dit – die twee samen – is iets goeds in deze wereld, wat er verder ook allemaal mis is. Ik ben trots op die kleine.

Ik heb ook wel een beetje ontzag voor haar, want zij is degene die onze belachelijk dure toegangskaartjes heeft gekocht. Want echt, die waren bijna zeventig dollar per stuk! Ik zei nog: 'Kunnen we niet een kaartje voor een uur kopen?', maar de kaartverkoopster zei nee en liet zich niet overhalen.

Marco heeft zijn eigen kaartje gekocht. Mel heeft het wel aangeboden, maar dat wou hij niet. Ik begin hem zelfs aardig te vinden, dat rotjoch.

'O, maakt niet uit,' zegt Vicks, doelend op de funnel cakes. Ze gooit de telefoon naar Mel.

Mel kijkt naar de foto's die net gemaakt zijn, grinnikt, en stopt de telefoon in haar zak.

'We hebben wel kaartjes voor Soarin' gescoord,' laat Marco ons weten. 'Voor over tien minuten. Hebben jullie zin om mee te gaan?'

'Is dat niet die attractie waarbij het lijkt of je vliegt en je van de ene kant naar de andere kant wordt geslingerd?' informeert Vicks.

'Ja, het lijkt een beetje alsof je aan het hanggliden bent,' zegt Marco. 'In Californië, want onder het vliegen vertonen ze beelden van de mooiste landschappen van Californië. Het is echt supergaaf.' Onder het praten kijkt hij naar Vicks, maar hij doet totaal niet flirterig. Hij doet ook niet rot. Het is eerder alsof hij voor Mels bestwil alles wat er op het feestje is gebeurd is vergeten.

Vicks zet ook haar beste beentje voor en doet zo normaal mogelijk tegen hem.

'Ik sla over,' zegt ze. 'Ik word misselijk van dat soort attracties.'

'Echt waar?' vraagt Mel. Net als ik denkt ze waarschijnlijk dat Vicks een maag van staal heeft.

'Ik ben een teer bloempje,' laat Vicks ons op verontwaardigde toon weten, wat Mel aan het lachen maakt.

'En jij, Jess?' De vraag komt van Marco.

Ik doe mijn mond al open om hem te zeggen dat het *Jesse* is en niet Jess, maar hou me in.

'Neuh,' zeg ik. 'Ik wil naar de Chinese dansers gaan kijken.' Op een bord op een houten paal staat aangekondigd dat om zes uur Het Jaar van de Haan wordt uitgevoerd door de

Royal Chinese Dance Troupe.

'Cool,' zegt Marco. 'Veel plezier.'

We spreken af dat we elkaar weer zien in Marokko. Daarna leidt Marco Mel weg. Ze glimlacht en draait zich nog even om om naar ons te zwaaien.

Als ze weg zijn, blijven Vicks en ik staan. Overal om ons heen is lawaai – van een jongen die souvenirs verkoopt, van een vrouw die met luide stem praat over het vuurwerk dat 's avonds zal worden afgestoken, van een kleuter die gilt 'Mammie! Ik wil Micky zien!' – maar Vicks en ik zwijgen.

Uiteindelijk zeg ik: 'Ga je mee naar het dansen kijken?'

'Nee, dank je,' zegt ze. Maar ze gaat niet weg.

'Weet je het zeker?'

Ze staart voor zich uit. Ik wil met haar over Brady praten, echt praten, maar eerst moet ik zelf schoon schip maken.

'Vicks,' begin ik. 'Luister.' Als ze zich naar me toe draait, begint mijn hart te bonken. 'Het spijt me dat ik zo'n...'

'Opgefokte trut ben geweest?' vult ze aan.

Dat komt hard aan. Ze ziet het aan mijn gezicht en zegt: 'Sorry. *Sorry*. Ik weet niet waarom ik zo doe.'

'Komt het door Brady?'

Ze reageert niet.

'Waarom heb je het uitgemaakt?' vraag ik desondanks. 'Wat is er gebeurd? Heb je hem met iemand anders betrapt?'

'En hoe had ik dat dan moeten doen?' zegt ze. 'Hij zit in Miami, weet je nog wel?'

'Wat is er dan *wel* gebeurd?'

Ze zucht. 'Hij voelde zich niet vrij genoeg.'

'Hoezo?'

'Dat is gewoon zo. Ik weet niet waarom.'

'Heeft hij dat tegen je gezegd?'

'Indirect.'

Ja ja, dat zal wel.

'Toen je het uitmaakte,' ga ik verder, 'liet hij je toen gewoon gaan of zei hij: "Geen sprake van, ik laat je niet gaan."?'

Vicks ontwijkt mijn blik. 'Hij geeft niet meer om me. Anders zouden we nog steeds samen zijn, nietwaar?'

'Dat is stom.'

'Zeg dat maar tegen Brady.'

'Nee, ik bedoel dat *jij* stom bent.'

Haar wangen kleuren, en meteen ben ik kwaad op mezelf, omdat het er anders uitkomt dan ik bedoeld had en we nu weer van voren af aan kunnen beginnen. Tjonge. Als Mel niet met ons mee was gegaan, hadden Vicks en ik elkaar inmiddels al vermoord. Dat is een ding dat zeker is.

Ik raak Vicks' arm aan. 'Het spijt me,' zeg ik. 'Laten we hiermee ophouden.'

Haar lip trilt, en ze omhelst me zo stevig dat ik even niet weet hoe ik het heb. Als ze me weer loslaat, sta ik te wankelen op mijn benen.

'Waarom deed je dat?' vraag ik.

'Omdat ik van je hou, ook al ben je een opgefokte trut.'

Ze zegt het expres om me uit te lokken.

'Ik ben geen... wat je zei dat ik ben.'

'Dat ben je wel. Maar ga je me nog vertellen waarom? Ik bedoel echt. Deze hele reis ben je zelfs nog erger geweest dan normaal.'

'Hm,' zeg ik.

'Komt het doordat ik Mel eerder over Brady heb verteld dan jou?' vraagt ze. 'Want dat is nogal zielig, weet je. Dat is behoorlijk kinderachtig.'

Ik slik.

'Grapje,' zegt ze. 'Grapje! Want waarschijnlijk... zou ik het ook niet leuk hebben gevonden als jij mij hetzelfde had geflikt.' Ze laat haar adem luidruchtig ontsnappen. 'Dus... het spijt me.'

'Nee, daar gaat het niet om,' zeg ik. 'Ik bedoel, het was wel een beetje...' Een beetje boel, denk ik bij mezelf.

'Wat is er dan? Wat is er aan de hand?'

Ik kan geen lucht meer krijgen, wat belachelijk is, want diep in mijn hart weet ik dat ik Vicks over mam moet vertellen, dat ik Vicks over mam *wil* vertellen. Ik moet mijn hart luchten, mezelf openstellen – dat is toch ook wat Faith Waters zou willen?

Maar mijn gedachten zitten vastgelijmd in mijn hersens. Ik wil het wel zeggen – mijn moeder heeft kanker – maar ik kan het niet. Niet omdat het echt zo wordt als ik het ga zeggen, want het is al echt zo. En dat is juist het probleem. Op z'n gunstigst zal er een deel van mams lichaam worden afgesneden. En op z'n slechtst? Gaat ze dood. *Mijn moeder zou dood kunnen gaan.*

Vicks wacht af.

'Eh...' zeg ik.

'Ja?'

Ik maak een deal met mezelf. Als de eerstvolgende persoon die langs ons loopt Goofy-oren heeft, dan vertel ik het haar. Er lopen hier een héleboel Goofy-oren rond. Hele families komen langs slenteren met Goofy-oren.

'Jesse...' zegt Vicks. 'Wat het ook is, zo erg kan het toch niet zijn?'

Een oude man komt voorbij sjokken. Er zit een slangetje in zijn neus, en hij draagt een zuurstoffles. Hij is aan het roken, wat volgens mij niet mag in Epcot, maar hij heeft geen Goofy-oren.

'Wat een idioot,' zegt Vicks luidkeels. 'Zal ik dat slangetje er maar uit halen?' roept ze naar hem. 'Of zal ik u een klap op uw hoofd geven? Dan komt het einde nog sneller.'

'Jij rookt ook,' zeg ik tegen haar.

'Ik ben niet aan de zuurstof,' kaatst ze terug. 'En ik rook niet in Epcot.' Ze is nog niet klaar met de man. 'Zal ik de bewaking van Epcot op u af sturen?'

'Kop dicht, jij,' zegt de man raspend. Hij steekt een reumatische middelvinger naar haar op, en Vicks houdt haar adem in. Dan brengt ze haar hand naar haar mond en begint te hinniken. Ze vindt het geweldig dat die ouwe sok zijn middelvinger naar haar heeft opgestoken. Echt geweldig.

En ik? Ik blaas langzaam mijn ingehouden adem uit. Ik zit aan dit lichaam vast, net zoals mam aan het hare en die oude man aan het zijne. En er is niets wat ik daartegen kan doen.

De dansers treden buiten op, dat zegt een van de Chinese Goodwill Ambassadors tegen me. Volgens haar naamkaartje heet ze Yanmei, waar ik voor mezelf meteen Yanapril van maak. Vicks en ik zijn ieder onze eigen weg gegaan, dus nu worstel ik in mijn eentje om haar Engels te begrijpen.

'Daal zit,' zegt ze, naar een betonnen bank gebarend. Rechts van me staat een overdekte tempel. Voor de tempel is een spiegelend wateroppervlak. Als al die ijsjes likkende toeristen er niet waren geweest, had ik zo in China kunnen zitten – althans, voor zover ik weet. Yanapril staat te knikken en te glimlachen en maakt me duidelijk dat ze toch echt wil dat ik ga zitten, dus laat ik me op mijn billen op het beton zakken. Onder het wachten kijk ik naar de mensen die langslopen. Ik zie allemaal verschillende types. Ik lees wat er op hun T-shirts staat.

Een jongen met vlassig haar draagt een rood T-shirt waarop staat: 'Dikke mensen zijn moeilijker te ont-voeren', en ik denk aan Vicks, die hierom zou moeten lachen.

Een fors gebouwde vaderfiguur heeft een shirt aan met de tekst: 'Ezels zijn de beste studenten', en deze doet me denken aan Mel, die, ik weet het zeker, altijd hoge cijfers haalt. Kwaad kijk ik naar de man, want het is niet aardig om zulke grapjes te maken over Mel. Hij draagt een cowboyhoed en loopt erbij alsof hij heel wat is.

Vervolgens komt er een hele stoet Mickey Mouse T-shirts aan, gevolgd door een Tinkelbel met glitters op een gebleekt legergroen topje. Dat is wel iets voor mij. Als er zo eentje uit de lucht op mijn schoot zou vallen, zou ik hem à la minute aantrekken. Dan zie ik een nog leukere. Het meisje dat hem draagt is misschien twaalf jaar oud. Ze heeft een bleke huid en een zwart truitje. In glimmende roze letters staat erop te lezen: 'Ben even in de hemel. Kom zo terug.'

Er klinkt een kwikzilverachtig getinkel, en dan komen de dansers eraan. Alleen blijken het niet echt dansers te zijn. Het zijn eerder... touwtjespringers. Ze zijn met zijn vijven: allemaal jongens, allemaal mager, allemaal Chinees. De jongste is een jaar of tien, de oudste zeventien of achttien. Hij is van mijn leeftijd, hij is een jongen, en hij is de hele dag aan het touwtjespringen. Ha.

Aan de zijkant van het Chinese paviljoen regelt een strenge Chinese dame de muziek. De muziek schettert uit een box en roept beelden op van draken en bestek dat op de grond valt. De twee oudste dansers bedienen het touw, de drie jongste springen. Dan, terwijl ze blijven springen, klimt de kleinste van de drie op de schouders van de twee anderen om een piramide te maken. Als hij staat, begint hij te grijnzen. Iedereen klapt.

Vol verwondering kijk ik toe terwijl ze steeds ingewikkelder toeren uithalen, zoals salto's en andere sprongen. En al die tijd doet het touw tak-tak-tak op de maat van de muziek. Als een van hen iets fout doet, is dat niet best. Dan vallen ze en breken ze zo goed als zeker hun botten. Dat kan niet anders als je op beton optreedt.

Ik probeer me voor te stellen hoe het zou zijn om bij ze te horen, om anderen je leven toe te vertrouwen. Het positieve is dat iemand me opvangt als ik al flikflakkend naar beneden donder, het vervelende is dat ik zo'n strak balletpakje aan zou moeten. In dit geval witte stretchstof met groene glittertjes bij de polsen en enkels. Onder de stof zie ik de contouren van hun onderbroeken. Ik zou denken dat de dame die de leiding heeft daar wel iets op gevonden zou hebben, maar blijkbaar is dat niet zo. Misschien vinden ze het in China niet zo erg dat je die onderbroeken kunt zien zitten.

Ik zie ook de contouren van hun... je weet wel. Tenslotte is het stretch.

De mensen raken enthousiast. De muziek wordt opzwepender. De oudste jongen gaat nu springen, op zijn handen. Op zijn handen! Zoals hij het doet ziet het er simpel uit, maar ik ben stomverbaasd. Hij springt touwtje *op zijn handen*.

Ik vraag me af of hij gelukkig is.

Ik vraag me of hoe het zou zijn om zulke armspieren te hebben.

Penn heeft zulke armspieren. Vicks zegt dat hij veel moet tillen in het restaurant waar hij werkt. Ik ben even helemaal weg als ik me voorstel dat Penn dozen met blikken uitlaadt uit een vrachtwagen, en dan knipper ik met mijn ogen en kijk gegeneerd om me heen. Hoe kwam dat nou ineens?

Als de show voorbij is, sta ik net als de andere mensen die hebben zitten kijken, op. Het is vreemd. Iedereen klapt, en ik denk dat ze ook inderdaad zo van de voorstelling hebben genoten dat ze ervoor willen applaudisseren, en dan *paf,* slaan ze ineens het stof van hun kleren, doen hun Goofy-oren goed en kijken op hun horloges.

'Ik *snak* werkelijk naar een Mars,' zegt een roodharige dame tegen haar echtgenoot. 'Denk je dat ze hier ergens Marsen verkopen?'

Op de een of andere manier heb ik het gevoel dat er meer moet zijn. Meer applaus, meer waardering. Of misschien voel ik me schuldig omdat ik even wegdroomde toen die jongen op zijn handen stond.

Ik bijt op mijn lip, recht mijn rug en loop met grote passen naar hem toe. Naar de jongen die op zijn handen sprong. Zijn haar staat rechtop van het zweet, en het valt me op hoe zwart het is. Pikzwart. Echt zwart. Zwarter dan Vicks' haar. Veel zwarter dan dat van Penn, aangezien Penns haar helemaal niet zwart is, maar een mooie zachtbruine kleur heeft.

'Jullie waren geweldig,' zeg ik tegen hem.

Verbaasd kijkt hij op. Zijn ogen zijn zo donker dat ik de pupillen niet kan zien.

'*Shay-shay,*' zegt hij. Althans, zo klinkt het. 'Dank je.'

'Kom je uit China?' vraag ik.

'Hongkong,' antwoordt hij.

'O.'

Vragend kijkt hij me aan. Zijn houding staat me wel aan, alsof hij weet hoe hij de dingen moet aanpakken. 'Ben je wel eens in Hongkong geweest?' vraagt hij.

'Ik? Nee.' Wat een vraag. Ik, in Hongkong. Ik ga ervan blozen.

'Hong Kong heel mooi,' zegt hij. 'Heel... gloot. Moet je heen.'

'Eh... oké.'

Hij glimlacht beleefd, een teken dat het gesprek afgelopen is. Maar ik wil nog geen afscheid nemen. Ik wil... Ik weet het niet.

Ik denk aan Mel en Marco, aan Vicks en Brady. Ik denk dat ik niet weet wat ik denk.

Ik leg mijn hand op de schouder van de Chinese jongen, en zijn wenkbrauwen schieten omhoog. Ik voel me licht in mijn hoofd, maar dat kan me niet schelen. Ik ga op mijn tenen staan en geef hem een kus. Hij doet een stap achteruit. Ik doe er een naar voren. Dan gaan we ineens de andere kant op en voel ik zijn mond tegen de mijne. Zijn lippen zijn zacht. Warm. En smaken zout. Ik moet zomaar aan treinen denken.

'*Ninmen!*' schreeuwt de bazin, waarop ze een hele reeks woedende Chinese klanken op ons afvuurt. Alsof we met stenen worden bekogeld. We deinzen allebei terug.

'*Ni bie! Dongshen!*' Ze stampt op ons af, en ik hoef geen Chinees te kennen om te weten dat ze zegt dat hij dat geschifte Amerikaanse meisje met rust moet laten, of anders...

Mijn Chinese vriend werpt een blik in haar richting, pakt dan mijn handen en begint te pompen. '*Sigh jee-ahn,*' zegt hij ernstig.

Ik haal mijn schouders op. 'Ik weet niet wat dat betekent.'

'Tot ziens,' zegt hij. 'Het betekent tot ziens.'

De bazin is nu bij ons en gaat tekeer als een viswijf. Ze rukt hem weg en slaat op zijn armen, rug en hoofd. Ze blijft slaan, maar hij doet niets terug. Het enige wat hij doet, is terugdeinzen en zelfvoldaan kijken als zijn vrienden in de lach schieten.

Tja. De mensen staren, en ik heb een knalrood hoofd. Snel loop ik weg, me afvragend wat ik in vredesnaam probeerde te bereiken met die kus.

Pas zo'n twintig meter verderop kijk ik achterom. Niemand te zien. Blijkbaar zijn de Chinese dansers naar binnen gedirigeerd. Ik hoop niet dat de mijne met de zweep krijgt of zo.

In de vijver glinstert de weerspiegeling van de tempel als iets uit een andere wereld.

'*Sigh jee-ahn*,' fluister ik.

25 Vicks

Het is hier zo mooi dat het bijna verkeerd voelt. Zelfs op het mooiste strand van Florida, zoals wanneer we naar oma Shelly gaan en naar Hollywood rijden, ligt altijd wel troep en staan altijd wel een paar lelijke afvalcontainers die het uitzicht verpesten.

In Epcot heb je dat niet. Geen afvalbakken, ook geen rondslingerend afval, geen keiharde radio's en geen dode zeemeeuwen. Hier is alles zo perfect dat je alleen door de *mensen* hier beseft dat er ook nare en trieste dingen in de wereld zijn. Zoals die vrouw die tegen haar zoon tekeergaat omdat hij zijn croissantje op de grond heeft laten vallen. En een man in een rolstoel die beide benen mist. En een man die zo dik is dat lopen hem zo te zien pijn doet. En een meisje dat huilt omdat ze moe is en haar vader tegen haar zegt dat hij haar niet optilt omdat ze een huilebalk is.

De orkaan heeft plassen achtergelaten op de grond, en de warme avondlucht ruikt opgefrist, als na een pasgevallen regenbui. Vanbinnen ben ik echter één klomp ijs.

Frankrijk, waar ik nu ben, is maar twee minuten lopen van China, waar Jesse naar touwtjespringende jongens in bodysuits zit te kijken. Daar ben ik niet voor in de stemming. Ik ben nergens voor in de stemming, aangezien ik waarschijnlijk nooit van mijn leven meer een vriendje krijg en misschien wel zal sterven door die klomp ijs. Het zal zich verspreiden van mijn borstkas naar mijn armen en vandaar naar mijn vingers, die blauw zullen worden en verlamd zullen raken. Daarna bevriezen mijn benen tot ijspegels en vallen ze eraf, en dan zal ik uiteindelijk hier in Epcot de pijp uit gaan en rijden ze me weg door ondergrondse tunnels, zodat de andere bezoekers zich niet hoeven te storen aan mijn blauw aangelopen, steeds stijver wordende lijk.

Eigenlijk wil ik blijven leven voor het vuurwerk. Ik herinner me nog steeds de schitterende lichtshow van toen oma Shelly mij en Penn meenam naar Disney World toen ik een jaar of zes was.

Maar het zou kunnen dat ik het niet haal door die kille plek die zich steeds verder uitbreidt. Die kou zit er sinds ik het met Brady heb uitgemaakt, maar het ging allemaal zo raar met dat feest en Marco en met die ruzie met Jesse, en met Mel en de orkaan, dat ik het niet zo heb gemerkt. Nu ben ik ergens waar ik me blij zou moeten voelen, waar al het lelijks van de echte wereld weg is gepoetst of op zijn minst gecamoufleerd door decoratieve struiken en is er niets meer wat me kan afleiden. Geen kwade Jesse, geen ritjes in de stromende regen, geen tolhokjes, geen andere toestanden. Dus is de kou in mijn borst kouder dan eerst en zie ik dingen als een vermoeide oma die twee grote boodschappentassen zeult terwijl ze achter een twaalfjarige tweeling aan loopt die klaagt dat Epcot niet zo leuk is als de andere attractieparken van Disney World.

In Frankrijk is een wijnwinkel. Een mooi klein wijnwinkeltje waar maar zes mensen in kunnen, een wijnzaakje voor kenners, eentje die je op een straathoek in Parijs zou kunnen aantreffen. De flessen zien er duur uit, mooi diepgroen met ouderwetse etiketten. Daarnaast is een bistro, Les Chefs de Paris. Ik kijk naar het menu.

In Niceville kun je geen Frans eten krijgen, of je moet Au Bon Pain meerekenen en een bakkerij die vrij aardige cakejes verkoopt en ze *gateaux* noemt. Mijn familie gaat wel eens Italiaans eten, en soms Mexicaans. Ook gaan ze af en toe naar P.F. Chang's. Maar we moeten een uur rijden voor zo'n Franse bistro waarover ze in kooktijdschriften schrijven. En hier is het wel. Ik bedoel, ik weet dat het nep is, en misschien is dat hele kleine beetje blijdschap dat ik voel als ik de menukaart lees ook wel nep, maar op dit moment zijn alle kleine beetjes vreugde meegenomen. Trouwens, het eten is echt, toch? Het mag dan een nepbistro zijn onder een namaak-Eiffeltoren, een steak au poivre blijft een steak au poivre.

Ik heb geen geld om er te eten, maar ik ga naar binnen en vraag of ik gebruik kan maken van de wc, en dat mag ik. Als ik daar ben denk ik: iek ben une jeune fille française en iek ga voor de mirroir staan om mijn aren te kammen, en daarna ga iek naar mijn artstochtelijke Franse amour voor een tochtje op zijn moteur en geeft hij mij beaucoup de fleurs omdat iek zo'n leuke meisje ben. Alsof ik een ander leven leid. Alsof ik het soort meisje ben dat in Franse bistro's eet. Of sterker nog, alsof ik het soort meisje ben dat kookt in bistro's en daarna door de straten van Parijs naar huis wandelt.

Naast het restaurant is een giftshop. Ik ga naar binnen en zie de onvermijdelijke Eiffeltorentjes en Mickeys-poppetjes, maar er staan ook kookboeken. Een heleboel, met prachtige foto's van Frankrijk en Franse gerechten, zoals slakken en mosselen. Een kleiner, wat gewoner boekje, heet *Bistro Cooking*, en is geschreven door Patricia Wells. Op de omslag staat: 'recepten die geïnspireerd zijn door de familierestaurantjes die de rijk gevulde, smakelijke Franse pot weer in ere hebben hersteld'.

Ik wil het kopen. Ik wil er eigenlijk twee kopen. Eén voor mij en één voor Penn, die naar de koksschool gaat. Het zou leuk zijn als ik hem iets kon geven. Een soort afscheidscadeautje, ook al is de koksschool niet zo heel ver van Niceville vandaan. Maar goed, ik heb maar twee dollar bij me, en de boeken kosten 10 dollar en 99 cent. Dus dat gaat niet lukken.

Ik klap mijn telefoon open en druk op sneltoets 3. Penn neemt bij de tweede bel op.

'Met mij. Je gelooft nooit waar ik nu ben.'

'Waar dan?'

'Raad maar.'

'Toch niet in een politiebureau, hè?'

'Nee, het is geen politiebureau. Hoewel we gisteren wel bij het kleinste politiebureau ter wereld zijn geweest.' Lachend voeg ik eraan toe: 'Uit de gids *Bizar Florida*, weet je nog?'

'Ben je daar geweest?'

'En bij Old Joe de alligator.'

'Ik ben jaloers. Wie zijn "we"?'

'Jesse, ik en Mel, een meisje van de Waffle.'

'Is Jesse die met dat lange blonde haar?'

'Waarom doe je altijd of je haar niet kent, Penn? Raad eens waar ik je nu vandaan bel?'

'Ik heb hier geen tijd voor,' klaagt Penn, en dan vraagt hij: 'Ben je op het strand?'

'Nee, maar er is hier wel water. Een rivier, om precies te zijn.'

'Ben je –'

'Ik ben in Parijs! In Epcot. Ik bel je omdat ik een cadeau voor je wilde kopen en ik niet genoeg geld heb, dus in plaats daarvan bel ik je om het tegen je te zeggen. Een Parijs cadeau.'

'Ben je in Disney World?'

'Mel heeft het toegangskaartje betaald. Wil je niet weten wat het cadeau is?'

'Waar slapen jullie? Rij je vanavond terug?' vraagt Penn, en plotseling is hij niet meer mijn maatje, de op één na jongste Simonoff, maar een gozer die op zichzelf woont en een baan heeft en zich zorgen maakt om zijn stomme zusje.

'Ik heb het uitgemaakt met Brady,' flap ik eruit.

'O man, o man.'

'Ik wil hem nooit meer zien, en ik denk dat mijn leven voorbij is, maar ik ben hier in een leuk klein zaakje en ik wil een cadeau voor je kopen. Dus in mijn laatste ogenblikken denk ik aan jou, lievelingsbroertje van me. Wil je nou weten wat het cadeau is? Of wat het cadeau zou zijn als ik niet blut was geweest?'

'Luister, Vicks,' zegt Penn. 'Het spijt me van Brady, maar ik ben nu bij Chang's en ik moet nog kilo's en kilo's groenten snijden voor de gasten hier voor het avondeten komen binnenvallen. Ik mag eigenlijk niet eens mijn telefoon opnemen.'

'Wat?'

'Ik ben aan het werk. Ik bel je later wel als dat lukt,' zegt Penn, en dan hangt hij op.

Omdat hij een leven heeft. Omdat hij weet wat hij wil en hij totaal niet nieuwsgierig is naar het cadeau dat ik hem wil geven. Omdat hij me niet nodig heeft zoals ik hem nodig heb.

We treffen elkaar om acht uur in Marokko, waar een of ander tweederangs personage uit *Pinokkio* of zo (Mel zegt dat alle bekende figuren in een ander park in Disney World rondlopen) een foto van ons neemt met Mels telefooncamera. We maken een boottochtje over de rivier. Iedereen doet een crashtest, alleen ik niet. Nee, dank je feestelijk, ik heb me genoeg zorgen zitten maken dat we zouden crashen toen we in de orkaan zaten. Daarna neemt Mel ons mee naar een restaurant met zulke grote aquaria met tropische vissen dat het net lijkt of we onder water zitten. Ik heb zalm met een papayasaus die ik nog nooit eerder heb gegeten, een salade van bieten en grapefruit, en als toetje limoentaart.

Het is fijn om in de echte wereld te zijn. Om ergens te zijn waar je zalm met papayasaus kunt eten en kunt doen alsof niets je raakt. Dat helpt je te vergeten.

Na het eten kijken we naar de lasershow boven het water, en Jesse en ik lopen weg om Marco en Mel alleen te laten.

Ik denk aan vier juli, Onafhankelijkheidsdag, toen Brady vuurwerk had gekocht en we dat samen met een zootje vrienden van school in de achtertuin van zijn ouders hebben afgestoken. Brady is altijd degene die iets cools weet te verzinnen, die niet alleen vuurwerk koopt maar ook chips en een heleboel andere lekkere dingen in de Publix-supermarkt en die iedereen bij hem thuis uitnodigt. Hij heeft zelfs een knoflooksausje gemaakt met dertig tenen knoflook. En hij belde Jesse zelf om haar uit te nodigen.

En hij heeft mousserende wijn voor me gekocht.

Gisteravond over de telefoon klonk hij anders dan anders, toen hij het over de rode strepen in zijn test had en zenuwachtig deed over het antropologietentamen en zo. Normaal gesproken is hij altijd heel goed. Niet super of zo, maar hij heeft zijn zaakjes altijd goed voor elkaar. Nu klonk hij meer alsof hij op het punt stond in te storten.

Ik ben blij dat Jesse bij me is terwijl ik naar het vuurwerk sta te kijken. Als ik alleen zou zijn geweest, had ik die kou in mijn borst niet kunnen verdragen.

'Ik wil niet terug naar huis,' zeg ik tegen haar. Ik kan niet naar Miami toe, en ik wil echt niet naar huis. Dat laatste zeg ik niet hardop, maar het is wel zo: ik wil niet terug naar een leeg Simonoff-huis, en ik wil Penn niet zien, niet na dat telefoontje. Bovendien kan ik mijn vriendinnen van school niet onder ogen komen nu ik het heb uitgemaakt met Brady. Ze zullen te veel medelijden met me hebben, terwijl mijn ouders weer helemaal niet zo meelevend zullen zijn, aangezien ze vinden dat ik beter geen verkering kan hebben met iemand die zo ver weg woont. Daar komt nog bij dat Niceville veel te leeg zal zijn zonder Brady. Geen Brady meer die me komt ophalen van mijn werk, geen Brady die me in mijn billen knijpt wanneer we voor de kassa van de 7-Eleven wachten, geen footballshirt dat bij mij op mijn kamer op de vloer slingert en van Brady is, geen Brady, geen Brady.

Wat ik nu ook nodig heb, thuis is het niet te vinden.

'Ik begrijp het,' zegt Jesse. 'Ik vind het op dit moment thuis ook niet zo leuk.' Ze trekt een gezicht. 'Maar ik neem aan dat je dat al wist.'

'Ik had wel al iets vermoed, ja,' zeg ik om haar uit te lokken.

'Ik ben zo helemaal *niet* moe!' roept ze uit, in een poging de stemming op te vrolijken. Ze slaat met haar handen op de reling langs het water. 'We moeten ergens naartoe gaan. Niet naar huis, niet naar een hotel, maar ergens anders naartoe. Ik denk dat ik nog láng niet kan slapen.'

'Ik ook niet.'

'Dus waar zullen we heen gaan?' vraagt ze. 'We zijn in China geweest en in Frankrijk en Marokko. Is er een plek in Florida die daartegenop kan? Volgens mij niet. Vanaf nu wordt het alleen maar minder.'

Ik denk even na. 'Ik weet wel iets,' zeg ik.

'Wat dan?'

'Het Koraalkasteel.'

Jesse knijpt haar ogen nadenkend tot spleetjes. 'Je bedoelt dat kasteel dat die zielenpoot heeft gebouwd nadat zijn vriendin hem had gedumpt? Dat stukje dat je hebt voorgelezen in de auto?'

Ik knik. 'Niemand weet hoe hij het gedaan heeft. Hij werd niet geholpen of zo. Door niemand. Hij tilde stukken koraal op van vijfhonderd kilo, helemaal in zijn eentje, midden in de nacht.'

'Wow.'

'Het is een wonderlijk liefdesverdrietkasteel,' zeg ik. 'Vind je niet dat we ernaartoe moeten gaan? Ik wel.'

Als een echt goede vriendin slaat Jesse haar arm om me heen. Volgens mij begrijpt ze het.

26 Mel

'Zo,' zeg ik tegen Marco. Ik hou hem vast, wil hem niet laten gaan.

Het is laat en warm en drukkend, en we staan op het parkeerterrein van het hotel. Vicks en Jesse zijn naar de kamer om onze spullen te pakken, zodat we naar het liefdesverdrietkasteel kunnen. Of misschien is het wel een liefdeskasteel. Of allebei.

'Zo,' zegt Marco. Hij maakt zich van me los, pakt mijn hand en leunt tegen de deur van Robbies marineblauwe Honda. 'Ik heb een geweldige avond gehad.'

Ik ook. Mijn kaken doen pijn van het vele glimlachen. We glimlachten tijdens de rit in de Soarin', we glimlachten terwijl we elkaars handen vasthielden en we glimlachten als we elkaar kusten.

Na het eten heb ik Marco een speciale rondleiding door Canada gegeven. Ik heb zelfs het volkslied voor hem gezongen.

'Nu weet ik dat je zowel kunt acteren als zingen,' zei hij toen ik uitgezongen was. 'Maar kun je ook dansen?'

Ik overwoog even of ik hem mijn Britney-pasjes zou laten zien, maar besloot dat dat nog wel even kon wachten. In plaats daarvan zocht ik een plek uit vanwaar we naar het vuurwerk konden kijken, terwijl Marco suikerspinnen ging halen.

Toen ik een arm om mijn schouders voelde, dacht ik dat hij

het was, maar het was een twee meter hoge blauw met oranje Goofy. Hij klopte met zijn enorme witte hand op zijn hart en deed of hij in zwijm viel.

Ik barstte in lachen uit.

'Wat is hier loos?' vroeg Marco, met een grote roze suikerspin in zijn hand. 'Probeer je mijn meisje in te pikken, Goofy?'

Goofy knikte verwoed van ja.

Marco wees met zijn duim naar zijn borst. 'Dan is het wel zo eerlijk om je te waarschuwen dat ik de oranje band in taekwondo heb.'

Giechelend plukte ik een stuk suikerspin af. 'Eh... is dat niet de laagste band die er is?'

'Absoluut niet,' zei hij quasiverontwaardigd, 'het is de op twee na laagste.'

We lachten en keken naar het vuurwerk, dat in sterren uiteenspatte.

Toen hij mijn hand pakte, waarschuwde ik hem dat mijn vingers kleefden.

'Mooi zo,' zei hij, 'want ik ben niet van plan je nog los te laten.'

En nu nemen we afscheid. Niet voor altijd, alleen voor vanavond.

'Ik zie je... binnenkort weer,' zeg ik aarzelend. Met mijn duim wrijf ik over de achterkant van zijn hand. Die voelt zacht aan.

'Ja, binnenkort,' zegt hij, en hij trekt me dicht naar zich toe. Ik haal diep adem en probeer zijn rokerige muntgeur in mijn geheugen te prenten. 'Willen jullie per se vanavond vertrekken?' vraagt hij. 'Waarom slapen jullie niet in het piratenhotel en gaan morgenochtend weg?'

'Het Koraalkasteel is vier uur naar het zuiden rijden, en dan moeten we morgen ook nog negen uur terug naar huis rijden.' Ik haal mijn schouders op. 'Tja. Wat zal ik ervan zeggen? We zijn een roadtrip aan het maken. We zitten vol adrenaline. We willen verder.'

'Oké. Rij jij?'

'Nee, ik heb een hekel aan rijden. Maar maak je over ons geen zorgen. Dat is echt niet nodig. We hebben vanmiddag een tijdje geslapen. En Jesse rijdt goed.'

'Ik maak me geen zorgen over het rijden, ik ben bang dat jullie weer tegen een drankfeestje aan lopen.'

'Ha, ha.'

Hij zwaait met zijn wijsvinger. 'En neem geen lifters mee.'

Giechelend zeg ik: 'Nee, ik heb gehoord dat je daarvoor moet oppassen... Weet je zeker dat je niet in het hotel wilt slapen?' vraag ik vervolgens. 'De kamer is betaald. Dan kun je morgen naar huis rijden.'

'Dank je, maar als ik de auto vanavond niet terugbreng, krijg ik Robbie op mijn dak.'

'Ik durf te wedden dat jij, met je oranje band, hem wel aankunt.'

Hij laat zijn spierballen rollen. 'Ik bel je als ik bij Robbie ben. Maar voor alle zekerheid geef ik je mijn nummer.'

Hij noemt de nummers op, en ik programmeer ze in. 'Dus dit is het nummer van Marco... Buitengewoon?'

'Stone,' zegt hij lachend.

'Steen? Dat is een zelfstandig naamwoord, geen naam,' zeg ik. 'Wil je mijn nummer ook, Mr. Zelfstandig naamwoord?'

'Dat heb ik al, Ms. Bijvoeglijk naamwoord. Ik heb mijn telefoon met de jouwe gebeld, zodat ik op de display kon zien wat het was.'

Ai. 'Is dat zo?'

'Ik moest wel. Voor het geval je nog een keer een verdwijn-truc zou uithalen.'

Ik geef hem een hartstochtelijke kus, en dan is het zijn beurt om te verdwijnen.

Na een uur rijden beseffen we dat we bijna zonder benzine zitten. Bij het eerstvolgende bord dat naar een benzinestation verwijst gaat Jesse van de snelweg af en komen we terecht in the middle of nowhere. Echt waar, er is geen huis te bekennen. Er is ook geen verlichting langs de weg. Er is alleen moeras. Het valt me dan ook tweehonderd procent mee dat we uiteindelijk toch bij een eeuwenoud benzinestation stoppen, waar maar één zestig-wattlampje brandt. Ik pak mijn creditcard, Jesse gaat tanken en Vicks maakt de voorruit schoon. Voor ik ga betalen, ga ik eerst naar het toilet, een stinkend hok dat niet op slot kan. Op de een of andere manier lukt het me echter om tegelijkertijd te hurken, mijn neus dicht te knijpen en de deur dicht te houden.

Als ik terug ben, zit Jesse weer achter het stuur, kruip ik achterin en gaat Vicks naast Jesse zitten. We zijn een goed geolieerde machine. Ik pak mijn iPod en loop de nummers door tot ik gevonden heb wat ik zoek. Even later weerklinkt 'Spirit in the Sky' in de Opel, over iemand die als hij sterft, in de hemel, bij God, wil komen, omdat er geen betere plek bestaat.

Via de achteruitkijkspiegel vangt Jesse mijn blik en grijnst, omdat ze weet dat ik het nummer voor haar heb gekozen. Ik grijns terug.

'Ik hoop dat je weet hoe je weer op de Interstate 95 moet komen,' zeg ik, terwijl we over de donkere weg stuiven. 'Want ik heb geen flauw idee.'

'Zo moet je dat niet zeggen,' laat Jesse me weten. 'Het is niet de Interstate 95, het is gewoon de I-95. Of nog beter: de 95.'

'Daar kan ik niets aan doen,' zeg ik lachend. 'Dat zal wel Canadees zijn.'

'Ja ja, dat zal wel.'

Ik schop mijn schoenen uit, doe mijn kussen goed en denk aan Marco. Aanbiddelijke Marco. Geweldige Marco. Sexy Marco.

'Ik denk dat je de verkeerde kant opgaat,' zegt Vicks.

'Maak je geen zorgen,' zegt Jesse. 'Ik weet de weg.'

Vicks kijkt uit het raampje. 'Volgens mij moet je omkeren.'

'Volgens mij moet jij rustig doen.' Ze kijkt opzij naar haar. 'Zenuwpees.'

'Zenuwpees? Noem je mij een zenuwpees?'

Ik ben niet echt geïnteresseerd in hun discussie. Wat kan mij het nou schelen welke kant we opgaan? Marco vindt me leuk, verder is niets belangrijk.

Vicks buigt zich naar voren om de kaart te pakken. Ze vouwt hem open en zegt: 'Echt waar, ik denk dat we naar het westen gaan in plaats van het zuiden. We hadden al bij de afslag naar de snelweg moeten zijn.'

'Laten we nog even doorrijden.'

Ik kijk op mijn telefoon om te zien of hij misschien al gebeld heeft en ik het niet heb gemerkt.

'Volgens mij moet je omkeren,' zegt Vicks.

Jesse kijkt achterom. 'Wat stem jij, Mel?'

Hij heeft niet gebeld. Niet dat ik al zo snel een telefoontje had verwacht. Maar vanavond belt hij wel. Denk ik. Ik vraag me af wanneer ik hem weer zal zien. Dit weekend? Is dat te snel? Het moet niet zo zijn dat hij denkt dat ik niets anders te doen heb. Misschien komt hij volgend weekend naar me toe.

'Mel?' zegt Vicks.

Ik ben er weer bij met mijn aandacht. 'Ja, zenuwpees?'

'Ha ha,' zegt Vicks. 'Denk je dat we verdwaald zijn?'

'Eh... nee.'

Jesse lacht. 'Nou hoor je het ook eens van een ander.'

'Alsof zij het weet,' zegt Vicks. Ze heeft het veel te druk met dagdromen.'

Jesse begint een liefdesliedje te zingen.

'Kan iemand me de iPod geven?' gromt Vicks. Ik geef hem aan haar, en ze zet 'Spirit in the Sky' uit en 'Bad Day' aan.

'O man, o man,' zegt Jesse. 'Zet ze "Bad Day" op. Het is helemaal geen "rotdag". Wat ben jij toch een chagrijn.' Ze zucht in- en intreurig. 'Maar hoe dan ook, Marco en Mel zijn een enig stel.'

Ja! Ja, dat zijn we inderdaad. Marco en Mel. M&M. 'Echt waar?'

'Zeker wel,' zegt Jesse. 'Maar hoe gaat het nu verder? Hebben jullie nu verkering?' Haar ene hand houdt ze aan het stuur, met haar andere hand zet ze bij het woord 'verkering' aanhalingstekens in de lucht.

'Doe dat nou niet, dat met die aanhalingstekens,' klaagt Vicks. 'Dat is zo lullig.'

'Het woord "lullig" is lullig,' kaatst Jesse terug. Deze keer haalt ze beide handen van het stuur om aanhalingstekens te maken. 'Dus, Mel, hebben jullie nou "verkering"?'

'Ik denk het wel,' zeg ik. 'We hebben het er niet over gehad, maar ik denk van wel, ja.'

Vicks draait zich naar me om. 'Wordt dat een langeafstandsrelatie?'

'Ik denk het wel.'

'Waarom begin je aan zoiets met iemand die je net kent?' Jesse geeft een klap op het stuur. 'Vicks!'

'Ja?'

'Waar slaat dat nou op? Ze is verliefd. Ze loopt met haar hoofd in de wolken. Waarom wil je haar daar van afgooien?'

'Ik wil haar nergens van afgooien,' zegt ze bits, terwijl ze zich weer omdraait. 'Ze moet alleen wel realistisch blijven. Wat gebeurt er als hij op een dag niet belt? Is hij in de bibliotheek? Ligt hij met een ander te vrijen? Die vragen gaan door haar hoofd spelen. Haar eerste reactie is hem opbellen. Als hij niet opneemt, gaat ze hem nog een keer bellen. En nog een keer. En dan begint ze zijn vrienden en vriendinnen lastig te vallen. Is dat wat ze wil?' Ze draait zich naar me toe. 'Wil je dat?'

Ik zak diep weg in mijn stoel. 'Eh...'

'Jouw problemen zijn niet Mels problemen,' zegt Jesse.

'Je moet sterk in je schoenen staan om dat aan te kunnen,' vervolgt Vicks. 'En, Mel, je bent een echte lieverd, maar je staat niet sterk in je schoenen. Je wordt opgekauwd en uitgespogen als een stuk kauwgum.'

Ze heeft gelijk. Mijn hart gaat sneller kloppen, en ik friemel aan de telefoon. Ik sta niet sterk in mijn schoenen. Ik heb nou al drie keer gekeken of hij heeft gebeld sinds we in de auto zitten. Zo zal ik mijn dagen doorbrengen – met het checken checken checken van mijn telefoon. Ik zal naar bed gaan met de telefoon. Naar het toilet. Als Vicks het al niet aankon om een langeafstandsrelatie te hebben – stoere, superzelfverzekerde Vicks – hoe moet dat dan met mij?

'Trek je niets van haar aan, Mel,' zegt Jesse. 'Jullie zijn een geweldig stel. Ik durf te wedden dat hij je nog dit weekend komt opzoeken.'

'Misschien,' zeg ik, maar ik voel de paniek opkomen. Hij kan van gedachten veranderen. Hij kan iemand tegenkomen die hij nog leuker vindt dan mij.

Jesse fluit. 'Wacht maar tot hij jullie huis ziet.'

Ons huis ziet? Ik moet mijn best doen om me niet klein te maken en mijn benen naar me toe te trekken. Ja, dat zal hij uiteindelijk wel een keer zien. En mijn familie ook. Geweldig. 'Wacht maar tot hij mijn zuster ziet. Eén blik op haar en hij is verliefd,' zeg ik, min of meer als grapje.

Jesse schudt haar hoofd. 'Waarom zeg je dat?'

'Zie je wel,' zegt Vicks. 'Ik zei het wel. Ze is te onzeker.'

'Ik maakte een grapje,' zeg ik.

'Volgens mij niet,' zegt Jesse.

Dat is waar. Ik maakte, denk ik, geen grapje. Maar ik zeg niets. Ik kijk op mijn mobiel om te zien of hij al wat gestuurd heeft.

'Je bent veel knapper dan je zus, Mel,' zegt Jesse.

'Dat zal wel.'

'Ja, echt. Vooral als je een klein beetje lipgloss opdoet.'

'Luister,' zeg ik, met een hart dat op hol geslagen is. 'Als het niets wordt met Marco, wordt het niets.' Ik merk dat ik me terugtrek, me afsluit. Ik trek mijn benen nu wel naar me toe en klap de telefoon dicht.

'Niet zeggen!' waarschuwt Jesse. 'Als je het geen kans geeft, wordt het nooit wat. Je moet positief blijven.' Haar stem klinkt plotseling schril en hoog. 'Dat moet je. Dat *moet* je.'

Vicks schudt haar hoofd. 'Je moet je ogen niet sluiten, Jesse. Je moet realistisch zijn. Verkeringen gaan uit. Mensen gaan nu eenmaal weg, zelfs als je niet wilt dat ze weggaan. En daar kun je niets tegen doen.'

Jesses vingers sluiten zich krampachtig om het stuur. 'Dat

is niet waar. Dat is gewoon niet waar.'

'Ja, dat is wel waar,' gaat Vicks verder. Heeft ze niet door dat ze Jesse tot het uiterste drijft? 'Soms is het einde van de weg gewoon het einde van de weg, en een positieve houding kan daar niets aan veranderen. Dat kun jij niet. Dat kan ik niet. Zelfs "God"...' Nu maakt zij aanhalingstekens in de lucht. '... kan het niet. En keer nu *alsjeblieft* om. We zijn verdwaald.'

Jesse gooit het stuur naar rechts, en ik begin bijna te gillen als de auto de berm in rijdt. Maar dat doe ik niet. We geven alle drie geen kik als ze op de rem trapt en de auto tot stilstand komt. Ik verwacht dat ze omkeert, maar in plaats daarvan zet ze de motor uit.

'Wat ben je in vredesnaam aan het doen?' vraagt Vicks.

Jesse maakt haar veiligheidsgordel los, doet de deur open en rent het donker in.

Volgens mij is de wapenstilstand voorbij.

27 Jesse

'Oh my *God*,' hoor ik Vicks zeggen. 'Je zit me in de maling te nemen, dat kan niet anders.' Haar stem voert door het open raampje naar de plek waar ik sta, een troosteloos stuk niemandsland een meter of drie van de auto vandaan. Links van me is de weg, onverlicht en totaal verlaten. Rechts loopt een helling naar beneden. De helling komt uit in een moeras, een zompig moeras dat vol zit met moerasmonsters. Als Vicks naast me zou staan, zou ik haar erin duwen, ik zweer het je. Ik heb het gehad met die meid. Ik ga het niet langer proberen, ik hou me niet langer in. Ik ben het echt spuugzat!

'Gebruik de naam van de Heer niet ijdel!' schreeuw ik in het niets. Ik sla naar een mug die op mijn been is geland.

'God God *God*!' schreeuwt Vicks terug.

'Als je zijn naam zegt, betekent dat dat je in hem gelooft!' Misschien slaat het nergens op, maar van MeeMaw moet ik dat zeggen als iemand 'God' of 'Jezus' als vloek gebruikt.

Ik dacht dat het goed zat tussen Vicks en mij. Ik dacht dat we onze problemen hadden opgelost. Maar het zit niet goed tussen Vicks en mij, en dit is het einde.

'Ga met haar praten,' spoort Mel haar aan. 'Ze is van streek.'

'O ja, zou het?' zegt Vicks. Aan de manier waarop ze het zegt, hoor ik dat ze mij ook niet meer als een vriendin beschouwt. 'Ze is deze hele kloterreis al van streek. Ze is de hele reis al vervelend.' Ze verheft haar stem. 'Ze is goddomme de godganse reis al godsgruwelijk vervelend.'

Oooo, ze haalt het bloed onder mijn nagels vandaan. Ik loop een heel eind verder de nacht in en wou dat ik gewoon zo *paf!* kon verdwijnen. En dan terecht kon komen in Canada en die vettige kaashap kon eten waar Mel het over had, en dat mam er zou zijn en alles goed was. Beter dan goed. Schoon en zuiver en nieuw, als een baby die net gedoopt is.

Zonder dat ik er wat aan kan doen komt er een gesmoord geluid uit mijn keel.

'*Ga*,' hoor ik Mel tegen Vicks zeggen.

'Geen haar op mijn hoofd die eraan denkt,' reageert Vicks. 'Jij hebt haar dat ik-storm-de-auto-uit-en-ben-zo-agressief-als-wat-gedoe geleerd. Dus ga jij maar.'

'Agressief? Ik was helemaal niet agressief.'

'Neem me niet kwalijk.' Vicks zet een piepstemmetje op. '*Laat me er nu onmiddellijk uit. Zet de auto aan de kant anders... anders... gooi ik een mango naar je! Echt, ik doe het!*'

Ze doet zo rot. Ze doet zo rot tegen iedereen. Geen wonder dat Brady haar heeft laten gaan.

'Geen wonder dat Brady je heeft laten gaan,' schreeuw ik.

Mel zuigt haar adem in. Ik hoor het zelfs op deze afstand. Ik hoor nog een geluid. Het komt uit het moeras. Een plons gevolgd door gekwaak.

'Hoorde je dat?' vraagt Mel.

'Ja, wat dacht je dan?' zegt Vicks pissig.

'Nee, ik bedoelde –'

'Krijg het heen en weer,' zegt Vicks.

De deur van de auto gaat open en klapt dicht. Ik draai me niet om. Uit het moeras komt weer gekwaak, eigenlijk meer een soort gesnater. Het stopt abrupt, en het klinkt niet alsof de snateraar dat uit vrije wil doet.

Er is daar iets. Ik voel het gewoon.

'Je bent vervelend,' zegt Vicks als ze bij me is. 'Strontvervelend. Maar goed, ik zal het wel weer hebben gedaan. Dus brand maar los.'

Ik barst in tranen uit.

'Jesse...' zegt Vicks, plotsklaps onzeker.

De geluiden die uit me komen zijn verschrikkelijk. Ik blèr, ik brul, ik loei.

'O, Jesse, Jesse...' Vicks zwaait hulpeloos met haar armen, niet wetend wat ze moet doen. 'Jesse?'

'Mijn moeder heeft de eerste prijs gewonnen in een natte-T-shirtwedstrijd.' Mijn lichaam schokt. 'Ze heeft zich in haar strakste T-shirt geperst en haar borsten naar voren gestoken en zich door een stelletje stomme, dronken boerenpummels nat laten gooien!'

'Waar *heb* je het over?'

Daar is dat moerasgeluid weer – er knapt iets – en Mel roept: 'Hé, meiden, ik hoor allerlei enge geluiden. Ik wou dat jullie terugkwamen naar de auto!'

'Ik heb haar een hoer genoemd,' zeg ik.

'Wat ben ik voor dochter? Welke dochter doet zo afschuwelijk? En stel dat God... Stel dat hij...'

'Deed je daarom zo raar?' vraagt Vicks. 'Vanwege een natte-T-shirtwedstrijd?'

'Stel dat *ik* degene ben die hij straft en niet haar?'

Vicks trekt me naar zich toe en omhelst me. Net als in Epcot. Ze begrijpt het niet, ze begrijpt het nog steeds niet, maar ik laat me door haar wiegen.

'Jesse, je bent me er een,' zegt ze. '*Hoe* straft hij je dan? Door mij een bitch te laten zijn?'

'Door haar kanker te geven,' zeg ik. Hoewel mijn stem

breekt, voelt het goed om het hardop uit te spreken. Goed en verschrikkelijk en geweldig en verkeerd. Ik voel dat Vicks verstijft en druk me stevig tegen haar aan.

'Heeft je moeder kanker?' vraagt ze.

Ik knik met mijn hoofd in haar schouder gedrukt.

'*Kanker?*'

Weer knik ik.

'Hm-m,' zegt ze, en het klinkt bijna alsof ze kwaad is. 'Al die tijd dat we ons druk hebben gemaakt over jongens en piratenobers en...'

Ik haal mijn neus op omdat er een snottebel aan hangt.

'O, liefie,' zegt ze, en ik besef dat als ze al kwaad is, ze niet kwaad op mij is. 'Geen wonder dat je zo opgefokt deed.'

Ik begin te lachen en dan te snikken, en dan komt er allerlei ellende naar boven borrelen, want dit is precies wat ik nodig had: het mijn beste vriendin vertellen. En het is gewoon belachelijk dat dat zo'n opluchting is, want er is niets veranderd, mam heeft nog steeds kanker.

Ik ben me er vaag van bewust dat Mel bij ons is komen staan en dat Vicks haar boven mijn hoofd uitlegt wat er aan de hand is. *Moeder. Kanker.*

Mel vraagt of het in een vergevorderd stadium is. Want er kan zoveel aan gedaan worden. Is ze al begonnen met chemo? Haar stem klinkt heel ieletjes.

'Ssst,' zegt Vicks, mijn haar strelend. Haar stem sleept me mee. Ik ben als een baby in haar armen. 'Ssst.'

Weer klinkt er een piepend gesnater. Het komt uit het moeras, alleen is het nu dichterbij. Veel dichterbij.

'O shit,' zegt Mel op een toon alsof ze het in haar broek doet.

Vicks gaat stijf rechtop staan. Aan haar spieren voel ik hoe geschrokken ze is. 'Niet kijken, Jesse.'

Ik maak me los en draai me om. Een vogel – nee, een eend, een jong eendje – fladdert de oever op. Daarachter, op nog geen tien meter afstand, zie ik een alligator. Ja echt, in het licht van de koplampen van de Opel komt een reusachtige alligator, eentje die leeft en niet opgezet is en zeker drie meter lang is, op ons af geschuifeld.

'O shit o shit o shit,' zegt Mel.

'Lopen,' commandeert Vicks. 'Niet rennen. Ga gewoon naar de auto.'

Het eendje fladdert met zijn kleine stompe vleugeltjes, en ik kijk om me heen en denk: *Waar is zijn moeder? Waar is zijn moeder?!*

'*Lopen*, Jesse,' zegt Vicks.

'We moeten het redden!'

'Ben je gek?' Haar zweet ruikt naar angst.

De alligator is bij de oever gekomen, en het eendje loopt piepend en snaterend te zigzaggen. Mel is bijna bij de auto. De laatste paar meter begint ze te rennen. Dan rukt ze de deur open. De alligator opent zijn enorme bek.

'Godallemachtig,' fluistert Vicks.

'Opschieten!' jammert Mel.

Vicks trekt me aan mijn arm, maar ik maak me los en loop snel naar de eend. De alligator zwiept met zijn staart. Zijn ogen zijn tot spleetjes samengeknepen.

'Jesse!' gilt Mel.

Alligators kunnen bijna veertig kilometer per uur rennen. Als geboren en getogen Floridase weet ik dat. Dus als de alligator uit het water komt en het op een draf zet, weet ik dat ik de eend nu moet pakken of anders afscheid moet nemen van deze wereld.

Ik wil de eend niet zien sterven.

Ik wil ook absoluut niet dat Vicks en Mel *mij* zien sterven.

Deze gedachten flitsen door mijn hoofd. Mijn hart gaat zo snel tekeer dat ik amper wat kan zien. Dan schiet ik naar voren, struikel en kom hard op de grond terecht, maar ik voel veren en laat niet los. Een rottende geur vult mijn neusgaten, en ik maak de fout achter me te kijken. Een bek. Tanden. Grote groene bulten.

'Ga staan, Jesse!' schreeuwt Mel.

Mijn benen schoppen in het luchtledige. Met mijn elleboog stoot ik tegen een steen. Het eendje probeert zich los te worstelen, maar ik laat hem niet gaan. O nee, ik laat je niet gaan.

Iemand pakt mijn arm vast. 'Je bent niet goed bij je hoofd,' brengt Vicks hijgend uit terwijl ze me overeind trekt.

De alligator sist, en Vicks duwt zo hard tegen mijn rug dat ik ga rennen. Bij de auto gekomen geeft Vicks me een zet, waardoor ik op Mel val. Daarna springt Vicks boven op me. Ondanks het feit dat onze armen en benen in elkaar verstrengeld zijn, krijgt ze het voor elkaar om de deur dicht te trekken.

'Rijden!' schreeuwt Mel van onderaf.

De alligator beukt tegen de auto.

'Hij is van metaal, sukkel die je bent,' schreeuwt Vicks. 'Het heeft geen enkele zin!'

Met de eend tegen mijn borst gedrukt kruip ik naar de bestuurdersstoel. Ik draai de sleutel om. De Opel springt naar voren en stopt er dan mee. Ik probeer het nog een keer, alleen draai ik het sleuteltje zo hard om dat de auto als een gek begint te loeien en er dan weer mee stopt. *Shit, shit, shit.*

De alligator opent voor de tweede keer de aanval op de auto en lanceert zichzelf zowat. Ik hoef geen alligatorkenner te zijn om te weten wat er nu in dat koude reptielenbrein omgaat: *Geef me mijn hapje terug, en in ruil daarvoor scheur ik je in stukken.* Met zijn bek ramt hij Mels raam, en je hoort het angstaanjagende geluid van tanden tegen het glas. Mel gilt. De alligator stoot tegen de deur – de hele auto staat te schudden – en Mel houdt niet op met gillen.

Alstublieft, o, alstublieft, bid ik. Voor de derde keer draai ik de sleutel om. De motor slaat aan, en ik hoor Vicks piepen: 'Dank u, God.' Dat Vicks dat zegt! Mel snikt alleen maar. Steentjes spatten onder de wielen vandaan als we vaart maken, en de eend klappert met zijn vleugels om niet om te vallen.

'Dat was kantje boord,' zegt Vicks vanaf de achterbank.

'Zeg dat wel,' zeg ik. Ik voel me licht in mijn hoofd en voel mijn lichaam niet eens.

'Komt hij ons achterna?' vraagt Mel snikkend. 'Alsjeblieft, zeg dat hij ons niet achternakomt. Komt hij ons achterna?'

De Opel mag dan niet snel zijn, hij rijdt toch in ieder geval honderd kilometer per uur. Ik druk het gaspedaal helemaal in.

'Hij komt ons niet achterna,' zeg ik. 'Die alligator kan zijn smakelijke hapje wel vergeten.'

Ik hoor dat Vicks' ademhaling snel gaat. In de achteruitkijkspiegel zie ik dat ze stevig in Mels hand knijpt en haar achter elkaar klopjes geeft met haar andere hand. Mel zit strak voor zich uit te staren. Haar gezicht is krijtwit.

'Haal nooit, nooit meer zo'n stunt uit,' zegt Vicks tegen me. 'Hoor je?'

Ik voel me klein worden. Ik heb ons alle drie in levensgevaar gebracht... En waarvoor? Voor een eendje dat op dit moment groene poep op mijn blote dij spuit.

Maar ik ben hartstikke blij, want we zijn niet dood. We leven, en de eend ook. Mijn eend.

'Oké, misschien was het niet het allerslimste wat ik ooit heb gedaan,' zeg ik, 'maar ik heb een waardevolle les geleerd.' Ik realiseer me dat ik precies als Faith Waters klink, en een lach borrelt op. *Ik en de alligator en de kaken des doods*, zo noem ik dit bloedstollende voorval. 'Wil je niet weten welke les?'

'Nou, wat dan?' vraagt Mel zwakjes. Ze trilt nog steeds.

'Dat... je leven pas over is als je dood bent.'

'Is dat die waardevolle les?' vraagt Vicks. 'Is dat je waardevolle les? *Natuurlijk* is je leven pas voorbij als je dood bent. Dat is logisch.'

'Nou –' begin ik.

'Neeeee,' zegt ze. 'De les is dat je niet uit je auto moet stappen op een verlaten weg in de buurt van een moeras, vooral niet als het broedseizoen is en alle moederalligators voedsel zoeken voor hun baby's. En als je moet kiezen tussen jou en de eend...' Ze leunt naar voren en geeft me een mep. '...laat die alligator de eend dan hebben.'

'Maar dat heeft-ie gelukkig niet,' zeg ik. 'En nu is ze veilig. Is dat niet mooi?'

'Is het een zij?' vraagt Mel, alhoewel ze nog steeds moeite heeft met praten. Daarachter, in het maanlicht, ziet ze er bleker uit dan bleek. 'Hoe weet je dat?'

'Nou, het is geen wilde eend. Dus waarschijnlijk is het een vrouwtje.'

Vicks mept me nu nog harder. 'O, hou je waffel. Je weet geen ene moer van vogels.'

'Au!' zeg ik. Mijn eend begint uit protest te kwaken.

'En jij, jij beklagenswaardig gevederd schepsel,' zegt Vicks, 'hou ook je snater.'

Zondag 22 augustus

28 Vicks

'Laten we hem Poepie noemen,' zeg ik, terwijl ik een poepgeur opsnuif. We rijden nu ongeveer een uur lang in zuidwaartse richting. Het is één uur 's nachts.

'Hij stinkt niet,' zegt Jesse. 'Het is een klein aandoenlijk keuteltje.'

'Dat is een goeie naam!' roep ik uit. 'Kak. De afkorting van Klein aandoenlijk keuteltje.'

'Nee!'

'Dan noemen we hem drol.'

'Nee!'

'Flapdrol, dan,' ga ik door. 'Dat klinkt nog beter.'

'Je bent vervelend, Vicks, weet je dat?' zegt Jesse lachend.

'Hou je hem?' wil Mel weten.

'Natuurlijk!' antwoordt Jesse. 'Mam is dol op dieren. Van haar mag ik hem absoluut houden.'

'Hé, heeft die vent naast jullie nog steeds dat konijnenhok met die cavia's buiten staan?' vraag ik.

'Hm-m,' zegt Jesse. 'Otis en Lola.'

'Ga je die eend in een konijnenhok stoppen?' vraagt Mel, haar neus ophalend.

'Nee, ik ga er zelf een maken, van kippengaas, maar wel een heel gezellige,' zegt Jesse. 'Met stro of houtsnippers of zoiets. En die zet ik achter in de woonwagen. In ieder geval tot ze iets groter is.'

'Dat zal Flapdrol geweldig vinden,' zeg ik tegen haar. 'Ze zal het hok geweldig vinden. Ik zal wel vragen of Penn je wil helpen met het in elkaar te zetten, als je dat wilt.'

Dat zeg ik, omdat ik weet dat Jesse Penn leuk vindt, hoewel ze denkt dat niemand dat doorheeft. Ze geeft hem altijd gratis Coke en blijft te lang bij hem staan als ze hem zijn eten brengt. En op een keer betrapte ik haar er in de wc van de Waffle op dat ze haar haar stond te kammen toen hij kwam ontbijten. Hoewel ze achter de counter stond, liep ze gewoon weg en ging ze naar achteren om haar haar goed te doen. Dat is iets wat Jesse nooit zou doen, tenzij ze vindt dat het belangrijk is hoe haar haar zit.

Jesse trekt een pluk van dat haar over haar mond, en ik denk: *O o. Ken ík Jesse even goed.*

Dan knikt ze, wat ik niet begrijp.

'Knik je omdat je wilt dat ik hem bel?' vraag ik.

'Eh... Waarom geef je zijn nummer niet, dan kan ik hem zelf bellen,' oppert ze.

'Ga *jij hem* bellen?'

Ze bloost, maar ze krabbelt niet terug. 'Nou, eh... ja, misschien.'

'Oké, cool,' zeg ik. 'Help me eraan herinneren.' Ik draai me naar de eend toe. 'Help me eraan herinneren dat ik Jesse Penns nummer geef, Flapdrol.'

'Ze heet geen Flapdrol,' protesteert Jesse.

'Kwek dan?' stelt Mel voor.

'Of Kwak?' zegt Jesse.

'Kwek of Kwak? Kom nou toch,' zeg ik verontwaardigd. 'Wat afgezaagd. We kunnen toch wel iets beters verzinnen? Wat dachten jullie van À l'orange?'

'Ahh!' kermt Jesse vol afschuw. 'Alsjeblieft, zeg!'

Mel doet met me mee. 'En Roast? Geroosterd?'

'Of Peking.'

'Of Gerookte.'

'Roast klinkt goed,' zeg ik. 'Hai Roastie, hai kleine geroosterde eend.'

Grommend wisselt Jesse van rijbaan. We zijn te ver gegaan, merk ik.

'Oké, wat dachten jullie dan van Waffle?' stel ik voor. 'Omdat we allemaal bij de Waffle werken.'

'Dat bevalt me wel,' zegt Mel beslist. 'Ik stem voor.'

'Het is een goede naam voor een eend,' voeg ik eraan toe, 'want Waffle klinkt een beetje als waggel, en hij loopt niet, maar hij waggelt.'

'Hallo, Waffle,' zegt Jesse om het uit te proberen. 'Vind je die naam leuk?'

De eend zwijgt.

'Als je niets zegt,' gaat Jesse, zogenaamd geïrriteerd, verder, 'hoe moet ik dan weten wat je denkt?'

We zitten op de snelweg en rijden naar het zuiden, naar het Koraalkasteel. Ik lig op de achterbank. Mel is naar voren verhuisd om me meer ruimte te geven, aangezien ik niet zo goed heb geslapen in het hotel. Er ging te veel in mijn hoofd om om in een REM-slaap of zoiets te vallen.

Nou goed. Hier zijn we dan, levend en wel.

We zijn badass.

We hebben een eendje.

We hebben onze familieleden en hun ziektes en zorgen en verwachtingen achter ons gelaten. We hebben onze schoolvrienden, onze vrienden van het werk en onze banen en levens achter ons gelaten, we hebben alles van ons af geschud en rijden in het donker over de snelweg.

Hier hebben we geen eindexamens, geen geldzorgen, geen dagelijks leven. Hier is het wij drieën en een kleine zwemvogel.

En mijn hersens, die nog steeds overuren maken. En de klomp ijs die nog altijd in mijn borst zit.

Ik heb *Bizar Florida* herlezen met een zaklamp die Mel bij een benzinestation heeft gekocht. Ik denk dat we, na deze kleine vertraging vanwege een bijna-doodervaring, om een uur of vijf in Homestead zijn. Dan kunnen we daar naar een Waffle House gaan en tot het Koraalkasteel opengaat, koffie en een vette hap eten.

De naam van het meisje van wie Ed Leedskalnin hield – Ed is die vent uit Letland die het kasteel heeft gebouwd – was Agnes Scuffs, oftewel Agnes Sloffen. Gek hoor, heb je zo'n stomme naam en is er toch nog iemand die waanzinnig veel van je houdt.

Als ik Agnes Scuffs had geheten, had er niemand van me gehouden.

Erger nog, nu houdt er ook al niemand van me en heet ik Victoria Simonoff. Wat feitelijk een supersexy naam is.

Agnes Scuffs hield niet van Ed, dus verplaatste hij eigenhandig duizenden kilo's koraal. Blijkbaar had hij opeens bovennatuurlijke krachten, die hij niet had gehad voor zij hem dumpte. Niemand heeft hem het kasteel zien bouwen. Niemand heeft hem het koraal zien aanraken. Er is ook niemand geweest die hem heeft geholpen. Die man was maar één meter vijftig lang. Toen Agnes Scuffs zijn hart brak, kreeg hij toverkracht.

Mijn hart is gebroken.

Ik weet ook wel dat ík degene ben geweest die het heeft uitgemaakt met Brady, maar het *voelt* alsof hij het met mij heeft uitgemaakt. Toen hij me al die tijd niet belde.

Ik dacht altijd dat ik nooit van mijn leven een Koraalkasteel voor hem zou bouwen als hij me niet meer zou willen. Ik dacht dat ik wel zou weten hoe ik hem terug kon krijgen. Wel zou weten hoe ik ervoor kon zorgen dat hij me terug wilde.

En als dat niet zou lukken, dacht ik, zou ik zeker niet blijven zitten kniezen. Ik zou gewoon verdergaan.

Nu zou ik ook willen dat ik kon toveren. Zodat ik iets moois kon maken, of iets heldhaftigs kon doen en Brady dat zou zien en hij daardoor terug zou komen.

Als ik het had gekund, had ik een Koraalkasteel gebouwd.

29 Mel

'Slaapt ze?' vraagt Jesse me.

Ik draai me om om naar Vicks te kijken, voorzichtig om de eend niet wakker te maken, die zichzelf als een klein donzig balletje in mijn schoot heeft genesteld. Met tegenzin heeft Jesse Waffle aan mijn zorgen toevertrouwd nadat Waffle van de bestuurdersstoel was gegleden en bijna was geplet onder het gaspedaal. Het was óf dat, óf mij laten rijden en een dodelijk ongeluk riskeren.

'Ze is compleet bewusteloos,' zeg ik, en inderdaad ligt Vicks diep in slaap op de achterbank. Ik zet de muziek wat zachter.

'Het slurpt natuurlijk energie om mij uit de kaken des doods te redden,' zegt Jesse.

Daarnet zat ik nog vol alligator-adrenaline en was ik opgewekt, maar haar opmerking doet pijn. 'Het slurpt natuurlijk energie om mij uit de kaken des doods te redden,' zegt Jesse.

Daarnet zat ik nog vol alligator-adrenaline en was ik opgewekt, maar haar woorden steken. Ik zak onderuit in mijn stoel en staar de duisternis in. Ja, het zal wel energie kosten om iemand uit de dodelijke kaken van een alligator te redden, maar daar weet ik niets van. Omdat ik haar niet heb gered. Het enige wat ik heb gedaan, is in paniek raken. 'Het spijt me dat ik je niet heb proberen te redden,' zeg ik.

'Dat hoefde ook niet. Dat heeft Vicks gedaan.'

'Dat weet ik.' Mijn stem hapert, maar ik haal diep adem en ga verder. 'Ik wou alleen dat ik iemand was die dat kon.'

'Dat je bang bent voor alligators maakt je nog niet tot een slecht mens, Mel.'

Ik draai me naar haar toe. 'Ik vind het verschrikkelijk dat ik zo'n slapjanus ben.'

'Kom op, hé. Sommige mensen zijn bang om te worden opgegeten door alligators. En anderen...' Ze wijst met haar duim naar Vicks. '...zijn bang om door andere mensen te worden opgegeten. Dat geeft helemaal niet.'

Ik denk aan mijn nieuwe school. Mijn oude school. Mijn zus. De dingen die ik durfde. De mensen door wie ik me op mijn kop liet zitten. De mensen die ik kwijt ben geraakt doordat ik niets deed. 'Maar ik ben én bang voor alligators én voor mensen,' zeg ik. Tot mijn schaamte hoor ik zelf hoe zielig ik klink.

'Voor mij ben je toch niet bang? Of wel?' vraagt Jesse.

Van verbazing begin ik te lachen. Mijn zelfmedelijden is op slag verdwenen. Jesse. Jesse voor wie ik ooit doodsbang was. Lieve, grootmoedige Jesse. Ruimhartige Jesse. 'Nee.' Ik wacht even. 'Niet meer.'

'Ik deed behoorlijk rot tegen je,' zegt ze, schaapachtig naar me grijnzend. 'Waarom ben je met ons op reis gegaan? Zeg eens eerlijk.'

Ik aai met mijn vinger over de kop en de rug van de eend. 'Ik weet het niet. Vicks en jij leken zulke goede vriendinnen. Jullie vertrouwden elkaar. Ik wilde erbij horen. En ik denk... Ik denk dat ik het zat was om bang te zijn voor mensen.'

We zwijgen een paar minuten, terwijl ik Waffle aai en naar de muziek luister. Ik vraag me af je dingen van jezelf kunt weten en ze tegelijkertijd niet weet. Ik vraag me af of ik werkelijk de enige ben die geheime angsten heeft.

Ik denk aan Vicks. Vicks die zo bang was om gekwetst te worden dat ze in plaats daarvan zichzelf besloot te kwetsen. 'Ze maakt een vergissing, hè?'

Waarschijnlijk zat Jesse ook aan Vicks te denken, want ze knikt en zegt: 'O, ja.'

'We moeten haar tegenhouden.'

Ze fronst haar voorhoofd. 'Hoe dan?'

'We gaan naar Brady toe.'

'Neem je me in de maling?'

Ik stop met aaien om de kaart te pakken. 'Nee. Waarom zouden we het niet doen? Ze heeft jou gered. Nu redden wij haar.'

Jesses voorhoofd is nog steeds gefronst, en nu zuigt ze haar onderlip naar binnen. 'Eh... nou ja, maar Vicks en ik, nou ja, we lossen dingen samen op, en ik denk dat we... dat ik...'

Ze ziet er ongerust en ongemakkelijk uit.

'Je wilt het niet verpesten,' zeg ik.

'Ik wil het niet *weer* verpesten,' verbetert ze me. 'Voor de honderdduizendste keer. Ik bedoel, vrienden moeten eerlijk zijn tegen elkaar en geen geheimen hebben, en ik weet zeker dat dit een van die keren is dat het beter is om erover te praten en...'

'Het geeft niet,' zeg ik tegen haar.

'Het spijt me, Mel. Echt.' Ze ziet er heel spijtig uit. 'Wie is hier nou de angsthaas, hè?'

Ik weet wat me te doen staat. 'Hé, kun je even stoppen?'

'Huh?'

Ik mag dan bang zijn voor alligators, ik vertik het om bang te zijn voor Vicks. 'Jouw beurt om Waffle vast te houden. Mijn beurt om te rijden.'

'Eh... kun je rijden?'

'Natuurlijk kan ik rijden. Maak je geen zorgen. En als ik rijd, dan wordt Vicks kwaad op mij, als ze kwaad wordt.'

Jesse drumt met haar nagels tegen het stuur, maar ik merk dat ze het graag wil. 'Weet je het zeker? Ze gaat over de rooie, hoor.'

'Ik weet het.' Ik kan het wel hebben.

Jesse rijdt naar de kant en zet de auto stil. We doen allebei onze deuren open en haasten ons naar de andere kant. Als een kostbaar estafettestokje geef ik Waffle aan haar over, en dan ga ik achter het stuur zitten.

Dus hier zit ik dan. Terwijl ik de spiegels verstel, zie ik het eerste licht boven de horizon uit gluren. Ik voel mijn extreem hard kloppende hart tegen mijn hand wanneer ik de veiligheidsgordel omdoe.

Ik kan het. Ik kan het. Ik trap de koppeling in en zet de auto in de eerste versnelling.

Daar gaan we dan. Het bloed suist door mijn hoofd.

Het zou kunnen zijn dat Vicks woest wordt, toch ga ik haar niet kwijtraken. Want dit is het enige juiste wat ik kan doen, en als ze me daarom gaat haten, dan moet dat maar. Ze komt er wel overheen.

Bzz! Bzz!

'Je mobiel,' zegt Jesse. Ze raapt hem op van de vloer achterin, waar ik hem waarschijnlijk heb laten vallen. 'Ik durf te wedden dat het je vriend is.'

Mijn vriend. Marco. Marco! Ik was Marco vergeten! Ik bedoel, niet echt *vergeten*, maar sinds het alligator-avontuur heb ik niet meer alléén maar aan hem zitten denken.

Misschien ben ik stoerder dan ik dacht. Ik pak de telefoon van Jesse en klap hem open. 'Hai,' zeg ik.

'Ik had bijna niet gebeld omdat het zo laat was – nou ja,

eh... vroeg – maar toen dacht ik: ach, wat kan mij het ook schelen. Hoe gaat het?'

'Geweldig. Ik rij!'

'Ik dacht dat je een hekel had aan rijden.'

Terwijl ik het gaspedaal onder mijn voeten voel, vraag ik me af of dat eigenlijk wel zo is. 'Nee, ik doe het alleen nog niet zo lang. En weet je? Ik ben bijna opgegeten door een alligator!'

'Wat?'

Ik lach. 'Dat is een lang verhaal. Dat vertel ik je morgen wel. Waar ben je nu?'

'Thuis.'

'Mooi. Ga je nu slapen?'

'Yo. Ik wilde alleen even wat van me laten horen. Bel je me morgen?'

'Natuurlijk.' Hij wil morgen met me praten. Omdat hij me leuk vindt. Omdat ik leuk gevonden kan worden. Omdat ik een geweldige vriendin ga worden.

'En ik ga volgend weekend met de bus naar je toe. Cool, hè?'

Ik ga rechtop zitten en adem heel diep in. 'Misschien kom ik naar jou toe.'

'Echt? Kun je een auto lenen?'

'Ik heb zelf een auto.' Mijn zus zal ermee moeten leren leven. In de verte zie ik een bord met Miami.

'Ik moet hangen, Marco. We zijn bijna in Miami.'

'Ik dacht dat jullie naar het kasteel gingen.'

'Dat waren we ook van plan, maar ik was zo overmoedig om het plan te veranderen.' Ik lach.

'Oké, Ms. Overmoedig en Gek. Veel plezier. Goedenacht. Ik bedoel, goedemorgen.'

'Hetzelfde.' Lieve Marco.

Ik klap de telefoon dicht en geef hem aan Jesse.

'Die gaat vanavond mooi dromen,' zegt ze. 'Hij knijpt waarschijnlijk zijn handen dicht dat hij jou heeft ontmoet.'

De woorden 'dat betwijfel ik' liggen op het puntje van mijn tong, maar ik slik ze in. In plaats daarvan begin ik te lachen.

We volgen de borden naar de universiteit. 'Weet jij waar Brady woont?'

'Geen idee,' zegt Jesse. 'Laten we maar uitkijken naar studentenhuizen of zoiets. En daarna maken we haar wakker. Eh... maak jij haar wakker.'

Ik blijf op de South Dixie Highway rijden tot ik een bord zie waarop de Universiteit van Miami staat aangegeven. Even later komt de campus in zicht. Hoewel het pas vier uur in de ochtend is, zie ik groepjes studenten – vermoedelijk dronken – over het grasveld lopen.

Wanneer we door het hek naar binnen zijn gereden, zet ik de motor uit.

Het is stil.

'Ga je het doen?' vraagt Jesse.

'Zeker,' antwoord ik met een piepstemmetje. 'Maar jij steunt me, oké?' Ik maak mijn veiligheidsgordel los en klim naar achteren. Zachtjes raak ik Vicks' schouder aan.

'Vicks,' zeg ik extra vriendelijk.

'O jee o jee,' mompelt Jesse.

'Vicks,' herhaal ik iets harder. Hoewel ik een beetje bang ben dat ze me in mijn gezicht zal stompen, zal ik toch moeten doorzetten. Trouwens, ze is geen alligator. 'Vicks, we zijn er.'

Ze tilt haar hoofd op en strekt het als een schildpad. 'Bij het liefdesverdrietkasteel?' vraagt ze.

'Nee,' zeg ik. 'Het komt wel dicht in de buurt, maar het is het niet helemaal.'

30 Vicks

'Ongelooflijk dat jullie me hierheen hebben gebracht,' kreun ik. We staan op een parkeerterrein op de campus van de Universiteit van Miami. Met uitzondering van het licht dat van een paar lantaarnpalen komt is het donker.

'Wil je Brady niet zien?' vraagt Mel.

'Nee. Die ligt te naaien met een of andere cheerleader,' antwoord ik. 'Hij studeert antropologie zonder mij. Hij gaat verder met zijn leven.'

'Vicks,' zegt Mel hoofdschuddend, 'dat weet je helemaal niet. *Jij* hebt het met *hem* uitgemaakt.' Vanaf de plaats van de bestuurder schudt ze aan mijn knie.

'Waarom doe je dit?' vraag ik haar. 'Het is vier uur 's ochtends.'

'Vier uur drieëntwintig,' zegt Jesse.

'Je moet niet én drinken én bellen, Vicks,' zegt Mel kwaad. 'Dat is een fundamentele levenswijsheid.'

'Maar hij stuurde me een bericht!'

'Dat maakt niet uit. Je belt hem gewoonweg niet als je dronken bent.' Mel stapt uit de auto en gaat in de deuropening naar me staan kijken.

'Ik durf te wedden dat je niet eens meer precies weet wat jullie gezegd hebben toen je het uitmaakte.'

'Dat weet ik wel!' zeg ik, ook al heeft ze gelijk. Ik weet het niet echt meer. Stom bier. 'Iets over antropologie en cheerleaders dat helemáál niet leuk was.'

'Daarom moet je met hem gaan praten,' zegt ze. 'Dat is de reden waarom we deze reis hebben gemaakt, weet je nog?'

'Ik ga me niet voor hem vernederen nadat hij me twee weken lang niet heeft gebeld,' zeg ik.

'Het heeft niets met vernederen te maken,' zegt Mel. 'Jullie zijn verliefd op elkaar.'

'Correctie,' zeg ik. 'We *waren* verliefd. Het is voorbij.'

'Dat denk ik niet,' zegt Mel.

Wat weet zij er nou van? Ze heeft Brady alleen maar gezien in de Waffle. Ze weet niet of hij van me houdt. 'Heb jij gereden?' vraag ik, omdat ik er niet meer over wil praten. 'Waarom zit Jesse niet op jouw plaats? Heeft Mel gereden, Jesse?'

Jesse haalt haar schouders op.

'Ik zit op de plaats van de chauffeur omdat ik heb gereden.' Mel praat tegen me alsof ik waandenkbeelden heb. 'En dit is de plek waar ik, als chauffeur zijnde, vond dat we naartoe moesten.'

Tevreden wiebelt ze met haar schouders. Het is een soort vreugdedansje dat ze uitvoert. Een vreugdedansje! Om vier uur 's ochtends!

'Moeiteloos nam ze de tolhokjes,' zegt Jesse, die uit de auto stapt en wat aan Waffle plukt die nog steeds op de voorstoel zit.

'O, trap me nog maar verder de grond in,' grom ik. 'Peper me mijn mislukkingen maar in.'

Mel snuift.

'Ongelooflijk dat jullie zo tegen me samenspannen,' klaag ik. 'Het enige wat ik wilde, was het Koraalkasteel zien.'

Jesse sleurt me de auto uit. 'Ga met je vriend praten,' zegt ze.

'Ik dacht dat je het soort "gesprekken" dat we hadden niet goedkeurde,' mompel ik.

'Dat doe ik ook niet, maar je houdt van hem, toch?'

Ik knik.

'En iedere idioot kan zien dat hij van jou houdt.'

'Ik –'

'En je bent mijn vriendin, dus probeer ik je te helpen. Zelfs als we het over zo'n vijfenzeventig procent van de dingen niet eens zijn.'

'Vijfentachtig procent,' zeg ik.

'Jij je zin. Maar nu heb ik gelijk.' Ze wacht even. 'Eigenlijk heb ik altijd gelijk.'

'Ja, alleen als je geen gelijk hebt,' kaats ik terug.

Ze glimlacht half, een grappig soort glimlachje, en ondanks mijn kwaadheid valt het me op dat ze niet doordramt. Jesse leert zich in te houden. *Jesse* leert zich in te houden.

'Je moet met hem praten, Vicks,' begint Mel weer.

En Mel heeft ineens een assertiviteitscursus gevolgd. Geweldig.

'Ik ben zo smerig als wat,' zeg ik. 'Ik heb papayasaus op mijn T-shirt.'

'Zie je wel dat je hem wilt zien!' roept Jesse uit. 'Anders zou je je niet druk maken over hoe je eruitziet.'

'Trek een schoon T-shirt aan,' stelt Mel voor.

'En ik stink,' voeg ik eraan toe.

'Dan doe je deodorant op,' zegt Mel. 'En voor je over je adem begint: ik heb pepermuntjes in mijn tas.'

Jesse doet de achterbak open en begint door mijn plunjezak te wroeten. Ze trekt er een donkergroene top uit. 'Hier, die heb je nog niet aangehad, bovendien komen je borsten er goed in uit. Ik doe je make-up wel als je dat wilt.'

'Het is midden in de nacht,' protesteer ik.

'Je moet andere shorts aandoen,' zegt Jesse, me van top tot teen inspecterend. 'Die andere staan je beter.'

'Brady vindt deze leuk,' zeg ik. 'En trouwens, ik ga helemaal niet naar hem toe.'

'Kam je haar,' commandeert Jesse, terwijl ze me een borstel geeft.

'Nee! Ik wil weer gaan slapen en wakker worden in het Koraalkasteel,' zeg ik tegen ze. 'Dat waren we van plan. Kunnen we dat niet gewoon gaan doen?'

'Old Joe zal niet blij met je zijn.' Die opmerking komt van Jesse.

'Wat?'

'Old Joe.'

'Wat bedoel je? Old Joe is gek op me.'

'Nee hoor. Als hij je nu kon zien, zou hij –'

'Hij zou trots op me zijn omdat ik het heb opgenomen tegen die andere alligator. En omdat ik jou uit zijn kaken heb gered.'

'Nee,' zegt Jesse. 'Ik bedoel, ja. Maar ik denk ook dat hij zou zeggen...' Ze spreekt met een zware alligator-stem. '...Luister. Jesse heeft iedereen over haar moeder verteld, nietwaar? Dat is moedig. En Mel heeft het opgenomen tegen iemand die twee keer zo groot is als zij – wat dubbel zo moedig is – en bovendien heeft ze een knappe vriend aan de haak geslagen. Maar Vicks... Vicks loopt als een grote angsthaas weg voor haar leven.'

'Maar je hebt je moeder nog niet *gebeld*, hè?' zeg ik.

Ze negeert mijn opmerking. 'En weet je wat ik doe met angsthazen?' vervolgt ze met haar Old Joe de alligator-stem. 'Ik eet ze voor het ontbijt. Met als bijgerechten bange wezels en schijtluizen.'

'Ha ha.'

Ze gaat met haar normale stem verder. 'Je doet alsof – oké, ik ga nu vloeken, maar denk niet dat ik daar een gewoonte van ga maken – het zo verdomde badass is om Brady de eerste de beste keer dat er iets misgaat aan de kant te zet –'

'Omdat hij me zo niet kan behandelen!' schreeuw ik.

'Maar dat is helemaal niet badass. Dat is vluchten.'

'Dat is het niet.'

'Je bent niet eerlijk. Je vertelt Brady niet hoe je je voelt omdat je bang bent voor zijn reactie. Je vertelt mij niet dat je geen maagd meer bent omdat je bang bent voor mijn reactie. Zien we hier een patroon in? Volgens mij wel. Hoe kun je nou van andere mensen houden als je bang bent voor wat ze doen als je ze laat zien hoe je echt bent?'

'Je moet je moeder bellen,' zeg ik.

'We zijn hier bij de Universiteit van Miami, Vicks,' vervolgt ze onverstoorbaar. 'We hebben je hier helemaal heen gereden, en het wordt tijd dat je met die gozer van je gaat praten.'

'Waar woont hij?' vraagt Mel, op de kaart kijkend.

'Hecht College, 1231 Dickenson,' antwoord ik lusteloos.

'Zie je wel dat je hem wilt zien,' zegt Mel, 'anders had je het me nooit verteld.'

Ik sta op het gras voor Hecht, kijk naar de eerste verdieping en vraag me af wat Brady's kamer is. De Opel staat twee straten verderop geparkeerd.

Dit is het moeilijkste wat ik ooit heb gedaan.

Omdat hij misschien niet wil dat ik hem bel. Hij heeft me een paar keer op mijn mobiel gebeld, maar geen enkel bericht achtergelaten.

Het is zondagochtend kwart voor vijf. Ik weet niet wat ik

zal doen als hij niet opneemt.

'Waarom heeft hij me niet gebeld?' vraag ik aan Jesse.

'Dat weet ik niet,' zegt ze. 'Maar als je er niet achter probeert te komen, zul je het je altijd blijven afvragen.'

'Wat ben jij opeens wijsneuzig.'

Jesse lacht. 'Het is een nieuwe variant.'

'Waarop?'

'Op bazig.'

'Ha!' Ik begin te lachen.

'Hou op met uitstellen,' zegt Mel.

'O, ga jij nou bazig doen?' vraag ik.

'Bel nou maar,' zegt ze. Ze staan op en Mel haakt haar arm door die van Jesse. 'Wij gaan in de auto slapen.' Ze lopen weg. Ik kan ze niet meer zien.

Brady neemt op bij de tweede keer bellen. 'Vicks,' zegt hij met een stem die dik is van de slaap. 'Gaat het goed met je?'

'Ja.'

'Is alles oké?'

'Ja, best. Ik bedoel, er is niets mis. Alleen –'

'Ik hoopte dat je zou bellen. Ik sliep met de telefoon naast mijn bed.'

'Sorry dat het zo laat is.'

'Wacht even, anders maak ik mijn kamergenoot wakker. Wacht even. Oké? Hang alsjeblieft niet op.'

'Oké.'

'Beloof me dat je niet gaat ophangen, oké?'

'Ik beloof je dat ik niet ga ophangen.'

Er klinkt wat geschuifel, en dan zegt Brady: 'Oké, ik ben nu in de badkamer. Sorry dat je moest wachten.'

'Ik wil je iets vragen, Brady.'

'Oké.'

Ik haal diep adem. 'Waarom heb je me niet gebeld?'

'Wat? Ik heb je vrijdag een bericht gestuurd, en toen belde je terug om het uit te maken!' Hij klinkt verdedigend.

'In de eerste plaats was dat een bericht, geen telefoontje.'

'Maar vanaf dat moment heb ik je steeds gebeld. Alleen nam jij niet op!'

'Ja, maar wat ik bedoel is: waarom heb je me helemaal niet gebeld sinds je weg bent? Ik heb je wel vijfhonderd berichten gestuurd en voicemails ingesproken, en je hebt je nergens wat van aangetrokken. Je hebt me niet één keer teruggebeld.'

'Ik heb je thuis gebeld,' zegt hij. 'Heeft Tully dat niet doorgegeven?'

'Nee.'

'Ik heb hem woensdag bij je ouders gesproken.'

'Daar heeft hij niets over gezegd.'

'Ja, hij was bij je ouders om samen met je vader naar een wedstrijd te kijken, geloof ik. En jij was naar de film.'

Tully. De ergste broer. Ook al heeft hij me leren rijden, de helft van alles wat hij mij in mijn leven heeft geleerd, was fout. 'Daarna heb je niet meer gebeld,' zeg ik tegen hem. 'Je hebt niet gereageerd op al die berichten die ik je heb gestuurd. En je hebt ook niet gereageerd op al mijn voicemails.'

'Dat weet ik,' bromt Brady.

'Waarom heb je me niet op mijn mobiel gebeld en op zijn minst een bericht achtergelaten? Of wat dan ook. Want ik was zo... zo eenzaam zonder jou,' zeg ik met verstikte stem. 'Ik heb ieder uur op mijn telefoon gekeken om te zien of ik het soms niet had gehoord, en iedere ochtend als ik wakker werd keek ik en dan had je niet gebeld, en iedere avond heb ik mijn telefoon naast mijn bed gelegd om te kijken of je zou bellen, maar je belde niet één keer!' Ik ben nu kwaad. 'Niet één keer!

En ik voelde me ellendiger en ellendiger, tot ik er niet meer tegen kon. Ik bedoel, wat is dat nou voor manier om je vriendin te behandelen van wie je zogenaamd houdt?'

'Ik hou wel van je.'

'Nou, dat laat je wel op een stomme, gemene manier blijken.'

'Maar, Vicks, je klonk altijd zo opgewekt in die boodschappen,' protesteert Brady. 'Je was zo van hé, we zijn hier in de Waffle en die vent heeft weer veertien saucijzenbroodjes besteld. Of: hé, je zult niet geloven wat T-Bone me nou weer heeft verteld. Bel me terug.'

'Ja, *bel me terug*,' zeg ik. 'Welke van die drie woorden begreep je niet?'

Brady zucht. 'Ik begreep ze allemaal. Het was alleen zo dat... ik niet wilde vertellen hoe het hier is. Ik wilde je niet terugbellen en bij je uithuilen.'

'Wat?'

'Ik ken hier niemand, Vicks. Mijn kamergenoot vindt me een eikel en vindt zichzelf veel te goed voor me. Het is zo'n zonnebankbruine surfer, en het maakt niet uit wat voor muziek ik opzet, iedere keer begint hij met zijn ogen te rollen. En de jongens van het footballteam zijn allemaal even groot. Echt waar, ze zijn stuk voor stuk tien, vijftien kilo zwaarder dan ik. Ik hoor er helemaal niet bij. Ik ben hier helemaal niet op mijn plaats.'

'O.'

'Ik heb een onvoldoende voor mijn eerste test, bij de meeste colleges begrijp ik de helft niet van wat ze zeggen, en blijkbaar kan ik niet eens mijn eigen was doen, want al mijn shirts zijn nu roze.'

Ik moet lachen.

Brady zucht. 'Ik wilde dat je dacht... Ik weet het niet. Ik kan het niet omschrijven. Iets beters.'

O.

Hij was ongelukkig.

Hij schaamde zich.

Dat is nou nooit bij me opgekomen, maar nu hij het zo zegt, begrijp ik wat hij bedoelt. Brady stond op school altijd in het middelpunt van de belangstelling. Hij was de held van het schoolplein. Degene die hét feest gaf op Onafhankelijkheidsdag. Degene die mensen bij elkaar bracht. Hij wil niemand opzadelen met zijn problemen. Wil niet degene zijn die hulp van anderen nodig heeft.

Zoals Jesse. Zoals ik.

'Je moet me terugbellen,' zeg ik. 'Ik kan dit niet als je me niet terugbelt.'

'Het spijt me.'

'Dat is je geraden.'

'Het spijt me echt, Vicks, echt heel, heel erg.'

Oké. 'Het spijt mij dat je al je shirts roze hebt geverfd,' zeg ik.

'Dat spijt me ook heel, heel erg,' zegt Brady met een lach in zijn stem.

'Dat neem ik wel aan.'

'Je gaat er toch niet vandoor met een strandwacht van dat feest, hè?'

'Neuh.'

'Godsamme, Vicks, ik wou dat je hier was.'

'Echt?'

'Zo ontzettend graag. Ik zou zo graag willen dat je hier was.'

'Kijk uit je raam.'

'Wat?'

'Kijk uit je raam.' Ik sta op het grasveld en kijk omhoog naar Hecht. Er branden een paar lichten op de eerste verdieping. Ik kijk aandachtig, met kloppend hart, of ik Brady zie.

'Er is hier geen raam. Ik ben in de badkamer,' zegt hij. 'En dat is een behoorlijk smerige plek op een verdieping waar alleen eerstejaars zitten, voor het geval je het je mocht afvragen.' Hij wacht even. 'Welk raam?'

Dan maar wat minder romantisch. 'Ik sta hier beneden.'

'Nee, dat is niet waar.'

'Jawel.'

'Nee.'

'Ja. Jesse en Mel hebben me hierheen gereden. Ze zitten in de auto een paar straten verderop.'

'Ben je hier bij het studentenhuis?'

'Dat zeg ik toch?'

'Ik sta op de trap,' zegt hij. 'Ik kom naar beneden.'

'Feitelijk hebben ze me ontvoerd en gedwongen hiernaartoe te gaan. Ik stink nogal.'

'Ik loop nu door de gang naar de hal.'

'Ik stink doordat we bijna zijn opgegeten door een alligator. En ik neem je niet in de maling.'

'Ik weet zeker dat jij iedere alligator aankunt,' zegt Brady, die me waarschijnlijk niet gelooft.

'Reken maar.'

'En je stinkt nooit.'

'Dat denk je maar.'

'Nou, je rook *inderdaad* een beetje toen we een spelletje football hebben gedaan. O, en toen de auto het niet meer deed en het buiten bijna veertig graden was. Maar anders ruik je haast nooit.'

'Ben je al in de hal?' vraag ik. 'Waar ben je?'

Bij wijze van antwoord hangt hij op – en dan zie ik hem in de verlichte deuropening van het studentenhuis en duwt hij de dubbele deuren open en rent over het pad naar me toe. Ik denk dat hij me gaat optillen en in de rondte gaat draaien, maar in plaats daarvan loopt hij gewoon tegen me op en pakt hij me vast en struikelen we en vallen we op het gras. Het voelt zo goed om mijn armen om hem heen te kunnen slaan. Hij draagt een trainingsbroek en een raar roze T-shirt.

We komen overeind, en dan raakt hij mijn gezicht aan en kussen we elkaar en is het tussen ons weer net zo als het het hele jaar is geweest.

Zijn gevoelens zijn niet veranderd.

De mijne ook niet.

We houden van elkaar, dat is zo zeker als één en één twee is.

31 Jesse

Terwijl Vicks zich met Brady bezighoudt, maken Mel en ik een klein huisje voor Waffle. We scheuren de bovenkant van de doos van de Dunkin' Donuts die nog in de auto ligt, en Mel geeft me haar superzachte T-shirt om erin te leggen. Het is het T-shirt dat ze droeg toen we weggingen. Als ik het voel, moet ik weer denken aan die avond in het museum, toen Vicks Mel optilde en ik haar vasthield, zodat ze bij het raampje kon en de deur kon openmaken.

Dat was de avond waarop we Old Joe hebben ontmoet. En Marco. En de avond waarop Vicks het uitmaakte met Brady. Is dat echt pas twee dagen geleden?

'Weet je dat wel zeker?' vraag ik aan Mel. Ik laat het shirt door mijn vingers glijden. 'Het is nogal chic voor een eend.' Ik bedoel niet echt 'chic', hoewel het wel chic is. Zelfs voor een gewoon T-shirt is het honderd keer chiquer dan welk T-shirt van mij dan ook.

'Het is zacht,' zegt Mel. 'Dat zal Waffle prettig vinden.'

'Maar het is het T-shirt dat je droeg toen… je weet wel.'

Mel kijkt me niet-begrijpend aan.

'Toen je een speciaal iemand ontmoette,' probeer ik. 'Bruine ogen, vervelende gewoonte om plotseling ergens op te duiken, naam rijmt op Sparko?'

Mel giechelt. '*Sparko*,' herhaalt ze. Het is aandoenlijk hoe blij ze wordt door niet eens zijn echte naam te zeggen.

'We kunnen het papayasausshirt van Vicks gebruiken,' stel ik voor. 'Dat vindt ze niet erg, en dan blijft jouw shirt zuiver.'

'*Zuiver?*' zegt Mel. 'Het is een T-shirt, Jesse. Gewoon een zacht T-shirt waar onze Waffle lekker knus en gezellig in kan gaan liggen, zodat jij je geen zorgen meer hoeft te maken en een beetje kan gaan slapen. En als jij niet gaat slapen, kan *ik* misschien eindelijk eens gaan slapen.'

'Maar –'

'O, kom op. Wat maakt een beetje eendenpoep nou uit als je vriendinnen bent?'

Dus neem ik het shirt aan. Ik spreid het uit over de bodem van de doos, doe Waffle erin, en zet het geïmproviseerde bed op de grond. Daarna ga ik languit op de stoelen erboven liggen en probeer te slapen. Onder me loopt Waffle echter te kwaken en te snateren. Ze hapt naar haar zachte witte laken alsof het wel prettig is, maar het niet haalt bij het warme lichaam van haar moeder.

Mel gromt als ik ga zitten. Vanaf de achterbank zegt ze: 'Jesse? Ik wil dat je je handen bij je houdt en *de eend met rust laat.*'

'O, hou toch je mond,' zeg ik terwijl ik Waffle oppak en haar tegen mijn borst wieg. 'Je klinkt als dat hele kleine politieagentje.'

Maar Mel houdt haar mond niet, en ik ook niet. Misschien omdat we midden in een vreemde stad staan. Misschien omdat we ons zorgen maken om Vicks, die op dit moment haar liefde bezegelt of voor altijd afscheid neemt. Of misschien zijn we inmiddels zo wakker dat we onze ogen niet meer dicht kunnen krijgen.

Hoe dan ook, we kunnen niet slapen.

Dus vraag ik Mel of zij in de hemel gelooft. Ik weet niet

hoe iemand niet in de hemel kan geloven, maar je hoeft maar naar Vicks te kijken om te weten dat die mensen bestaan.

Mel aarzelt. Dan zegt ze: 'Denk je aan je moeder?'

Ik aai Waffles zachte veren. Ze is nu stil, en rustig. 'Ja.'

'Jesse,' zegt Mel zacht, 'ze gaat niet dood.'

'Hoe weet je dat?'

'Omdat... Nou, dat weet ik niet.'

'Nare dingen gebeuren nu eenmaal. Precies wat Vicks zei.'

'Dat weet ik. Maar goede dingen ook.'

'Huh?' Ik staar naar het kapotte dak van de Opel. 'Is dat iets joods? Dat je je op het positieve richt?'

'Misschien,' zegt Mel zacht lachend.

'Waarom lach je?'

'Dat weet ik niet. Dat gaat vanzelf. Maar Jesse...'

'Ja?'

'Het is geweldig dat je zo sterk in God gelooft, maar ik heb het gevoel dat je je soms om de verkeerde dingen zorgen maakt, over wie er nog maagd is en zo en aan welke regels je je moet houden om christelijk te zijn of joods of wat dan ook.' De bank kraakt als ze gaat verliggen. 'Zou het niet zo kunnen zijn dat God groter is dan dat?'

Nee, denk ik. God is God is God.

Maar dan gebeurt er iets in mijn hoofd en sta ik een heel klein beetje open voor... iets anders. Het was niet de bedoeling. Het gebeurt gewoon. En ik zeg niet ja, maar ik zeg heel misschien *misschien*. Misschien is er inderdaad één grote God die alle kanten uit reikt en overal waar hij kan mensen bereikt. Zoals de zon, die nu helemaal boven de horizon uit is gekomen.

'Ik denk dat jij een talkshow moet beginnen,' zeg ik tegen haar. '*Mel in de morgen*. Wat dacht je daarvan?'

'Ha.' Ik hoor dat ze zich omdraait. 'Ik denk dat jij je moeder moet bellen.'

'Pff,' zeg ik. Ik weet dat ik mam moet bellen. Waarom zegt iedereen toch dat ik mijn moeder moet bellen? 'Het is pas vijf uur 's ochtends. Geen sprake van dat ik mijn moeder om vijf uur 's ochtends ga bellen. Ze vilt me levend!'

'Je moet je moeder bellen,' zegt ze weer. Ze klinkt triest.

Ze is een tijdje stil, zo lang dat ik denk dat ze in slaap is gevallen. Waffle, veilig weggestopt in de kromming van mijn elleboog, slaapt ook. Haar koppie heeft ze onder haar vleugeltje gestopt, en haar kleine gele lichaampje zet uit en krimpt weer in met ieder ademhalinkje.

'Jesse?' zegt Mel.

'Hm?'

'Je bidt, toch?'

'Tuurlijk.'

'En, eh... vraag je hem om hulp?'

'Ja, dat wel, ja. Hoezo?'

'Nou, je kunt ons ook om hulp vragen, weet je. Je vriendinnen. Vicks... en ik.'

'Dat weet ik,' zeg ik. Wat voor idioot weet nou niet hoe je om hulp moet vragen?

Nou, deze idioot dus, dat is wel duidelijk.

'Je bent niet alleen,' zegt Mel slaperig. 'Vicks en ik zijn er ook.'

Het volgende waar ik me bewust van ben, is dat het ochtend is en ik een stijve nek heb en een deuk in mijn bil van de versnellingspook. Hoe vervelend ik het ook vind om de rust te verstoren, ik kan niet eeuwig in deze onmogelijke positie blijven liggen. Waffle wordt wakker als ik me beweeg. Ze trekt haar kop onder haar vleugel vandaan en schudt haar donzige lichaampje uit. Als ze naar een sproet op mijn onderarm pikt, prent ik me in dat we hier in Miami een dierenwinkel moeten zoeken voor we terugrijden naar Niceville. Waffle heeft eten nodig, en niet alleen een paar kruimels overgebleven chips, hoe lekker ze dat ook vindt. Ik moet ook een waterbakje voor haar hebben, en een speeltje. Verkopen ze eendenspeeltjes in een dierenwinkel? En wat zou dat eigenlijk voor iets zijn: een eendenspeeltje?

Mel en Vicks zijn er niet – de achterbank is leeg – en even ben ik in totale verwarring. Maar dan weet ik het weer: Vicks. Brady. Het studentenhuis waar we vlakbij zijn.

Dat Vicks nog niet terug is, is een goed teken. Tenminste, ik hoop dat het goed is. Ik hoop dat het betekent dat ze lepeltje lepeltje in zijn studentenbed liggen, en ik beschouw het als een teken van mijn nieuwe en verbeterde ik dat hoewel het woord 'zonde' mijn hoofd binnen dringt, ik het er meteen weer uit schop.

God is groter dan dat. Inderdaad, die kans bestaat.

Ik druk mezelf op en tuur uit het voorraam. Mel staat met haar rug naar me toe op het halfvolle parkeerterrein en is aan het Pilatussen, of een andere rijkeluisversie van wat wij gewone stervelingen strekoefeningen noemen. Haar magere achterste zwaait eerst naar de ene kant, dan naar de andere, en ik loop over van liefde voor dat malle meisje. Ik ben zo blij dat ik haar heb leren kennen – eigenlijk kan ik me niet eens voorstellen dat ik haar *niet* ken – en vraag me af of er in mijn hart ruimte is voor twee beste vriendinnen.

Op het dashboard ligt Mels mobiele telefoon, en onder de telefoon ligt een servet waarop een boodschap is geschreven. 'Bel haar,' staat er, met drie strepen eronder en, voor alle zekerheid, ontelbare uitroeptekens.

Ik blaas mijn adem uit. Dat ik haar nu zo graag mag, weerhoudt haar er niet van superirritant te zijn.

Ik pak Waffle op en zet haar voorzichtig in haar doos. Om Mels aandacht niet te trekken probeer ik zonder geluid te maken uit de auto te stappen. Ik strek mijn armen boven mijn hoofd, en dat voelt goed. O, mijn rug. O, mijn stijve nek. Slapen in de Opel is niet hetzelfde als slapen in de Zwarte Parel, laat ik je dat wel vertellen en ik hoop dat ze niet naar de enorme deuken in de deur vraagt. Door het open raampje pak ik Mels telefoon. Ik klap hem open. Ik klap hem dicht. Ik loop naar de voorkant van de auto en ga op de bumper zitten. Als ik mam bel – nee, *wanneer* ik mam bel – wat zal ik dan zeggen?

Ik voel mijn maag samentrekken, maar sla er geen acht op. Ik zal zeggen wat ik te zeggen heb, punt uit.

Ik zal zeggen dat ik van haar hou en dat ik met haar meega als ze wordt geopereerd.

Dat ik er voor haar zal zijn, en dat ze er maar beter ook voor mij kan zijn. Altijd.

Dat ik meedoen aan een natte-T-shirtwedstrijd ordinair vind en gênant, en of ze het alsjeblieft nooit meer wil doen.

Ik zal zeggen dat het me spijt dat ik ben weggelopen, dat het me spijt dat ik haar auto heb gepikt en dat ik spijt heb van een heleboel andere dingen. Maar mijn eend hou ik. Ze heet Waffle. En – o ja – ik ben bijna opgegeten door een alligator.

Ik bijt op mijn lip als ik me voorstel hoe mam op die laatste mededeling zal reageren.

Misschien dat ik haar dat maar beter niet kan vertellen.

Twee figuren verschijnen aan de andere kant van het parkeerterrein, en mijn hart maakt een sprongetje als ik zie dat het Vicks en Brady zijn. Die hand in hand lopen! Yes! Mel ziet ze en stopt met haar Pilatus. Ze slaakt een gilletje en klapt in haar handen, en Vicks schudt haar hoofd alsof ze zich diep schaamt voor Mels gedrag. Maar ze lacht er wel bij.

Vicks omhelst Brady en loopt dan naar Mel. Die twee zeggen iets wat ik niet kan verstaan – Mel omhelst Vicks blij – en dan draaien ze zich om naar de Opel. Ze zien dat ik de telefoon in mijn hand heb. Mels ogen worden groot en Vicks knikt voordat ze haar duim naar me opsteekt.

Ik schud mijn hoofd, omdat ik nog niet heb gebeld. Ik denk dat Melletje me een paar lessen in moed moet geven. Vicks en zij denken blijkbaar dat ik iets anders bedoelde, want zorgelijk kijkend komen ze naar me toe.

'Wat is er aan de hand?' vraagt Vicks als ze dicht genoeg bij me is.

'O, nee toch,' zegt Mel. 'Is er iets ergs gebeurd?'

'Nee nee, er is niets ergs gebeurd,' zeg ik. En dan hoor ik zelf wat ik zeg en borrelt er een nerveuze lach in me op, want shoot, de afgelopen twee dagen zijn er meer erge dingen gebeurd dan ik op de vingers van twee handen kan tellen.

Maar we hebben ermee afgerekend. Nietwaar? Absoluut.

En wie weet? Misschien had Vicks een speciale bedoeling met dat hele gedoe met die Old Joe verering in het museum. Want soms moet je als meisje misschien een keer slecht zijn om te weten hoe je goed moet zijn.

Ik toets de nummers in voor ik niet meer durf en breng de telefoon naar mijn oor. Ik hoor hem overgaan. *Bedankt, Old Joe*, bid ik in stilte, *dat u maar lang een voorbeeld moge blijven.*

DANK JULLIE WEL!

Allereerst dank aan Laura Dail, Barry Goldblatt en Elizabeth Kaplan, het supergeweldige team agenten dat bij elkaar is gekomen om aan dit project mee te werken. Ook zijn we onze redacteuren bij andere uitgeverijen dankbaar, omdat ze ons hebben gesteund in onze plotselinge schrijfwoede. Heel veel dank aan Farrin Jacobs, die ons heeft begeleid en bijgestaan, ons Indiaas te eten heeft gegeven, miljoenen e-mails van ons heeft gelezen en moest leren leven met het feit dat drie schrijvers veel neurotischer zijn dan één; en ook de rest van de mensen bij HarperCollins: Elise Howard, Cristina Gilbert, Colleen O'Connell, Dina Sherman, Sandee Roston, Melissa Dittmar, Jackie Greenberg, Kari Sutherland, Naomi Rothwell, Melinda Weigel, Crystal Velasquez, Anne Heausler, Dave Caplan, Sasha Illingworth en Jen Heuer. Ook bedanken we Tamar Ellman en al onze vrienden in het buitenland.

Romanschrijfster Kristin Harmel heeft ons meegenomen naar Epcot, onze avonturen daar op film vastgelegd en ons met veel stijl en klasse - en veel muffins - onder dak gebracht in Orlando. Amber Draus was onze fantastische gids in Epcot. De behulpzame lui in Gatorland in Florida hebben al onze vragen beantwoord en ons geen toegang laten betalen omdat we research pleegden. Onze dankbaarheid gaat eveneens uit naar de mensen achter de website *Roadside America* en het boek met dezelfde titel, die ons veel inspiratie en informatie voor ons boek hebben gegeven. Voor zover we weten, klopt de informatie over het Koraalkasteel en het kleinste politie-bureau ter wereld; dat geldt ook voor de andere plekken die in Vicks' niet-bestaande boek *Bizar Florida* worden vermeld, hoewel Xanadu nu dicht is. We hebben Old Joe de alligator naar een andere plek overgebracht en hem vanwege het dramatische effect anderhalve meter groter gemaakt. In werkelijkheid is hij te vinden in de lobby van het Wakulla Springs Hotel, waar hij met oudejaarsavond een feestmuts draagt. O, en het piratenhotel hebben we verzonnen.

David Levithan en Rachel Cohn hebben ons geïnspireerd met hun formidabele, gezamenlijk geschreven roman *Nick and Norah's Infinite Playlist*, net als Patricia Wrede en Caroline Stevermer met hun boek *Sorcery and Cecelia,* dat fascinerende passages bevat over hoe ze het hebben aangepakt.

John Green, Maureen Johnson en Scott Westerfeld hebben Emily tijdens het schrijven gezelschap gehouden, en John heeft alle vragen over universiteitsfootball beantwoord. Leslie Margolis, Bennet Madison en Alison Pace hebben koffie gedronken, over religie gepraat en Sarah bijgestaan tijdens het schrijven. Amber Kelley en Julia Meier hebben Laurens kinderen onder hun hoede genomen – groots! (die hulp, niet de kinderen) – en de altijd vriendelijke ochtendploeg van koffieketen Starbucks heeft haar met cafeïne en suiker opgepept.

Dank aan de VvZ (Vrienden van Zoe) dat ze ons geholpen hebben met de titel: Terry, Samantha, Maia, Lucy, Jeanmarie, Rachel, Katherine en Roni. En, uiteraard, Zoe Jenkin, voor het noteren van die titels.

Als altijd dank aan onze vrienden en familie: Elissa en Robert Ambrose, Larry Mlynowski, Louisa Weiss, Aviva Mlynowski, John en Vickie Swidler, Robin Glube, Shobie Farb,

Jess Davidman, Bonnie Altro, Johanna Jenkins, Len en Ramona Jenkin, Sarah Burnett, Jackie Owens, Laura Pritchett, Don en Sarah Lee Myracle, Eden Myracle, Mary Ellen Evangelista, Tim White, Jim White, Eric Myracle, Susan White, Ruth en Tim White, en natuurlijk Ivy, Al, Jamie en Mirabelle.

Onze speciale dank gaat uit naar Elissa Ambrose en Ruth White omdat ze zulke moedige proeflezers zijn geweest; en naar Chani Sanchez, Jess Braun, Leslie Margolis en Lynda Curnyn voor hun geweldige adviezen.

Duizendmaal dank aan onze liefhebbende echtgenoten, die ons fantastisch hebben gesteund. Daniel Aukin, Jack Martin en Todd Swidler, jullie zijn kanjers.